Las soledades del Inca

CONCEPCIÓN VALVERDE

Las soledades del Inca

NOVELA HISTÓRICA

ALMUZARA

© Concepción Valverde, 2022
© Editorial Almuzara, s.l., 2022

Primera edición: mayo de 2022

Editorial Almuzara • Colección Novela Histórica
Director editorial: Antonio Cuesta
Edición de Javier Ortega
Maquetación: R. Joaquín Jimenez R.
www.editorialalmuzaracom
pedidos@almuzaralibros.com - info@almuzaralibros.com

Imprime: Romanyà Valls
ISBN: 978-84-18757-39-6
Depósito Legal: CO-662-2022
Hecho e impreso en España - *Made and printed in Spain*

A mis soledades voy,
de mis soledades vengo,
porque para andar conmigo
me bastan mis pensamientos.

Lope de Vega

A los lectores de *La Biblioteca Fajardo*

Índice

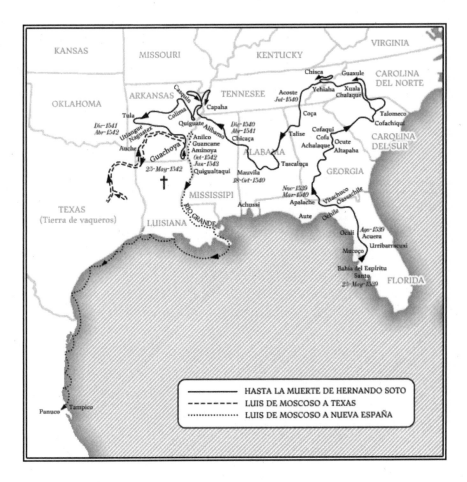

Capítulo I

Todo cambió para el adelantado cuando supo que sus hombres estaban pensando en amotinarse. Lo que no pudieron ciénagas ni desiertos, ni siquiera el hambre o las flechas envenenadas de aquellos indómitos indios, lo estaba consiguiendo la huella de la deslealtad que comenzó a ver escrita en las evasivas miradas de algunos de sus mejores soldados.

¿Qué les había hecho él, que siempre fue tan buen capitán, para que decidieran traicionarle?, se preguntaba Hernando de Soto en la soledad de su tienda.

Y la respuesta quizá estuviera en el hecho de que después de incontables jornadas recorriendo sin rumbo fijo aquella esquiva tierra, el brillo del oro no hubiera asomado por ninguno de sus rincones.

Ante estos graves hechos pensó que sólo cabía actuar con contundencia y rapidez, para así evitar desmanes mayores. Había que demostrar que el amable capitán, en extremo pródigo y benévolo con sus tropas, era también un general inflexible a la hora de castigar la ingratitud.

—¡Qué severa tierra esta, que no se deja conquistar por nadie! —exclamó para sus adentros, una vez que hubo dado orden al capitán Luis de Moscoso de Alva-

rado de que sin dilación alguna mandase reunir a todos los hombres ante su presencia.

Mientras aguardaba el cumplimiento de aquel mandato pasó a recordar los nombres de aquellos otros que antes que él se habían lanzado tan infructuosamente a la conquista de la Florida.

El primero que se acercó a estas tierras fue el gobernador de San Juan de Puerto Rico, un caballero leonés llamado Juan Ponce de León, que de tanto haber oído decir a los indios que al otro lado de la costa se hallaba una isla en la que manaba la fuente de la eterna juventud quedó tan atrapado por la idea de beber de sus aguas, que no tardó mucho en armar dos barcos y partir en busca de su destino.

La mala mar les hizo perderse en aquellas revueltas aguas durante largas jornadas hasta que el 27 de marzo de 1513, día de la Pascua de Resurrección, arribaron a las costas de una nueva tierra, a la que Ponce bautizó como la Florida, en honor de la fiesta que ese día se celebraba en toda la Cristiandad.

No se entretuvo mucho en hacer exploración alguna, ni siquiera le dio tiempo a saber si se trataba de isla o de tierra firme, porque se encaminó directamente de regreso a España para solicitar su conquista y posterior gobierno.

Una vez concedidos los permisos reales, comandó una expedición formada por tres navíos, que partió de Sanlúcar en el verano de 1515. Pero todo el anhelo de gloria y fortuna que Ponce y sus hombres llevaban consigo se trocaría en desgracia al ser recibidos, apenas en la orilla, por unos valerosos indios que repelieron con tal dureza la pretendida invasión, que no tardaron mucho en aniquilar a casi todos los miembros de la expedición española. Tan solo él y seis de sus hombres consiguieron milagrosamente hacerse de nuevo a la mar. Y aunque alcanzaron con éxito la costa cubana, llegaron tan *malheridos que todos ellos perecieron a los pocos días de aquel triste arribo.*

Unos años después de esa primera tentativa le tocaría el turno al oidor de la Audiencia y juez de apelaciones de la isla de Santo Domingo, de nombre Lucas Vázquez de Ayllón, que con dos navíos llegó a las costas de la Florida dispuesto a capturar indios para emplearlos como esclavos en las minas dominicanas. A pesar de que en esta ocasión los nativos les dispensaron un amable recibimiento, Ayllón y sus hombres no abandonaron su plan inicial.

Tras los saludos y celebraciones de bienvenida, invitaron a más de ciento treinta de entre los más fuertes guerreros a subir a bordo. Los condujeron confiadamente hasta las bodegas y una vez que los tuvieron dentro, levaron anclas y zarparon con tamaño botín humano.

Confiados en el éxito de su cobarde empresa, los españoles no advirtieron las señales que en el cielo se iban dibujando a medida que entraban en las imprevisibles aguas del golfo. Tras la fuerte tormenta que les sorprendió muy cerca ya de la costa dominicana, uno de los barcos naufragó con toda la tripulación dentro, sin que nada se pudiera hacer por ellos. Y aunque la otra embarcación consiguió librarse de la furia de la mar, su carga también se perdió irremediablemente, porque los noventa forzados que la componían se dejaron morir de hambre y de tristeza poco antes de llegar a puerto.

Por su parte, los indios que quedaron en tierra viendo alejarse sin remedio a padres, hijos, esposos y hermanos, no pudieron perdonar la mancilla que recibieron de los castellanos, como bien se demostró cuando poco tiempo después Ayllón tuviera la osadía de volver a visitarlos.

Ajeno a la animosidad que había provocado su vileza, creyó que ya tenía ganada la partida y poco menos que la nueva tierra le pertenecía por derecho. De ahí que él tampoco tardara mucho en regresar a España para solicitar, esta vez del emperador, su conquista y gobierno.

Tras obtener los permisos necesarios, armó tres imponentes navíos, que partieron de Santo Domingo dispuestos a llegar hasta la provincia de Chicoria, de la que se decía que era la más rica de toda la Florida.

Ya en una de las primeras jornadas de navegación uno de los tres navíos naufragó. Pasadas tres semanas de aquel contratiempo, los otros dos barcos alcanzaron una apacible costa, que según los pilotos debía de hallarse bastante cerca de la anhelada Chicoria. Y de nuevo aquellos incautos indios los recibieron con tanta amabilidad y alegría, que Vázquez de Ayllón en absoluto dudó de que se hallaban bajo su completo gobierno. Por eso no tuvo inconveniente alguno en permitir a doscientos de sus hombres que se adentraran hasta el poblado de sus amables anfitriones, mientras él permanecía con medio centenar de marineros al cuidado de las naves.

Tres días duró la fiesta de recibimiento con la que aquellos nativos los acogieron. Pero al llegar la cuarta noche todos los españoles fueron asesinados, aprovechando el descuido de sus sueños. Con la sangre resbalando aún por las afiladas hojas de sus cuchillos, un grupo de más de cien guerreros se dirigió sin perder tiempo hasta la costa, en la que sorprendieron al rayar las primeras luces el reposo de Ayllón y de los que con él se encontraban. Tal y como le ocurriera años atrás a Ponce de León, a duras penas consiguió huir con unos cuantos de sus hombres, en una de las dos desbaratadas naves con las que habían iniciado aquella aventura.

Durante toda la travesía no pronunció palabra alguna. Con la mirada fija en la popa y asido con fuerza a una jarcia, Lucas Vázquez de Ayllón no dejó de observar en ningún momento la blanca estela que le iba alejando definitivamente de su destino de conquistador.

Al llegar a este punto, el Inca Garcilaso levantó la vista del pliego y comprobó que la tarde se había echado irremediablemente encima. Ya no era hora de continuar con el relato, porque al día siguiente tenía previsto ponerse en camino antes del amanecer.

Mientras se disponía a recoger todos los pliegos que se dispersaban por la mesa en la que llevaba trabajando desde el mediodía, le vino el recuerdo de uno de los pocos soldados que junto con Ayllón consiguió escapar de la muerte. Siendo niño lo conoció en el Cuzco y en más de una ocasión le oyó relatar detalladamente su desventura.

Mojó la pluma en el tintero y apostilló con mano firme.

Esto se lo oí referir a Hernando Mogollón, natural de Badajoz, en el Cuzco, en casa de mi padre, el capitán Sebastián Garcilaso de la Vega y Vargas, ante los hombres de armas que allí se reunían habitualmente.

Sopló varias veces con cuidado para que la tinta se secara, mientras se abandonaba al recuerdo de aquel hombre enjuto, que hablaba de forma tan pausada que parecía como si los recuerdos le llegaran de lejos y le costara convertirlos en palabras. Al oírlo narrar su desgracia daba la sensación de que irremediablemente continuaba detenido en ella.

A pesar de los convulsos acontecimientos que años después le tocara vivir en el Perú, ese triste soldado nunca sintió que fueran tan estremecedores como lo acaecido aquella madrugada en una playa de la costa de la Florida, cuando le despertaron del apacible sueño los gritos de los que caían degollados a su alrededor.

Durante más de dos interminables horas Hernando Mogollón fingió estar muerto, soportando la pastosidad caliente de la sangre ajena, que se derramaba por todo su cuerpo. Tan solo cuando oyó que los indios se alejaban entre gritos de victoria, se atrevió torpemente a incorporarse. Y entonces vio que otros cuerpos, ensangrentados también, emergían de entre los cadáveres.

Al distinguir el del capitán Vázquez de Ayllón se dirigió hacia él aún sin saberse del todo vivo, con la sospecha de que si conseguían levar anclas y zarpar, no sería más que para el otro mundo.

El Inca siguió recordando. Ahora le llegaban con nitidez aquellas reuniones en casa de su padre, a las que asistían los más hazañosos conquistadores que habían ganado las riquezas de las que disfrutaban a fuerza de batallar sin descanso

En el pródigo salón del capitán Garcilaso de la Vega no era de extrañar que se reunieran no menos de ochenta comensales en cada ocasión. Y su hijo, un muchacho mestizo bastante reservado, no perdía la oportunidad de escuchar siempre en silencio aquellos sucesos que componían la historia viva de una tierra que unos perdieron y otros ganaron, con demasiado dolor y mucha sangre.

Lo sacaron de sus recuerdos los tibios pasos de Beatriz, que traía generosamente la luz que le faltaba a la estancia. Ahora sí que pudo leer con claridad ese nombre que acababa de escribir a tientas.

—¡Quiero continuar un poco más, ahora que has hecho que todo se ilumine de nuevo!

Y acompañó su comentario de esa mirada que ella conocía muy bien, porque era la que le dedicaba siempre que se hallaban a solas.

Beatriz de Vega era morisca y llevaba desde muy niña al servicio de aquella casa que había pertenecido antes que a él a su tío, Alonso de Vargas. Lejos quedaba ya la ocasión en la que entre ellos dos se cruzó el amor, el deseo, la pasión, o como queramos llamarlo, porque de todo hubo en su larga y discretísima relación. Hasta tuvieron un hijo, al que el Inca hizo bautizar con el nombre de Diego de Vargas y que ya de muchacho le ayudaría como secretario, al igual que él había hecho con su padre, cuando alcanzó el cargo de corregidor del Cuzco y eran muchos los asuntos que debía de tratar a diario en aquella agitada y siempre convulsa ciudad.

Beatriz se alejó en silencio, mientras él observaba sus serenos y cálidos movimientos hasta que la puerta se cerró suavemente tras de ella.

Al quedarse de nuevo a solas reanudó la escritura, convencido de que Hernando de Soto también habría oído a Mogollón relatar tan dramático suceso, en los años en los que los dos coincidieron en el Cuzco.

Entre los que intentaron sin éxito la conquista de la Florida también había que contar a Pánfilo de Narváez, al que acompañaba en la expedición el valeroso Alvar Núñez Cabeza de Vaca, que consiguió milagrosamente sobrevivir a los largos y penosos años en los que fue hecho esclavo por los indios y sufrió las peores calamidades, de las que daría cumplida cuenta en sus «Naufragios».

Lejos de amilanarse con tan infortunados relatos, Hernando de Soto sentía hervir la sangre con fuerza cuando imaginaba el éxito de su empresa y las noticias que llegarían hasta La Habana, Sevilla y Madrid, por las que en todas las partes del Mundo sabrían de su gran hazaña.

Dejó la pluma reposar en el tintero y se entregó a imaginar cómo debía de sentirse el protagonista de esta crónica, ahora que se sabía traicionado por los suyos. Sin duda que uno de los que más le debió decepcionar sería el tesorero de la expedición, de nombre Juan Gaytán, al que había escuchado la noche anterior tramar una huida que pensaban hacer efectiva en cuanto llegaran a la costa.

Por todo ello, quizá Hernando de Soto ya no estuviera tan seguro de que no le iba a suceder lo mismo que a todos los que le habían precedido tan infructuosamente en el desafío de conquistar la Florida.

Alentado por este indicio, que en seguida se fue tornando casi en certeza, Garcilaso continuó escribiendo.

Ahora que se acercaba el momento de enfrentarse a la traición de los que le habían acompañado de forma tan gustosa y comprometida desde Sanlúcar, en el tiempo de las aguas vivas de 1538, Hernando de Soto sintió por primera vez miedo de que su destino fuera el mismo que el de todos sus predecesores.

La voz del capitán Moscoso lo sacó de sus aciagos pensamientos.

—¡Señor, se presentan todos los hombres del campamento! —exclamó con solemnidad.

Uno a uno, el adelantado se fue deteniendo en sus rostros, buscando en sus miradas las huellas de la traición. Pero lo que vio fue tanto cansancio, decepción y hambre, que por un instante entendió a los rebeldes y casi se puso de su parte.

Un vértigo extraño lo asaltó al sentir que aquello quizá fuera el primer signo que anunciara su propia derrota y decidió que sería mejor evitar que sus hombres descubrieran que estaba al tanto de lo que muchos de ellos tramaban. De modo que, como en las jornadas previas se habían visto obligados a luchar enardecidamente, no le costó trabajo trocar el reproche que tenía preparado, en felicitación. Y muy amablemente pasó a destacar el valor y coraje con el que se habían enfrentado a tantos bravos indios como les habían hecho frente en Mauvila.

Sin dar tregua alguna a sus palabras, aprovechó la satisfacción con la que todos recibieron aquellos elogios para anunciarles que pasadas dos o tres semanas, una vez que ya se hubiesen recuperado de las heridas y les hubiera dado ocasión de reunir los bastimentos necesarios, partirían hacia el interior.

De inmediato notó el nerviosismo de los que vieron con ello frustrados sus insidiosos planes, sin que ninguno se atreviera a preguntar la razón por la que ya no iban al encuentro de las naves.

¡Callan para no delatarse! —pensó el adelantado, que hubiera deseado que nada de lo que oyó la noche anterior fuera cierto.

Tras aquel elocuente silencio, se hizo a la idea de que eran más de los que pensó en un principio los soldados que estaban dispuestos a desertar.

Una vez que se quedaron a solas, su fiel capitán Luis de Moscoso quiso saber a qué obedecía ese drástico cambio de planes, siendo que llevaban muchas jornadas ideando la forma de alcanzar la costa y con ello los barcos que allí les aguardaban.

—¡No he de consentir la deserción de ningún soldado por muy desleales y de poco de fiar que sean, porque desgraciadamente no tenemos con quiénes reemplazarlos! —le respondió, en un tono de voz lo suficientemente bajo como para evitar ser escuchado por algún curioso.

Siguió explicándole que la única solución pasaba por adentrarlos lo más posible en aquellas ignotas tierras, con la esperanza de encontrar de una vez por todas riquezas suficientes como para calmar su desengaño.

Luis de Moscoso no tardó en recordarle que llevaban ya demasiado tiempo deambulando por comarcas, a veces pobladas de ricos maizales y otras por ciénagas casi imposibles de cruzar, sin que hubieran encontrado otra cosa que no fueran dificultades y peligros. Y que aunque en algunas ocasiones se habían topado con asustados caciques, que enseguida se acomodaron a la voluntad de los castellanos; sin embargo fueron muchas más aquellas otras en las que les había tocado enfrentarse a indómitos guerreros, dotados de tanta destreza en el arte del combate, que ponían en serio peligro, no solo sus vidas, sino también la confianza en el éxito de aquella conquista. Hernando de Soto nada quiso añadir a las palabras de su capitán.

Una vez a solas dentro de su tienda le invadió la pesadumbre, al comprender que tras la decisión que acababa de tomar había dejado de actuar libremente. Y de golpe advirtió por primera vez que su anhelado proyecto de igualar a Cortés y a Pizarro podría frustrarse. Habían sido tantas las ocasiones en las que se imaginó a sí mismo conquistando, en nombre de la Corona y de la Cristiandad, esa gran península que se extendía al Norte y que tan esquiva había resultado para tantos otros conquistadores, que no estaba preparado para el fracaso.

¡Tres vastos y ricos territorios, unidos cada uno de ellos a los nombres de los tres más grandes capitanes que recordarán los siglos venideros! Ese era su gran afán y a lo único a lo que a estas alturas no estaba dispuesto a renunciar. Porque desde que se embarcó en esta definitiva empresa tuvo la certeza de que toda su vida anterior había sido tan solo un preámbulo que le conducía inexorablemente a la conquista de la Florida.

A pesar de que su hoja de servicios era una de las mejores de las que se habían llevado a cabo en el Nuevo Mundo, sus grandes hazañas del pasado palidecían a sus ojos ante la posibilidad que tenía delante.

De nada le servía recordar que con tan sólo catorce años acompañó hasta Panamá al que muchos años más tarde se convertiría en su suegro, el despiadado y cruel Pedro Arias de Ávila. Ni que antes de cumplir los veinte participó a las órdenes de Gil González de Ávila en el descubrimiento de la costa de Nicaragua; o que con Francisco Hernández de Córdoba hubiera descubierto Nicaragua y Honduras. Y más tarde, en nombre de Pedrarias, se viera obligado a derrotar al mismísimo González de Ávila. Y sobre todo, que en 1528 fuera uno de los que acompañó a Pizarro en la conquista del Perú y uno de los primeros españoles que entró en el Cuzco con Diego de Almagro. O que, tras Cajamarca, visitara varias veces a Atahualpa, siendo el primer cristiano que vio y habló con el último emperador de los Incas.

Porque Hernando de Soto siempre supo que todas

aquellas hazañas no suponían más que la antesala de lo que le aguardaba en la Florida. Por eso la inmensa fortuna que recibió tras su decisiva participación en la conquista del Perú —más de 100.000 de pesos de oro— la empleó íntegramente en organizar desde España una expedición, en la que se hizo acompañar de un ejército de mil hombres, a los que dotó de todo lo necesario para garantizar el éxito de la empresa.

En Sanlúcar no se había visto nunca semejante alarde a la hora de fletar aquellos siete aseados y bien provistos navíos. Nada se dejó a la improvisación y el cuidado que él y su esposa, doña Isabel de Bobadilla, pusieron en este proyecto provocó la admiración de propios y extraños.

En este punto sus recuerdos se detuvieron en ella, en su dulce y valiente Isabel, sin la que todo habría sido si no imposible, al menos sí que mucho más difícil. Pero en la sangre de su esposa corría el afán de la aventura con tanta fuerza, que fue ella la que primero propuso lo que debían de hacer con todo aquel oro venido del Cuzco. Y él, una vez que escuchó lo que deseaba oír, fue el hombre más dichoso y enamorado de cuantos se conozcan.

Le vino de golpe a la memoria el amargo trance por el que hubo de pasar Francisco Pizarro cuando en la isla de la Gorgona se vio abandonado por casi todos sus hombres, menos trece de ellos, y no tuvo más remedio que aplazar su entrada en el Perú hasta que no lograra reunir un nuevo ejército, formado esta vez por hombres como él, venidos desde Nicaragua y Panamá.

Con qué gusto hubiese permitido que todos los desertores se hubieran marchado de su lado, si existiera la más remota posibilidad de remplazarlos por leales soldados. Pero para su desgracia, los necesitaba a todos, hasta a los más ruines y desalmados. Sin ellos peligraba el éxito de la expedición y eso era algo que debía de evitar a toda costa, aunque a partir de entonces fuera un hombre acosado por el miedo.

Garcilaso cesó definitivamente de escribir, temeroso quizá de aventurarse a imaginar más de la cuenta. Porque a su juicio un cronista debe reconstruir la historia y dar fe de lo acontecido, procurando no acercarse a los extremos a los que los autores de novelas de caballerías conducen a sus lectores.

Ordenó los pliegos y cerró las gavetas en las que había ido colocando cuidadosamente cada uno de los documentos que antes se desplegaban desordenadamente por el escritorio. No debía de entretenerse más. La hora de partir hacia Las Posadas se acercaba y debía descansar al menos unas pocas horas. Por último, guardó las cuartillas en las que estaba trabajando dentro de la escribanía portátil con la que viajaba siempre que iba a visitar al capitán Silvestre.

Procuraba preparar con tiempo y asiento estos encuentros, así como ir anotando todas las preguntas que le rondaban por la cabeza o las dudas que se le iban presentando, a medida que avanzaba en la redacción de esta crónica, que con el tiempo sería conocida como *La Florida del Inca*, aunque su verdadero título no fuera otro que el de *La expedición que Hernando de Soto realizó a la Florida en el año de 1539*.

A todas las preguntas que en esta ocasión pensaba hacerle al viejo capitán habría que sumar esta última duda, que anotó cuidadosamente:

¿Tras la batalla de Mauvila, acaso observaron sus hombres que el adelantado hubiese perdido la confianza en el éxito de su empresa?

Al contar con el testimonio de uno de los pocos supervivientes, lo único que podía hacer era dar forma a los recuerdos de tan excepcional informante, procurando contar en todo momento con su aprobación. De ahí que las visitas que le hacía periódicamente fueran de tanta utilidad para él. No sólo porque en ocasiones le permitían conocer nuevos detalles de lo ocurrido, sino porque también le otorgaban su conformidad con lo que ya llevaba escrito. De no ser así, nunca se hubiera atrevido a dar a la imprenta esta crónica.

Hacía ya más de un año que no se veían y de unos meses a esta parte le había entrado la desazón de que quizá este encuentro pudiera ser el último. No era muy desatinado pensar así, si se tenían en cuenta tanto la edad del capitán, como las muchas secuelas que tan valiente actuación militar habían dejado en su maltrecho cuerpo. De ahí que esta visita sería más larga de lo acostumbrado, porque tras ella tenía previsto concluir definitivamente una crónica en la que llevaba trabajando desde hacía ya varios años.

Cronista y testigo se habían conocido cuarenta años atrás en el Cuzco. Entonces apenas si tuvieron trato, ya que él era un niño y Gonzalo Silvestre uno de los asistentes a aquellas reuniones celebradas en torno a la generosa hospitalidad de su padre.

La imaginación de ese tímido muchacho, que escuchaba embelesado lo que decían tan impetuosos hombres, se inflamaba con el relato de aquellos sucesos, unas veces nobles y heroicos y otras, bastante viles y mezquinos.

Por razones bien distintas, tanto el capitán Silvestre como él abandonaron el Perú por las mismas fechas y unos años después se reencontraron en Madrid.

Gonzalo Silvestre fue uno de los muchos soldados a los que el tercer Virrey del Perú, don Andrés Hurtado de Mendoza, marqués de Cañete, expulsó de aquella tierra en la que tan esforzadamente había luchado por restablecer el orden, tras la guerra entre pizarristas y almagristas. Pero el Consejo de Indias, a pesar del éxito de la pacificación que llevó a cabo La Gasca, seguía manifestando mucho recelo hacia todos los que habían participado en las guerras civiles, incluso hacia los que lucharon en el bando leal a la Corona, como fue su caso.

Ya antes de embarcar, el nuevo Virrey le dejó bien claro al emperador que su objetivo no era otro que el de «limpiar» el Perú, a lo que sin duda se emplearía a fondo, como bien demuestra la carta que unos meses más tarde de su llegada le envió al Duque de Alba, donde alardea de que en tan poco tiempo había hecho degollar, ahorcar o desterrar a más de ochocientos españoles.

Gonzalo Silvestre afortunadamente salvó la vida, aunque

se vio obligado a desprenderse de las importantes posesiones de que disponía en la región de La Plata. Apremiado por la orden del Virrey, no tuvo más remedio que malvender toda su hacienda: casas, caballos, esclavos negros, así como las extensas plantaciones de trigo situadas en la zona de Pilcomayo y regresar a España.

Por su parte el Inca Garcilaso, que entonces aún usaba el nombre de Gómez Suárez de Figueroa con el que fue bautizado, decidió voluntariamente abandonar el Perú para cumplir con los deseos de su padre, en cuyo testamento le había otorgado cuatro mil pesos de oro, que debía emplear para ir a estudiar a España. De ese modo, sin preverlo y con apenas veinte años, se embarcaría en un viaje del que nunca regresó.

Una vez llegados a Madrid, tanto Gonzalo Silvestre como el Inca Garcilaso pretendieron infructuosamente que la Corona reconociera sus derechos.

Ante el Consejo de Indias el capitán Silvestre presentó como méritos, no solo el de ser uno de los pocos supervivientes de la expedición que realizó Hernando de Soto a la Florida, sino también el de haberse enrolado, unos años después, en la pacificación del Perú a las órdenes de Diego Centeno, el capitán que se enfrentó a Gonzalo Pizarro en la batalla de Huarina. Por su parte, el joven mestizo reclamaba los tributos que le correspondían a su difunto padre por su destacada participación en la conquista del Cuzco.

Pero la Administración española no hizo caso de ninguna de estas dos solicitudes, como tampoco de otras muchas. El desprecio y la ingratitud fue la moneda más corriente con la que se pagaron desde la corte los servicios de aquellos desmedidos soldados.

Por si no bastara con lo mucho que une el desengaño, el destino quiso que más tarde el capitán Silvestre se instalara definitivamente en Las Posadas, una localidad que se encuentra a tan solo doce leguas de la ciudad de Montilla, en la que el Inca Garcilaso residía, gracias a la generosa hospitalidad de su tío paterno, Alonso de Vargas.

Quizá por el efecto que produjo en su ánimo el disfrutar de la excelente biblioteca de su tío, el joven mestizo decidió cambiar el nombre con el que había sido bautizado en el Cuzco por el de Inca Garcilaso de la Vega, cuando comprendió que su destino no sería otro que el de escribir la crónica de lo ocurrido, durante aquellos años en los que el Nuevo Mundo había cambiado de manos.

A lo largo de su dilatada amistad con Gonzalo Silvestre, Garcilaso le había oído hablar en tantas ocasiones de las difíciles jornadas que le tocó vivir al lado de uno de los mejores capitanes que se hayan conocido, que sintió la necesidad, o quizá la obligación, de poner la desafortunada aventura de Hernando de Soto sobre el papel de la forma más detallada y veraz posible, aunque bien es verdad que antes de iniciar su redacción tuvo muchas dudas. No sólo porque no sabía si iba a entenderse que dedicara tanto interés y esfuerzo a recordar una empresa que desembocó en tan gran fracaso, sino porque algunos llegaran a pensar maliciosamente que su condición de indio le hacía vengarse de los españoles con el recuerdo de semejante afrenta. ¿Por qué elegir la relación de una derrota, cuando fueron tantos los esforzados y exitosos trabajos que los españoles llevaron a cabo al otro lado del océano? —se preguntarían los más suspicaces. Y esto último era lo que más daño podía hacerle a él, que con tanto cuidado y respeto defendió siempre los dos mundos a los que pertenecía a partes iguales.

En realidad la intención que le animaba al escribir esta crónica no era otra que la de alentar a la Corona para que no perdiera la ocasión de conquistar definitivamente aquellas tierras, que de tanto provecho habrían de ser para España, así como por no dejar en el olvido al gobernador Hernando de Soto y a todos esos hombres que, como Gonzalo Silvestre, lo acompañaron.

Después de analizar con cuidado todos estos detalles, descubrió que al tiempo que fuera redactando esta malhadada aventura debería mirarse a sí mismo en todo lo que escribiera, como también volvería a hacer, años después, y aún con más motivo, en sus otras dos crónicas. A diferencia de esta primera, en ellas no iba a contar ajenos recuerdos, sino que se valdría tanto de lo que vivió de niño en casa de su padre, como de lo que le contaron los apenados familiares de su madre acerca del vasto imperio que perdieron a manos de los españoles. Ser uno de los primeros mestizos de aquella tierra, que dejó de llamarse Tahuantinsuyo para ser primero bautizada como Nueva Castilla y después el Perú, le brindaba la oportunidad de dar cuenta de primera mano de lo que ocurrió en aquellos desmedidos años. Y procuraría esforzarse en hacerlo con igual delicadeza y generosidad a ambos lados de la historia.

Ya desde que comenzó a conocer las primeras letras, de la mano de uno de los mejores amigos de su padre, Juan de Alcobaza, y más tarde cuando estudió Latín como discípulo de Juan de Cuéllar, natural de Medina del Campo y noveno canónigo de la catedral del Cuzco, su espíritu se fue forjando en la mesura y el orden, así como en la discreción y el buen gusto. El control que siempre tuvo sobre sus emociones lo aplicaría también a sus escritos, procurando en todo momento que lo más afrentoso y descarnado no excediera ni descompensara el relato de lo acaecido, para evitar con ello que semejantes extremos llegaran a desdibujar todo lo bueno que nos debe ofrecer una crónica.

Tampoco dudó nunca de que la grandeza de algunos hombres es inherente a ellos, sin que llegue a oscurecerla o enturbiarla el fracaso. Por eso siempre admiró a Gonzalo Pizarro, al que consideraba el mejor de todos los capitanes que lucharon en aquellas sangrientas guerras fratricidas que le tocó vivir de niño.

De nuevo se abrió la puerta y Beatriz se acercó hasta su mesa. Mientras le servía la cena la miró detenidamente. Era la última noche antes de un viaje que los iba a separar durante varios meses, porque había previsto pasar en casa de Silvestre todo el verano, para que le diera tiempo no solo a revisar con él el texto, sino a reavivar sus recuerdos, en busca de algún dato, nombre o detalle que hubiese quedado olvidado en anteriores entrevistas.

Partió antes de que amaneciera.

Disponía de un buen caballo, al que quería entrenar con el mismo cuidado y sabiduría con el que su padre le enseñó desde niño a tratarlos. Era la primera vez que salía con él a campo abierto y estaba impaciente por probarlo. Poco equipaje necesitaba. En uno de los serones del asno que ató a su montura fijó un baúl de cuero en el que Beatriz había colocado cuidadosamente sus ropas. Mientras que el otro lo utilizó para llevar la escribanía portátil, así como el voluminoso mazo que componía por ahora el manuscrito de *La Florida*.

El frescor de la madrugada golpeó su rostro cuando abrió el portón.

La ciudad aún dormía. Los cascos de la cabalgadura resonaban en las silenciosas calles de Montilla. Le hubiese gustado cabalgar sin el lastre que suponía aquel burrillo trotador, que hay que reconocer que hacía todo lo posible por no quedarse atrás.

Durante un largo trecho el olor intenso y verde de un olivar lo acompañó hasta que con las primeras luces el paisaje fue gradualmente cambiando y aparecieron dibujados a ambos lados del camino extensos viñedos, en los que la uva ya se veía apretada entre los pámpanos, por lo que sería sin duda un año de buena cosecha.

Cuando dejaron de verse a lo lejos las últimas casas montillanas comenzó a sentir que aquella salida le venía muy bien no solo a su entumecido cuerpo, sino también a su embebido espíritu. Porque de tanto pensar en todos aquellos ajenos sucesos, lugares, nombres, batallas, victorias, traiciones, penalidades y desengaños había dejado por completo el cuidado de sus propios asuntos.

Al llegar a un altozano se detuvo a contemplar la vista de aquellas ricas y bien trabajadas tierras con las que comenzaba a alejarse de la comarca de Montilla y se acercaba a esa otra de Las Posadas, donde lo esperaba su relator.

Era mucho lo que quería saber y tantas las preguntas que deseaba formularle, que decidió que lo haría de forma sosegada, tratando en cada ocasión un asunto concreto. Con todo este material una vez revisado, ya sí sería el momento en el que se dedicara a ir ensartando cada una de aquellas precisas informaciones, como si de un quipu de sus antepasados Incas se tratara, en el tapiz completo de esta crónica. Y los hilos con los que pensaba construir su trama no eran otros que el buen juicio y la gramática.

Ya a media tarde divisó a lo lejos la villa de Las Posadas y como todavía al sol le quedaban unas cuantas horas de luz, decidió detenerse a orillas del Guadalquivir. Acomodó la caballería para que descansase a la fresca sombra que procuraban unos árboles, mientras él se dedicó a observar el sereno discurrir de aquel rio, del que bien se podía decir que desembocaba en las Indias. Sus aguas pronto llegarían al ajetreado puerto de Sevilla, donde por las fechas que eran ya estarían muy adelantados en los preparativos de la Flota de Tierra Firme. Y una vez que pasaran el Arenal, bajarían hasta Sanlúcar, donde irremediablemente se volverían saladas. Pasó a imaginar ese inmenso espacio azul, detrás del cual se hallaban las vastas tierras que los españoles dieron en llamar *Nuevo Mundo* y que en realidad no era más que el suyo propio.

Le invadió de repente una nostalgia repetida muchas veces en su ánimo, al pensar en el sol del Cuzco, en el aire puro de su altura, en las casas señoriales de los primeros conquistadores, construidas sobre las sagradas piedras de los templos y palacios Incas. Y pensó en su madre, la ñusta Chimpu Ocllo, hija de la Palla Cusi Chimpu y de Hualpa, cuarto hijo legítimo del emperador Túpac Inca Yupanqui y de la Coya Mama Ocllo.

Como princesa que era, su madre nació y vivió en el palacio imperial. No había que olvidar que era sobrina del emperador Huayna Cápac, cuyo reinado fue el último en el que se vivió en paz en aquel vastísimo imperio, hasta que a su muerte sus dos hijos, Huáscar y Atahualpa, se enfrentaron violentamente por el poder, lo que facilitaría enormemente la conquista española.

Como desde el primer momento la princesa Chimpu Ocllo y sus hermanos tomaron partido por su primo Huáscar, todos ellos se vieron obligados a sufrir muchas vejaciones y a sortear los peligros que desencadenó Atahualpa sobre los legitimistas, después de su victoria en la llanura de Quepaypa.

La llegada de los españoles acabó definitivamente con el poder de su familia materna. Y sin duda obligó a su madre, tras ese ajeno nombre de Isabel con el que forzosamente la bautizaron, a entregarse a uno de aquellos barbudos invasores. De esa unión, que simbolizaba perfectamente el nuevo tiempo que se abría en aquella tierra, tan antigua a la vez como recién estrenada, nació él. Y su padre pareció quererlo reclamar como descendiente de su noble linaje español, al bautizarlo con el sonoro nombre de un notable antepasado.

Si su madre era nieta, sobrina y prima de emperadores, en su familia paterna también se daba la excelencia de un linaje, no sólo entroncado con la nobleza de las armas, sino también con la de las letras. Ya hubo un Garci Lasso *el Viejo* que fue privado del rey Alfonso XI, al que sucedió un hijo de igual nombre, que tuvo una valiente actuación en la batalla del Salado. A esta rama familiar pertenecieron tanto Jorge Manrique, autor de las coplas más hermosas que se escribieron en tiempos de la reina Isabel, como el primer poeta que con escasa fortuna usó el soneto en nuestra lengua, don Íñigo López de Mendoza, marqués de Santillana. Una hermana suya, doña Elvira Lasso de Mendoza, casó con don Gómez Suárez de Figueroa, señor de Zafra, de Feria y de Villalba. Siguiendo esa noble estirpe se llegaba hasta los hijos de don Pedro Suárez de Figueroa y de doña Blanca de Sotomayor, uno de ellos fue su bisabuelo, Gómez Suarez de Figueroa *el Ronco,* y el otro, Garci Lasso de la Vega, padre del exquisito poeta del mismo nombre, con el que el soneto definitivamente consiguió reinar en nuestra lengua, sin rastro alguno de su pasada aspereza.

El río continuaba implacable en su definitiva marcha hacia su destino trasatlántico, mientras el Inca abandonó sus propios recuerdos para pasar a imaginar aquellos ajetreados días en los que Hernando de Soto y su esposa organizaron muy cerca de allí la expedición de la Florida, formada por novecientos cincuenta hombres de distinta condición, pero todos ellos jóvenes y deseosos de alcanzar fama y fortuna.

A muchos de ellos el propio Soto los ayudó económicamente para que se equiparan con todo lo necesario. Armas y caballos eran dos de los elementos imprescindibles que garantizaban el éxito de una empresa de esta importancia, pero también era necesario un buen matalotaje, en el que no faltara hierro, acero, azadas, serones, sogas y espuertas.

Ya que Hernando de Soto había sido nombrado por el emperador Carlos no solo adelantado de La Florida, sino también gobernador de Cuba, antes de iniciar la expedición tomó posesión de su plaza en aquella hermosa isla y dejó allí a su esposa como gobernadora. Siendo con ello doña Isabel de Bobadilla, la primera y única mujer que ostentó ese cargo en el Nuevo Mundo.

La Flota de la Florida partió de Sanlúcar el seis de abril de 1538. La componían siete navíos grandes y tres pequeños.

Esas eran las palabras con las que daba comienzo su crónica. En las primeras páginas se propuso recordar a todos aquellos hombres muy principales y valientes, hasta sesenta conquistadores, que desde que supieron de la intención del adelantado no dudaron en seguirlo en su quimera.

En la nao capitana, de nombre «San Cristóbal» y de ochocientas toneladas, viajaba Hernando de Soto con su familia, muy bien acompañado de gente de guerra, artillería y munición.

En «La Madalena» se embarcaron Nuño Tóvar y don Carlos Enríquez, los dos de Jerez de Badajoz.

El capitán de «La Concepción», al que Soto nombró maese de campo, era Luis de Moscoso de Alvarado, hijo del comendador Diosdado de Alvarado, vecino de Zafra, y sobrino del gran Pedro de Alvarado.

El hidalgo portugués Andrés de Vasconcellos capitaneaba el galeón llamado «Buena Fortuna», con él viajaba una noble compañía de hidalgos portugueses, muchos de los cuales ya habían luchado en África.

El «San Juan» lo dirigía Diego García, que era hijo del alcaide de Villanueva de Barcarrota.

Y la «Santa Bárbara» la comandaba el capitán de infantería Arias Tinoco, cuyos dos hermanos, Alonso Romo de Cardeñosa, también capitán de infantería, y Diego Arias Tinoco, alférez general, iban al mando de un galeoncillo llamado «San Antón». A estos tres hermanos les unía una estrecha relación familiar con Hernando de Soto.

En una carabela muy hermosa viajaban un caballero de Badajoz llamado Pedro Calderón y el caballero genovés Micer Espíndola, que ejercía como capitán de sesenta alabarderos de la guardia.

También los acompañaron ocho clérigos y cuatro frailes, sobre los que recaía esa otra gran empresa con la que la Corona siempre procuró justificar su presencia en el Nuevo Mundo. Porque en aquel tiempo nadie ponía en duda que la Providencia le hubiera otorgado a España una alta misión, que aquellos doce hombres pretendían desarrollar en las infieles tierras de la Florida.

Aunque no nos han llegado los nombres de todos ellos es bueno poner por escrito los que conocemos, porque fueron buenos hombres, que en todo punto ayudaron a los demás cuando necesitaban consuelo.

Entre los clérigos figuraban el francés Dionisio de París y los españoles Diego de Vañuelos y Francisco del

Pozo, nacidos los dos en Córdoba, y el sevillano Rodrigo de Gallegos.

Y de los frailes sabemos los nombres de fray Francisco de la Rocha, que pertenecía a la advocación de la Santísima Trinidad y era natural de Badajoz; el franciscano nacido en Sevilla, fray Juan de Torres, y dos frailes dominicos, fray Juan Gallegos, también de Sevilla, y fray Luis de Soto, de Villanueva de Barcarrota.

Como era costumbre entonces, no partieron solos de Sanlúcar. A ellos se les unió la Flota de México, compuesta por veinte grandes navíos.

Se acordó que Hernando de Soto fuera el general de las dos Armadas hasta que arribaran a la isla de Santiago de Cuba. Allí separarían sus destinos y tomaría el mando de los barcos que se dirigían a Vera Cruz un caballero muy principal llamado Gonzalo de Salazar, que fue el primer cristiano que nació en Granada después de la toma de la ciudad. Por ese motivo los Reyes Católicos le dieron grandes privilegios, con los que fundó un mayorazgo. Salazar había sido uno de los conquistadores de México y ahora regresaba allí como Factor de la Hacienda Imperial de la capital.

Un nieto suyo sería el valiente Juan de Oñate, al que se le llamó «el último conquistador», por sus incursiones en el Norte de Nuevo México, donde pensaba encontrar la mítica ciudad de Quivira, que ya había buscado mucho antes Vázquez de Coronado.

Los relinchos del caballo lo sacaron de sus pensamientos. El sereno rumor del río sonaba ahora a despedida. Sus aguas le habían acercado a aquellos recuerdos de forma tan viva, que por un momento sintió ganas de dejarse llevar por ellas hasta ese otro lado del mundo.

Capítulo II

A medida que se iba acercando a Las Posadas se fue encontrando con arracimados grupos de labradores que regresaban de la siega. En sus ásperos rostros se dibujaban las huellas del sol, enredadas con el seco polvo de la tierra.

Al entrar en aquella plazuela que tan bien conocía observó que la casa del capitán Silvestre tenía las puertas abiertas y hasta la calle llegaba el alegre rumor de los que dentro estaban jugando una partida de naipes. De entre todas las voces la de su dueño destacaba, profunda y cavernosa.

Aquel hombrón conservaba gran parte de la energía que tuvo de joven, a pesar de que pasaba ya de los setenta años y sus achaques eran tantos, que hasta en la piel se le habían quedado impresas las dolorosas huellas de los muchos padecimientos como llegó a soportar a lo largo de sus campañas americanas.

No tardó en aparecer en el zaguán el sobrino de Silvestre, un mozo bien parecido, aunque no tenía la corpulencia de su tío. Por mucho que el muchacho insistió en conducirlo hasta donde se estaba jugando aquella partida, Garcilaso prefirió aguardar a encontrarse con su anfitrión una vez que el juego hubiese concluido. No gustaba de imponer su presencia en ningún lugar y mucho menos de irrumpir sorpresivamente donde se celebraba una reunión, como era el caso.

Antes de retirarse a su aposento dejó bien acomodada la caballería en una de las dos cuadras de las que aquella casa disponía. Tenía pensado salir todas las mañanas a primera hora a cabalgar con su joven caballo por la ribera del rio, para continuar así con su adiestramiento. Era un animal tan noble y fuerte, que confiaba en hacer de él un ejemplar propio de un conquistador.

Bien sabía Garcilaso que los caballos fueron en la conquista los mejores aliados de los españoles, como también lo descubrieron de inmediato los indios, que los hacían blanco de sus flechas aún antes que a sus jinetes, porque una vez a pie aquellos bárbaros venidos de tan lejos comenzaban a tener su misma estatura.

Ya en su aposento, colocó con cuidado en una mesa bastante amplia la escribanía de viaje, el manuscrito, así como las plumas y el tintero. Verlo todo en su sitio le daba la serenidad y el estímulo que necesitaba siempre para escribir.

Hasta allí llegó la voz del capitán, que tronaba iracunda en clara señal de que el juego no debía de irle muy bien en esa mano.

Por un instante imaginó que aquellas voces eran las de los hombres de Soto en esos pocos ratos de esparcimiento, después de una dura jornada de exploración. Recordó que Silvestre le había comentado que cuando se quedaron sin cartas, tras un ataque en el que los indios incendiaron su campamento, confeccionaron con todo primor y detalle una baraja hecha de pergamino. Pero como solo tenían esa se vieron obligados a establecer rigurosos turnos de partida. De ahí parece ser que viene la expresión: «Démonos prisa, que vienen por los naipes».

Pero si hubo un hombre entre todos los que fueron a la Florida cuya vida quedó marcada por el juego, ese fue sin duda alguna Rodrigo de Guzmán.

Revisó los últimos pliegos en los que había estado trabajando hasta que encontró el fragmento en el que estaba recogida su historia. Una vez localizada, se dispuso a releerla mientras a lo lejos seguía sonando el animado rumor de la partida.

Se trataba de un caballero sevillano muy gallardo, que había ido a la expedición con tres buenos caballos, lucidas ropas y excelentes armas. Tan solo afeaba todas esas prendas, de las que en extremo hacía gala, su desmedida afición a los naipes. Cuando comenzaba una partida todos los que estaban con él sabían que nada le arredraría, porque apostar sin límite y doblar las apuestas eran sus señas como jugador.

Hacia el mes de abril de 1542 Hernando de Soto y sus hombres abandonaron Utiangue, donde habían invernado, y se dirigieron hacia Naguatex y allí permanecieron seis días, en espera de recibir noticias del cacique de aquellas tierras.

Una vez que retomaron la marcha, cuando apenas llevaban dos leguas de camino, el gobernador fue alertado de que faltaba Rodrigo de Guzmán. Como en un principio se temió que hubiese muerto a manos de alguno de los indios que les servían de guías, los mandó prender a todos. Al ver que ninguno supo dar señas de su paradero, pasó entonces a interrogar a los soldados. Muchos de ellos aseguraron haberlo visto durante el día anterior en el real y algunos comentaron que cuatro días antes se había jugado todo lo que tenía: ropas, armas y el único caballo que todavía le quedaba. También señalaron que en su extravío había seguido apostando hasta llegar a perder a la india que tenía a su servicio.

Aquella muchacha, a la que el propio Guzmán había raptado hacía muy pocos días, en una correría que autorizó el adelantado en un pueblo de esa misma comarca, resultó ser una de las hijas del cacique de Naguatex. Según siguieron contando los testigos de esa partida, Guzmán no tuvo ningún reparo en entregarle al ganador tanto el caballo como las armas y también los vesti-

dos, pero en lo relativo a la india no fue tan diligente. Tan sólo le prometió que en cuatro o cinco días se la daría. Pero como también echaron en falta a la joven, no dudaron en pensar que había desertado con ella para no tener que cumplir con el trato.

Una vez esclarecidos los hechos, el gobernador mandó que partieran cuatro indios en su busca. Los cuatro regresaron ese mismo día diciendo que el español les había confirmado que no pensaba volver al campamento, porque a partir de ahora viviría con los indios. También contaron que el cacique lo acogió muy gustosamente en agradecimiento por haberle devuelto a su hija.

Por si con aquella respuesta quisieran silenciar su muerte, Hernando de Soto le pidió al capitán Baltasar de Gallegos, dado que era de la misma patria que Rodrigo de Guzmán, que le escribiese una carta en la que le comunicara que se le perdonaría la deuda, si regresaba al real.

Al día siguiente, los indios trajeron de vuelta la carta de Gallegos, firmada con carbón por el propio Guzmán. Con ello pretendía rubricar su decisión. Y para que ni el adelantado ni ninguno de sus hombres pensasen que actuaba coaccionado, también el cacique se pronunció a través de los mensajeros, asegurando estar muy satisfecho de tenerlo a su lado como yerno.

Una vez oída tan definitiva respuesta, Hernando de Soto desistió en su empeño e inmediatamente mandó levantar el campamento, dejando atrás a aquel hombre enamorado, porque entre idas y venidas de los emisarios ya habían perdido tres días.

Meses después, cuando de nuevo los españoles volvieran a pasar por esa provincia, intentarían convencerlo de que regresara con ellos. Pero resultó de nuevo inútil, porque en esa última partida de naipes lo que realmente se había jugado Rodrigo de Guzmán fue su destino.

Este suceso siempre le hacía recordar aquello que nunca le pudo perdonar a su padre. Porque por mucho que el Consejo de Indias impusiera a los conquistadores y encomenderos la obligación de casarse con españolas, si es que querían seguir conservando sus privilegios y hasta la hacienda, también hubo algunos de ellos que no se plegaron a tan extrema exigencia de los desconsiderados tribunales españoles.

Aquella dulce y tierna ñusta, que es como los Incas llamaban a sus princesas, acostumbrada desde su nacimiento a vivir en la excelencia de un palacio, con diecisiete años se vio convertida en la mujer de uno de los hombres de Pizarro. Y con él tuvo a su hijo, un muchacho mestizo al que ella y sus familiares supieron trasmitirle entre lágrimas la historia de su pueblo.

Durante algo más de diez años el amor acompañó al capitán Sebastián Garcilaso de la Vega y Vargas y a la princesa Chimpu Ocllo, llegando casi a olvidar que pertenecían a dos mundos diferentes. Pero cuando iba a cumplir treinta años, la madre del Inca Garcilaso fue repudiada por su padre y obligada a abandonar su hogar y a separarse de su amado hijo.

—¡Los príncipes no lloran en público! —le dijo su madre la mañana de su partida, cuando entró en su aposento para despedirse de él a solas.

Ya en el patio de la casa, madre e hijo evitaron las lágrimas ante la atenta e impasible mirada del capitán, que observaba a la prima del último emperador de los Incas abandonar definitivamente su vida.

A pesar de repudiarla, su padre procuró protegerla del desamparo en el que la dejaba entregándole una dote tan generosa, que le permitiría casarse con un comerciante llamado Juan del Pedroche, con el que llegaría a tener otros hijos.

A partir de entonces Garcilaso tuvo que acostumbrarse a la presencia en la casa paterna de doña Luisa Martel de los Ríos y Mendoza, una insulsa damita española, que como bien demostraría con los tres matrimonios que llegó a contraer a lo largo de su vida, se empleó afanosamente en evitar el pecaminoso amancebamiento de los conquistadores con mujeres indias.

Aunque muchos de los que leyeran el caso de Rodrigo de Guzmán pensaran de él que no era más que un renegado, al Inca le parecía importante rescatar del olvido su valiente decisión. Porque en su fuero interno sabía que con ello, de alguna forma, vengaba a su propia madre de aquel destino que nunca debió de tener.

Volvió a escuchar los lejanos ecos de la partida, ahora que la voz del capitán Silvestre sonaba de nuevo mansa y alegre.

Mientras iba deshaciendo el equipaje le asaltaron los recuerdos de aquel día en el que su universo infantil quedó definitivamente hecho añicos. Fue entonces cuando comenzó a darse cuenta de que siempre iba a estar solo. Su soledad no la provocaba la falta de afectos, ya que disfrutó siempre del inmenso amor de sus padres, aunque tuviera que ser por separado. Otra bien distinta era la razón de aquel vacío con el que tuvo que aprender a convivir a lo largo de toda su vida. Su origen estaba en el apartamiento que produce no tener iguales. Esa obligada soledad que provoca el ser diferente a todos se agrandaría con su llegada a España, donde ya no pudo disfrutar, como hiciera en el Cuzco, de la amistad de los hijos de los Pizarro y de otros conquistadores, que junto con él fueron los primeros mestizos y criollos del Perú.

Si en el pasado su padre había participado en la conquista del Nuevo Mundo a él le correspondía, en el presente, ser el que diera cuenta de aquella empresa, para que no se perdiera la memoria de esos días. Y estaba bien seguro de que él podía hacerlo mejor que nadie, porque pertenecía por igual a las dos orillas de aquella historia. Por eso en sus crónicas siempre procuró que la mirada se hiciera múltiple, para con ello dar voz a todos los que participaron de aquellos extraordinarios sucesos.

La puerta se abrió de golpe y ante él apareció la imponente figura del capitán Silvestre, que le extendía las manos en busca de su abrazo.

A los veinte años el capitán Gonzalo Silvestre dejó Herrera de Alcántara para seguir al adelantado Hernando de Soto hasta la Florida. Cinco años después sería uno de los trescientos hombres que consiguió sobrevivir a tan infortunada aventura. Como muchos otros de aquellos desalentados supervivientes que llegaron descalzos a tierras mexicanas, desde allí se dirigió hacia el sur en busca de nuevos desafíos. Y aunque algunos de sus compañeros se quedaron en Nueva Granada, él prefirió bajar hasta tierras peruanas, donde como esos días se estaban librando duros enfrentamientos entre españoles se necesitaba de valientes soldados, curtidos como él en el oficio de la guerra.

El azar hizo que sirviera en las filas de Diego Centeno, uno de los capitanes que se había mantenido en todo momento fiel al poder real. Tras la ejecución del Virrey Blasco Núñez de Vela, Centeno y sus hombres fueron vencidos por Gonzalo Pizarro en la batalla de Huarina. Como a la mayoría, aquella derrota dejó a Silvestre a merced de los acontecimientos, hasta que con la llegada de La Gasca de nuevo volviera a reinar el orden. Gracias a que en todo momento se mantuvo unido a las fuerzas reales, tras la pacificación del Perú conseguiría disfrutar de unos años de bienestar personal y económico, que se vieron truncados por la decisión del Virrey Hurtado de Mendoza de expulsarlo, como a muchos otros, de aquellas tierras por las que tan valientemente había peleado.

—¡De tanto como ya me había hecho a aquello, dejé de anhelar el regreso a España! —le comentaría al Inca Garcilaso cuando los dos se encontraron en Madrid en los primeros meses de 1562.

Durante el tiempo en el que los dos permanecieron en la corte, fueron tantas las ocasiones en las que hablaron y recordaron lo que habían vivido al otro lado del océano, que su amistad se fue estrechando, mientras aguardaban respuesta a sus peticiones ante el Consejo de Indias.

—¡El olvido es peor cosa que la muerte!... Sí no damos cuenta de aquellos hechos, será como si nunca hubieran sucedido... ¡Siento que se lo debo a todos los que perdieron la vida en las difíciles tierras de la Florida! —era uno de los argumentos con el que más insistía el capitán Silvestre, intentando convencerle de que juntos debían redactar aquella crónica.

A principios de 1563, tras muchos meses de incertidumbre y espera a las puertas de los fríos despachos ministeriales, la decepción se instaló en el ánimo de Garcilaso cuando comprobó en primera persona la enorme importancia que en la corte se daba a las crónicas oficiales. A pesar de la conocida imprudencia de algunos cronistas, que se valían con demasiada frecuencia de cualquier desinformado testigo para dar cuenta falsa o incompleta de lo que en tierras americanas sucedía, el todopoderoso Consejo de Indias hacía caso a pie juntillas de lo que decían aquellas relaciones, sin tener en cuenta otros testimonios de más alcance y rigor.

Así había sucedido con la memoria de su padre, al que no consiguió rehabilitar delante de aquellos oscuros jueces, por mucho que les hablara de su noble condición y de los servicios tan importantes que prestó siempre a la Corona. Porque todo lo bueno que de él se dijera lo anulaba el hecho —recogido detalladamente en varias crónicas— de que en la batalla de Huarina le prestó su caballo *Salinillas* a Gonzalo Pizarro. Aquel gesto, propio de la caballerosa generosidad de su padre y no de la traición que algunos desaprensivos cronistas le imputaban, invalidó su amplio expediente militar y lo dejó a él, como hijo suyo, sin recibir la pensión a la que aspiraba en aquel Madrid cortesano, al que arribaban añosos conquistadores, en cuyos rostros se leía el desengaño, como inequívoca seña de identidad.

Sin duda que esta sería otra de las razones de peso por la que aceptaría narrar la detallada crónica que le brindaba tan generosamente el capitán Silvestre, para que con ello la hazañosa aventura de Hernando de Soto no corriera el riesgo de ser mal contada.

Mucho antes de abandonar Madrid, los dos amigos ya habían decidido abordar conjuntamente esta empresa literaria, aunque todavía tendrían que pasar muchos años hasta que la llevaran a cabo.

Profundamente desengañado, el joven mestizo dejó Madrid una fría mañana de febrero en dirección a Sevilla, donde a punto estuvo de embarcar de regreso al Perú, convencido como estaba, de que nunca debió de abandonar la tierra que lo vio nacer.

Sin embargo en el último momento desistió de ello y se encaminó hacia las Alpujarras para probar fortuna como soldado. Tras dos años de milicia y el título de capitán, se instaló definitivamente en Montilla al abrigo de la gran biblioteca de su tío paterno.

El azar quiso volver a unir a cronista y testigo en tierras cordobesas, cuando aquel viejo capitán encontró a orillas del Guadalquivir el sosiego que no tuvo desde que de joven partió para las Indias. La compañía de su sobrino le daba además la oportunidad de sentirse como el padre que nunca fue. Y precisamente en estos días andaba un tanto preocupado porque se iba a casar el muchacho y él, por su mala cabeza para los números y su carácter derrochador, no tenía con qué hacer frente a los gastos. Pero no era ese el momento de abrumar con sus problemas económicos a tan querido y fiel amigo, pensó para sus adentros el capitán Silvestre al entrar en el aposento de su huésped.

Tras el caluroso saludo, condujo a Garcilaso hasta una sala donde se había dispuesto una abundante cena para los dos. Así era él, pródigo en extremo con aquellos a los que tanto estimaba. Aunque solía ser frugal en el comer y mucho más si se trataba de cenar, el Inca sintió que no debía defraudar las expectativas que su anfitrión había puesto en la bienvenida. Cenaron y hablaron largamente, mientras los dos se ponían al día de sus respectivas vidas. Garcilaso le contó que llevaba algún tiempo pensando en trasladarse a Córdoba, alentado por la vida intelectual que en aquella ciudad se vivía. Aunque no podía quejarse en absoluto de la acogida que le habían brindado en Montilla algunos clérigos y eruditos, que fueron los que le habían animado a traducir los *Diálogos de amor* de León Hebreo. Le explicó, no sin orgullo, que el manuscrito ya estaba entregado a la imprenta y que los que lo habían leído no dudaron en felicitarle muy animosamente. También le confesó que después de esa primera incursión en la escritura sentía más que nunca la necesidad de culminar la redacción de *La Florida*, porque albergaba otros proyectos literarios, que no quería relegar por más tiempo. Para ello se comprometió a trazar un riguroso plan de trabajo y aprovechó la amable sobremesa, para ponerle al tanto de cómo había pensado organizarse.

Ahora que tenía casi toda la crónica armada, quería ir revisando con él algunos aspectos concretos del relato y uno de los que más le interesaba era precisamente el momento en el que la aventura de Hernando de Soto se quiebra.

Enseguida notó que a Silvestre no le había gustado que escogiera uno de los peores momentos de la expedición para comenzar a remover sus recuerdos, pero lo aceptó de inmediato y se dispuso a rescatar de su memoria los días posteriores a la feroz batalla de Mauvila.

Su cavernosa voz inundó de golpe la quietud de la noche.

—Siempre que nos adentrábamos en un nuevo territorio todo volvía a comenzar. ¡Los indios eran siempre diferentes y en cambio nosotros, siempre los mismos, cada vez más cansados, cada vez más enfermos y cada vez menos!… Llevábamos ya casi dos años sin parar de guerrear contra casi todos los pueblos con los que nos fuimos encontrando a nuestro paso. Por ello era normal que a estas alturas algunos hombres sintieran la necesidad de regresar. En realidad no pienso que ninguno fuera desleal con el gobernador. Lo que ocurre es que nadie puede luchar contra la decepción, cuando se muestra ante sus ojos de la forma en la que se nos presentó en Mauvila. Quedamos tan desalentados y exhaustos, que el adelantado no tuvo más remedio que contar con ello a partir de ese momento. ¡Amigo Garcilaso, creo no equivocarme si os digo que fue él el que dejó de confiar en el éxito de su aventura y no sus hombres!... Por eso en vez de detener con mano firme la intriga, tan sólo se preocupó por disimular su propio desengaño delante de su ejército.

Gonzalo Silvestre no añadió nada más y con ello se produjo un largo silencio, que Garcilaso no supo o no quiso romper. Como se había hecho muy tarde, decidieron retirarse a descansar.

Ya en su aposento, Garcilaso se dirigió al escritorio, acercó una luz y procuró imaginar la soledad de Hernando de Soto en aquellas horas tan bajas.

Detrás de aquella ciénaga y de los campos de maíz que antes habían recorrido y de tantas regiones —cada una con su cacique y sus guerreros, casi siempre hostiles y pocas veces, amigos— estaba el mar y detrás del mar la isla de Cuba y en La Habana su valiente esposa, gobernando con determinación en su ausencia. Si la tuviera ahora a su lado, muchos de sus miedos desaparecerían, porque ella sabría infundirle el valor y la confianza que necesitaba.

Cuando intentaba recordar quién había sido el primero en proponer aquella desmedida empresa, nunca sabía a ciencia cierta si fue su esposa o él. Tan sólo le llegaba el nítido recuerdo de la enorme ilusión que los dos pusieron en ello. De tanta como fue, le resultaba imposible imaginar su regreso a La Habana con la derrota escrita en el rostro y las manos vacías.

Dejó de escribir porque después de un día tan largo, el sueño se estaba apoderando de él.

Mientras tanto el capitán Silvestre, por más que se viera envuelto en el quieto rumor de la noche y el aroma a jazmín que desde el balcón se deslizaba hasta su lecho, inútilmente intentaba conciliar el sueño. Para entretener aquella vigilia que se anunciaba larga comenzó a recordar el momento en el que tras diecinueve días de navegación las naves que capitaneaba Hernando de Soto se toparon sin esperarlo con una hermosa bahía, a la que dieron en llamar del Espíritu Santo. Como fue al atardecer cuando se dibujó ante sus ojos aquella anhelada costa, el adelantado pidió a los capitanes de las demás naves que nadie desembarcara. Sin duda alguna que era uno de esos recuerdos que se quedan grabados en la memoria y afloran cuando uno menos se lo espera.

¡Cómo olvidarse de la enorme tensión que se vivió esa primera noche en la armada española! El silencio se instaló en todas las embarcaciones y la respiración se entrecortaba cada vez que se escuchaba algún extraño sonido proveniente de la inmensa oscuridad que tenían delante.

—¡Debemos ser cautos y esperar a ver qué nos depara el amanecer! —les había dicho el gobernador a sus capitanes y todos aquietaron su impaciencia.

A pesar de que las naves pudieron atracar holgadamente en aquella bahía, tan amplia como bien fondeada, el temor a la emboscada permaneció en ellos hasta que llegaron las primeras luces del día. Fue entonces cuando Hernando de Soto mandó echar los bajeles a tierra. Horas después toda aquella desazón se trocó en alegría, al ver que los expedicionarios regresaban cargados de forraje para los caballos y de uvas salvajes para los hombres. Sin duda que fue una muy buena señal y aquellos dulces racimos, que no se habían visto antes ni en México ni en el Perú, a todos les fueron quitando de la cabeza el temor a repetir el fracaso que habían sufrido sus antecesores.

Al igual que entonces, ahora también tuvo Gonzalo Silvestre una ligera sensación de vértigo en la oscuridad de su aposento. Era ya muy viejo y todos los miedos que no lo azotaron en sus difíciles años de conquistador, asomaban a su cansado ánimo, como si quisieran recordarle que ya estaba a las puertas de su última travesía. Como buen soldado, se sentía preparado para ello y además sabía que cuando llegara ese definitivo momento se iba a sentir de nuevo fondeando la bahía del *Espíritu Santo*, frente a esa imponente oscuridad que todo lo anegó aquella primera noche y que ya entonces le hizo imaginar que así de oscura y ajena debía de presentarse la muerte.

Quizá la presencia del Inca en su casa le hizo avivar esos lejanos recuerdos, en los que ahora se le representaba la imagen del caballo herido de muerte del teniente general Vasco Porcallo de Figueroa, que fue el que salió a socorrer a los trescientos infantes, a los que aquel segundo día el adelantado había mandado bajar a tierra, para tomar posesión de la Florida en nombre de Carlos V.

Recordó entonces que Garcilaso tenía recogidos con absoluta fidelidad esos sucesos.

Tras la ceremonia, que siempre estaba cargada de una gran solemnidad, aquellos orgullosos castellanos recorrieron la costa durante todo el día. Y como no llegaron a ver a ningún indio, decidieron dormir esa noche en tierra. Sería al amanecer cuando los asaltara una nube de enfurecidos guerreros indios. Tal era el ímpetu del ataque, que sin dificultad alguna los fueron reduciendo, hasta conducirlos a la playa y obligarlos a entrar dentro del agua.

Cuando desde los navíos vieron lo que estaba ocurriendo, un grupo de soldados saltó con tal prontitud, que dejaron muy sorprendidos a sus enemigos. De aquel infierno de flechas Vasco Porcallo y los que con él iban consiguieron rescatar a la mayoría de sus compañeros.

Mucho se holgó Hernando de Soto por lo bien dirigida que había estado la operación de rescate, aunque lamentó que el brioso caballo de su capitán hubiera sido herido de muerte. Con la generosidad que lo caracterizaba prometió recompensarle con otro de igual o mejor hechura, pero Porcallo no pareció lamentarlo lo más mínimo porque según le confió, se sentía muy honrado de que fuese el suyo el primer caballo que en la conquista de la Florida se empleó y el primero que con tanto valor sucumbiera.

Para que no pareciera que se habían sentido amedrentados por aquel primer ataque, a la mañana siguiente el gobernador mandó desembarcar a todas sus tropas. Dejó a buen recaudo las naves y a los que quedaban a su cuidado les dio las instrucciones precisas y en ocho días ya estuvieron los españoles en disposición de caminar más de dos leguas hacia el interior.

Les esperaba de la mano del primer cacique al que conocerían, cuyo nombre era Hirrihigua, la primera de las muchas aventuras que vivieron durante esta larga expedición.

Al llegar a cada nuevo poblado siempre se encontrarían con un silencio denso e inquietante, que los predisponía a esperar en cualquier momento una emboscada. Porque en cuanto los caciques recibían el aviso de que los españoles estaban cerca de sus tierras, ordenaban que todos sus vasallos abandonaran sus casas y se internaran en los bosques o montañas más cercanos. Una vez ocultos, los guerreros indios seguían atentamente las acciones de sus enemigos, en espera de encontrar la ocasión de asaltarles, mientras que mujeres, niños y ancianos quedaban a salvo de probar la crueldad de aquellos demonios venidos de tan lejos.

El silencio de sus abandonadas chozas, donde la vida parecía haberse detenido entre las vasijas aún con restos de comida; las esteras que no dio tiempo a recoger, extendidas por el suelo de las cabañas; los rescoldos del hogar aún humeantes, así como las huellas de tumultuosas pisadas en la arena daban testimonio de la premura con la que sus moradores abandonaban los poblados.

A partir de esa deshabitada imagen, el capitán Silvestre se abandonó al frágil y sobresaltado sueño con el que desde aquella primera noche, en la bahía del Espíritu Santo, había tenido que convivir el resto de sus días.

Capítulo III

Muy de mañana Garcilaso abandonó la cuadra montado en su joven caballo. En aquel primer paseo ambos recorrieron un gran trecho, siguiendo siempre la vera del río. En las huertas que lo flanqueaban ya se veía trabajar a los más madrugadores. De nuevo el río lo conducía hasta sus recuerdos más queridos, que no eran otros que los que tenían que ver con sus años cuzqueños. Como ya ocurriera en la tarde anterior y aunque fuera de todo punto imposible, a él le pareció que sus aguas olían como las del mar del Sur. No se entretuvo mucho en el paseo porque quería comenzar a trabajar cuanto antes.

La vigorosa voz de Gonzalo Silvestre lo guió por entre la tenue penumbra del patio hasta una sala en la que ya estaba todo dispuesto. Allí se hallaban el tintero, las plumas y los pliegos en los que iría tomando notas.

Como si la conversación no se hubiera visto interrumpida la noche anterior, el viejo capitán de inmediato retomó el hilo de sus recuerdos.

—Después de haber pasado allí nuestro primer invierno, a mediados de febrero de 1540 todavía seguíamos en Apalache. Fue entonces cuando el gobernador mandó a Diego Maldonado de regreso a Cuba, para que informara a doña Isabel de nuestra situación y le pidiera refuerzos y bastimentos, porque tenía pensado comenzar a poblar en otoño. En concreto para el mes de octubre acordó que en la bahía de Achussi nos encontraríamos de nuevo con él y con Gómez Arias, que había partido también hacia La Habana unos meses antes. Nosotros por nuestra parte, durante aquella primavera y todo el verano, recorrimos las tierras que llevaban desde Apalache hasta Achussi, sin perder nunca de vista nuestra cita. Desgraciadamente Mauvila cambió mucho el ánimo de todos nosotros y en especial el de Hernando de Soto... ¡Y pensar que unas semanas antes de tan funesta batalla habíamos disfrutado de la hospitalidad de uno de los mejores caciques con los que nos encontramos a lo largo de toda aquella aventura!

—¿Os referís al cacique Coça? —se aventuró a indicar Garcilaso, que al tiempo que tomaba nuevas notas también cotejaba lo que llevaba escrito acerca de aquel episodio.

—¡Así es! Tanto era el afecto que sentía por el adelantado, que mucho le insistió para que nos asentáramos en sus tierras... ¡Y cuánto mejor hubiese sido hacerle caso, si tenemos en cuenta el infierno que nos aguardó al marcharnos de su lado!... Él mismo nos guió en compañía de sus mejores hombres hasta que llegamos a un territorio fronterizo llamado Talisse. Hasta el último día continuó insistiéndole al gobernador para que reconsiderara su invitación, pero Hernando de Soto no era hombre fácil de convencer cuando ya tenía trazado un plan...Y la verdad es que poblar en tierras del interior hubiera sido un auténtico despropósito, porque nadie ignoraba, como tampoco el propio Coça, que necesitábamos la cercanía de un buen puerto que permitiera la constante llegada de barcos con incesantes cargamentos de gentes, animales y semillas, así como de herramientas y todo tipo de bastimentos... Al llegar a la frontera de su territorio no tardamos en descubrir que los habitantes de Talisse parecían apreciar más al cacique de la tierra vecina, que se llamaba Tascaluça, que al propio Coça, cuya presencia hizo que nos respetaran, aunque de forma bastante forzada... ¡Pero en cuanto nos adentramos en esa nueva tierra, todo fueron infortunios!

Con este comentario Silvestre se refería a uno de los más duros episodios, no solo de la expedición de la Florida, sino de toda la conquista del Nuevo Mundo. Así al menos lo creyó Garcilaso desde que tuvo noticia de ello. Por la ferocidad con la que se luchó en ambos bandos así como por su larga duración, la batalla de Mauvila a su juicio sólo era comparable a aquella otra en la que perdió la vida Pedro de Valdivia frente al ejército Arauco comandado por Lautaro. En su próxima crónica, que estaría dedicada a la historia del Perú, pensaba relatar la batalla de Tucapel con el mismo cuidado e interés con el que ahora se disponía a recoger esta de Mauvila.

Comenzó a leer en voz alta lo que había escrito, ante la atenta mirada del capitán, que por momentos sintió estar de nuevo inmerso en aquel infierno.

Hasta Talisse se desplazó el hijo de Tascaluça, un hermoso joven de unos dieciocho años, dotado de la altura de un gigante. Dijo hablar en nombre de su padre cuando dio al gobernador una calurosa bienvenida a unas tierras, que según sus palabras Hernando de Soto podía considerar desde ese momento como suyas.

Para ir al encuentro de su padre, que no se hallaba a más de doce o trece leguas de allí, el joven Tascaluço le ofreció al gobernador dos itinerarios y le pidió que mandara a alguno de sus hombres, para ver cuál era más de su agrado. No tardó en ofrecerse voluntario para esa misión Juan de Villalobos, muy amigo siempre de salir el primero a conocer y explorar cada palmo de tierra con el que se iban encontrando.

Cuando la avanzadilla regresó, los españoles se despidieron definitivamente de Coça, para entregar por entero su confianza a aquel joven gigante.

—El rio Talasse era tan profundo, que resultaba imposible vadearlo. De ahí que hombres, caballerías y bastimentos tuviéramos que cruzar al otro lado en las canoas de nuestros nuevos anfitriones... ¡Sin que apenas nos diéramos cuenta de que cada vez nos íbamos metiendo más confiadamente en la boca del lobo!... Tras dos días y medio de camino nos encontramos ante el espectacular recibimiento que nos tenía preparado el cacique Tascaluça... Garcilaso, tomad cumplida nota de los detalles, porque en todo el tiempo que duró nuestra estancia en la Florida, pocas veces vimos semejante alarde.

Y Garcilaso comenzó a leer ese pasaje, confiado en que iba a ser del gusto del capitán.

Tascaluça estaba esperándolos en lo alto de un cerrillo que dejaba a la vista una extensa llanura, alrededor de la cual se habían ido colocando todos sus súbditos. Lo acompañaban cien de sus mejores capitanes, que iban cubiertos por coloridas mantas y tocados con hermosos plumajes, todos ellos dispuestos de pie, a sendos lados del lugar que ocupaba su asiento.

Con un gesto impasible, sin que nada alterase el hieratismo de su figura, Tascaluça vio desfilar a todo el ejército español. Tan sólo cuando reparó en que Hernando de Soto se acercaba hasta la falda de aquel montecillo se levantó y avanzó unos cuantos pasos, invitándole con ello a ascender hasta él. Una vez en pie aquel hombre mostró sin reparos su descomunal grandeza de cuerpo, armoniosa en extremo, como también lo era la belleza de sus facciones. Tendría unos cuarenta años. Y nunca en toda la Florida vieron los españoles a indios más altos y bien parecidos que aquellos.

El capitán Silvestre interrumpió de nuevo, al haber recordado un detalle olvidado hasta entonces y reavivado al calor de la precisa narración que escuchaba de labios del cronista.

—Añadid que a Tascaluça lo acompañaba también un alférez que portaba el único estandarte que vimos en todo el tiempo que duró la expedición... Se trataba de un gran paño amarillo en el que se habían trazado tres barras azules. ¡En nada se diferenciaba aquella enseña de las que traen en España las compañías de caballos!... ¡Y también debéis referir, aunque pueda parecer de poca importancia, lo difícil que fue encontrar una caballería que soportara la envergadura de Tascaluça!

Garcilaso anotó lo del estandarte para adjuntarlo más tarde, pero del otro asunto no le hizo falta tomar nota, porque ya lo tenía recogido con detalle.

Después de descansar dos días, el gobernador decidió continuar su marcha y como ya hiciera Coça, también Tascaluça se ofreció a acompañarlos. Para así evitar, según les dijo, que tuvieran algún problema con sus vasallos.

Aquella amable decisión trajo de cabeza a los capitanes españoles, hasta que consiguieron dar con un caballo que pudiera llevar a lomos a semejante hombrón, sin derrengarse. Cuando ya el gobernador había perdido toda esperanza de poder agasajar a su anfitrión, alguien dio con la solución, al aderezar un rocín del propio Hernando de Soto, en el que pudo cabalgar con cierta dignidad, a pesar de que sus pies no quedaban a más de una cuarta del suelo.

De esa guisa, durante tres jornadas caminaron en animada charla los dos, hasta que llegaron al pueblo principal, que llevaba por nombre, como solía ocurrir en casi todas partes, el mismo que el de su cacique. Estaba construido en una península que formaba el río Talisse, ahora aún más caudaloso que la primera vez que los castellanos lo cruzaron.

Toda una jornada les costó a los hombres de Soto trasladarse en unas toscas balsas, hasta el hermoso valle donde decidieron fijar su campamento.

Una vez instalados, echaron en falta a dos hombres, uno de ellos era el intrépido Juan de Villalobos. Poco tardaron en aventurar que algo grave les habría ocurrido, por conocer sobradamente su temeraria costumbre de correr la tierra sin cuidado alguno, ni dar aviso de ello.

Al amanecer, el gobernador mandó a dos de sus mejores hombres hasta Mauvila, que distaba del campamento tan sólo legua y media, para que observaran qué estaba realmente sucediendo allí, porque sabían que Tascaluça había hecho reunir en aquella ciudad a un considerable número de sus vasallos, según sus propias palabras, «para que agasajaran a los españoles como estos se merecen».

Aquellos dos hombres eran Gonzalo Cuadrado Xaramillo, un hidalgo natural de Zafra, y el otro, Diego Vázquez, natural de Villanueva de Barcarrota. Los dos emprendieron el camino muy gustosamente, dispuestos a servir al adelantado en todo lo que de ellos requiriera.

A su vez también dispuso que a él lo acompañaran cien caballeros y cien infantes, durante el trayecto en el que había acordado viajar en compañía de Tascaluça, encabezando la expedición que conduciría a todo su ejército hasta la ciudad de Mauvila.

Era tanto el recelo que se había instalado en el ánimo del gobernador, desde que supiera de la desaparición de Juan de Villalobos y su acompañante, que todas las precauciones le parecían pocas. Por lo cual tomó una tercera y determinante decisión, que no era otra que la de advertir a todos sus hombres de que anduvieran con cuidado, atentos en todo momento a cualquier señal que llamara su atención.

Antes de partir en avanzadilla le insistió mucho al mariscal de campo en que no tardase el grueso del ejército en seguirlos hasta Mauvila.

—No era para menos nuestro recelo porque los indios a los que fuimos preguntando por la desaparición de nuestros compañeros, con mucho desprecio y malas formas, nos insistían en que no siguiéramos con aquella pesquisa, porque ellos no tenían que darnos cuenta de nada.

*Tras ser informado, el gobernador no tuvo ya la menor
duda de que debían de estar muertos, pero prefirió no
despertar antes de tiempo las sospechas del cacique. Discretamente mandó que en el real se hiciera saber a todos
los hombres que a partir de ese momento debían de andar
con mil ojos y comunicar a los mandos todo aquello que
les llamase la atención, por muy insignificante que les
pareciera. Pero como a los más rezagados no se les pudo
advertir de estas sospechas, muchos de ellos recorrieron
la distancia que los separaba de Mauvila entretenidos
en cazar y en otros placeres.*

—¡Sin aventurar todavía que pronto nosotros nos íbamos a
convertir en las presas de una cacería aún mayor!

Las palabras del capitán quedaron aquí interrumpidas,
al oírse la voz de su sobrino, que hablaba en el patio con
alguien al que le explicaba que su tío no podía atenderle en
esos momentos, pero su interlocutor insistía de forma tan
vehemente, que Silvestre no tuvo más remedio que salir a su
encuentro.

Una vez a solas, el Inca pudo ir ensamblando en el relato
de aquella jornada estos últimos y jugosos detalles que le acababa de facilitar su amigo.

Fue tan incansable el ritmo de trabajo de aquella primera
mañana, que cuando entró el ama para avisarle de que todo
estaba ya preparado para el almuerzo, prefirió continuar trabajando. Por mucho que fuera su escritura la que con tan
cuidadoso esmero trasladaría la imagen de aquel esforzado
suceso a los futuros lectores de esta crónica, Garcilaso nunca
se reconoció como dueño del relato. De ahí que a menudo
procurara dejar constancia de que era un mero trascriptor de
lo que a su vez a él le contaron.

*Una vez llegados a Mauvila, el gobernador pudo com-
probar que se trataba de un pueblo fortaleza asentado
sobre un hermoso llano y formado por unas ochenta*

grandes casas del tamaño de iglesias, casi todas ellas pertenecientes al cacique y las menos, a nobles hombres de su corte.

Tascaluça había dispuesto que Hernando de Soto y los caballeros e infantes que lo acompañaban se alojaran dentro de la fortaleza, en una de las mejores casas de la ciudad. Siendo que cuando arribara el grueso del ejército español, a ellos les correspondería instalarse en una cercana pradera, que los hombres del cacique ya habían acondicionado para tal efecto. No quiso entretenerse en más conversación con su huésped y se retiró a su casa, que en realidad era el cuartel general, en el que ya lo esperaban sus mejores capitanes para ultimar los detalles del inminente ataque.

Por su parte, Hernando de Soto decidió no ocupar todavía la casa que le ofreció Tascaluça, sino que prefirió sacar fuera de la fortaleza todos los caballos y esperar a escuchar lo que tenían que decirle Gonzalo Cuadrado Xaramillo y Diego Vázquez, los dos hombres que llevaban ya un par de días allí instalados por orden suya.

—Dentro de Mauvila no hay viejos, ni niños, ni indios de servicio. La ciudad está habitada tan sólo por hombres de guerra. Todos ellos mozos fuertes y muy bien armados, a los que acompañan sus mujeres. —señaló de entrada Gonzalo Cuadrado.

—La ciudad está llena de armas, hasta el punto de que muchas de las casas, en realidad no son más que depósitos de armamento. Si observáis con detenimiento el terreno que nos rodea, veréis que de él han arrancado hasta la más pequeña brizna de hierba, como si con ello quisieran disponerlo como campo de batalla. Y desde que estamos aquí, todas las mañanas hemos visto salir a muchos de ellos fuera de la ciudad a practicar el tiro.

A las palabras de Diego Vázquez se unieron de nuevo las de su compañero, que insistió en que a estas evidencias había que unir, no sólo la desaparición de los dos españoles, sino también la soberbia y malas caras, que desde que estaban en este territorio habían tenido que padecer de parte de sus pobladores.

—La amistad que os dice tener Tascaluça es por demás engañosa. ¡No debéis fiaros de él, señor! —fueron las palabras con las que Vázquez apostilló lo dicho por Xaramillo.

Tras escuchar tan detallado informe, Hernando de Soto pidió a todos los presentes que de la forma más disimulada posible fueran corriendo la voz, de modo que todos estuviesen preparados para reaccionar ante un inminente ataque.

Mientras tanto, dentro de su casa-cuartel y acompañado de sus generales y de todos los que habían venido de otras comarcas, deseosos en extremo de colaborar en dar muerte a los invasores, Tascaluça acordaba los detalles de última hora.

Muchos de sus capitanes eran de la opinión de acabar ya con la vida del adelantado y las de los que con él se hallaban dentro de los muros de Mauvila, para después ir atacando al grueso del ejército, a medida que fuera llegando a la ciudad. No en balde eran conscientes de la confianza y descuido con los que los hombres de Hernando de Soto se habían internado en sus tierras, pensando que en ellas iban a encontrar el mismo afecto y atenciones de los que disfrutaron en las jornadas en las que fueron huéspedes del cacique Coça. Otros, en cambio, eran partidarios de esperar a que todos los castellanos se hubieren reunido, tanto dentro como fuera de la ciudad, para concertar un fulminante e inesperado asalto. Tascaluça prefería esta segunda opción, porque su soberbia le hacía pensar que de ese modo la derrota española supondría una mayor hazaña para su pueblo. Pero hubo quienes alegaron que en ese caso era más probable que los hombres de Soto consiguieran matar a algunos de los suyos y esas vidas, por pocas que fueran, no debían de ponerse en peligro. Al final de aquel largo consejo se acordó que comenzarían a darles muerte en cuanto se presentase la oportunidad.

Mientras tanto, tal y como venía siendo costumbre en todas las jornadas anteriores, los criados del adelantado preparaban un almuerzo al que estaba invitado Tascaluça. Cuando Juan Ortiz se acercó hasta la casa del cacique para avisarle de que todo estaba listo, hasta en dos ocasiones se le dijo desde dentro que el gobernador aguardara sin prisa, porque el cacique iría más tarde. Viendo que pasaba el tiempo sin que apareciera, Hernando de Soto por tercera vez mandó a Ortiz hasta su puerta.

En esta ocasión en el umbral apareció, cubierto con una espléndida capa de martas, un capitán general. Su actitud fue de todo punto arrogante y sus palabras mostraron un desprecio sin disimulos, cuando comenzó a llamar a los españoles ladrones, vagabundos y hasta demonios, para acabar diciendo que merecían todos ellos morir en aquel mismo instante.

Apenas había acabado de pronunciar tan terrible amenaza cuando salió de dentro otro indio que le entregó un arco y flechas. Sobre su desnudo pecho acomodó el arco y comenzó a lanzar flechas contra un descuidado grupo de españoles que se hallaba muy cerca.

En ese momento todos los habitantes de Mauvila lanzaron al unísono un poderoso aullido, que no era más que la convenida señal de ataque. Y fue Baltasar de Gallegos, por estar más cerca que los demás, el que se abalanzó con su espada sobre el general indio, al que de dos certeras cuchilladas hirió de muerte. Al instante, un muchacho de no más de dieciocho años que debía de ser hijo suyo, salió del interior de la casa y atacó con tanta furia a Gallegos, que de los golpes que le procuró le llegó a partir la celada. Con la sangre corriendo por su frente el español consiguió reaccionar y de una certera estocada mató a aquel valiente y joven guerrero, tal y como

había hecho momentos antes con su padre. Para enton-
ces de todas las casas salían en aluvión indios armados,
a los que los castellanos fueron respondiendo lo mejor
que pudieron, al tiempo que intentaban abandonar la
ciudad para montar en los caballos.

El primero que lo hizo fue el gobernador, seguido de
Nuño Tovar. Los que no lograron subir a sus monturas
se vieron obligados a soltarlos, para así ponerlos a salvo
de la saña con la que los indios asaetaron a los que per-
manecieron atados.

Aprovechando el desconcierto de los soldados españo-
les que iban llegando, sin saber a qué obedecía tanto
alboroto, los indios robaron todos los bastimentos que
traían los carros. Tan sólo se salvó la hacienda del
capitán Andrés de Vasconcellos, al ser el suyo el único
carruaje que aún no había llegado al real.

Revisando lo que llevaba escrito, Garcilaso comenzó a sospechar que no fue a orillas del Río Grande, sino en Mauvila, donde Hernando de Soto perdió la Florida.

Ya sólo le restaba acabar de ensamblar todo lo acontecido durante la batalla y a eso se dispuso a la mañana siguiente en cuanto regresó de su paseo por el rio. Afortunadamente aquel caballo aprendía muy deprisa. Su noble temperamento, unido a su porte y gran alzada hacían de él un ejemplar único. Según sus cálculos, cuando regresara a Montilla ya estaría perfectamente adiestrado. Así como también esperaba para entonces haber domado el estilo de su prosa, hasta conseguir con ella una narración bien organizada.

Una de las primeras decisiones que tomó fue la de ir acomodando cada detalle al momento exacto en el que se produjo en el transcurso de esas nueve larguísimas horas. Antes de tejer el relato dedicó toda la mañana a revisar por separado los elementos narrativos que se debían trenzar en él. Afortunadamente eran muchas las notas de que disponía, incluidas las que el día anterior le había de facilitado su viejo amigo.

Comenzó por el aspecto más amargo, que no era otro que el del triste balance de muertos con el que se saldó esa locura a la que la soberbia de Tascaluça llevó a unos y a otros. Y no sólo habría que dar cuenta de las bajas de los españoles, porque fueron muy pocos los indios que consiguieron salvar la vida después de que a última hora de la tarde la ciudad hubiera quedado completamente arrasada por el fuego. Tan desconcertados como sus enemigos, unos pocos indios huían de allí sin saber a dónde dirigirse, rodeados tan sólo de silencio y muerte.

Mucho conmovió a los hombres de Hernando de Soto el caso de un indio que había luchado muy bravamente dentro de la ciudad desde el principio hasta el último momento. Con el relato de su caso, el Inca se proponía mostrar el orgullo de aquellas gentes, que preferían mil veces la muerte, antes que verse convertidos en esclavos de los españoles.

Cuando descubrió para su desgracia que era el único de los suyos que aún quedaba con vida dentro de la ciudad, se dirigió hasta la empalizada que la cercaba y desde su altura vio que en el campo se encontraban los españoles bastante maltrechos, pero aún en pie. Entonces este valeroso indio, que había luchado sin descanso de principio a fin, prefirió quitarse la vida delante de ellos, antes que ser su prisionero. Con la solemnidad que se le conceden a los grandes ritos, ató una cuerda al tronco de uno de los muchos árboles que soportaban aquella empalizada, mientras que el otro cabo lo enlazó a su erguido cuello. Antes de dejarse caer, miró con profundo desprecio a los españoles, que al ver sus intenciones lo intentaban disuadir con voces, mientras algunos incluso pretendieron escalar el muro para llegar hasta él.

El balanceo de su cuerpo, pendiendo a las puertas de Mauvila, fue una imagen imposible de olvidar. Como también lo fue la de todos aquellos cuerpos calcinados dentro de la ciudad y la de los muchos que yacían en el campo de batalla a más de cuatro leguas a la redonda. En esa primera y desolada noche después de la batalla los pocos indios que lograron salvar la vida aullaban desesperados por los montes y sus lamentos se unieron a los quejidos de los muchos españoles heridos.

El cuerpo del hijo de Tascaluça fue hallado en el campo entre sus guerreros de confianza. En cuanto a su padre, no se supo a ciencia cierta si logró salvar la vida o pereció en el incendio. Aunque esto último se consideró lo más probable.

Por los indios que llevaban a su servicio, los españoles supieron entonces que antes de que llegaran a sus tierras, Tascaluça había sido advertido por las gentes de Talisse de que el cacique Coça se comportaba de forma tan obediente y sumisa con los castellanos, que llegó a ofrecerle al adelantado todos los indios que quisiera, sin reparar lo más mínimo en el dolor y la humillación a la que estaba sometiendo a su pueblo.

Tras escuchar sus sentidas quejas, el cacique Tascaluça les prometió vengarlos en cuanto los forasteros estuvieran alojados en su provincia. También les aseguró que muy pronto daría la libertad a todos los indios que los hombres de Hernando de Soto habían ido apresando en las otras provincias por las que antes habían pasado, al tiempo que se la quitaría a él y a sus soldados, para que desde ese momento pasaran todos los días de sus despreciables vidas ocupados en cultivar y labrar la tierra sin descanso alguno.

Para poner en marcha su plan lo primero que hizo fue mandar a su hijo hasta Talisse, con la única intención de engañarlos a través de una fingida hospitalidad y conducirlos hasta Mauvila, donde él los estaría esperando con todo su ejército.

Lo que quizá ignoraba Tascaluça era que la actitud aparentemente servil de Coça en realidad escondía la intención de evitar que los españoles arrasaran su tierra y causaran aún más daño del que suponía sacrificar la libertad de algunos, para salvar con ello la de la mayoría de sus vasallos. Los ardides de Coça no fueron entendidos por Tascaluça, que prefirió mostrarse abiertamente hostil, sin reparar en que con ello llevaba a su pueblo a la destrucción.

Tras hacer repaso de las bajas sufridas por los españoles no le quedó la menor duda de por qué aquella victoria tenía un sabor tan amargo en el recuerdo del capitán Silvestre.

No hubo soldado que no resultara herido. Y no por una sola flecha o estocada, sino por tantas, que los lienzos e hilas con los que cubrir las heridas fueron de todo punto insuficientes. Porque nada pudieron recuperar de todo lo que los indios les habían robado de los carros al dar comienzo la batalla, después de que todo ello ardiera en el incendio que los españoles provocaron dentro de la ciudad, cuando iba ya mediada la contienda.

Ni vendas, ni ungüentos, ni ropas, ni tampoco comida había en aquel devastado campo de batalla, ahora convertido en hospital de campaña, donde sólo se escuchaban tristes lamentos en medio de la más absoluta desolación.

Los que se encontraban menos heridos sacaron fuerzas de donde no las había para atender a sus compañeros, a los que trasladaron hasta las chozas que los indios les habían preparado, como fingimiento de su mentida amistad. Buscaron paja para acostar en ella a los heridos más graves; desnudaron a los soldados muertos, para hacer vendas con sus ropas; desollaron los caballos que los indios habían flechado de muerte, para conseguir el alimento y el unto con el que reconfortar a los más débiles y, con todo ello, en muy poco tiempo fue digno de ver cómo se organizó un campamento a partir de la nada.

Desgraciadamente tan sólo contaban con un cirujano que no era hombre muy diestro, por lo que fueron no pocos los que murieron horas después, sin que nada pudiera o supiera hacer por salvar sus vidas.

Murieron en total ochenta y dos españoles. Cuarenta y siete lo hicieron durante la batalla y dieciocho de ellos sufrieron heridas en la cara, que era donde más les disparaban, por ser esta parte del cuerpo, que llevaban menos protegida.

En las horas posteriores a la contienda perdieron la vida otros trece hombres, cuyas heridas eran de tal alcance, que todos los dieron por muertos nada más ver el modo en que habían quedado. Y otros veintidós entregaron a Dios su alma en los días siguientes al no poder restablecerse, por los pocos medios y la muy escasa destreza del cirujano, del que no nos ha llegado su nombre, quizá porque no hizo lo necesario para ser recordado.

En cuanto a los caballos, las bajas alcanzaron la cifra de cuarenta y cinco. Como ya hemos dicho en otras ocasiones, los indios preferían dispararles antes a ellos que a sus jinetes, porque vencer a los españoles yendo a caballo resultaba una tarea casi imposible, como demostraron cumplidamente en esta ocasión Hernando de Soto y Nuño Tovar, que al ser los primeros que alcanzaron sus monturas pudieron dar cobertura a los que dentro de la ciudad se vieron sorprendidos por la lluvia de flechas del ejército indio.

El adelantado luchó en primera línea durante las nueve largas horas que duró la contienda. A pesar de las muchas heridas de flecha que llegó a recibir, en todo momento estuvo entrando y saliendo de Mauvila para que su asistencia cundiera lo más posible. Como en el caso del gobernador, a Nuño Tovar también lo asaetearon repetidamente, aunque esto no impidió tan hazañosa actuación como tuvo.

En sus notas tenía recogido el mucho afecto con el que el capitán Silvestre recordaba a dos caballeros que estaban ligados familiarmente a Hernando de Soto y según lo que de ellos les fue contando, compartían en extremo con él nobleza y valor.

Cuando llevaba ya una buena parte de la batalla peleando con mucha destreza, el caballo de Carlos Enríquez, natural de Jerez de Badajoz y casado con una sobrina del gobernador, fue alcanzado en uno de los flancos por encima del peto. Por no detenerse en su empeño, don Carlos quiso extraerle al pobre animal la flecha sin descabalgar. Y de tal modo se estiró hacía delante para llegar hasta la herida, que dejó su cuello al descubierto, permitiendo con ello que una flecha lo alcanzara.

Su muerte se produjo al día siguiente y no hubo quien no lo llorara. El adelantado lamentó mucho su pérdida, porque lo tenía casi por hijo y a él le confiaba graves asuntos de gobierno, mucho antes que al resto de sus capitanes. Nada más comenzar la expedición se había ganado don Carlos el respeto y la confianza de los soldados de a pie de tal modo, que cuando querían hacer llegar hasta el gobernador cualquier demanda, sin dudarlo recurrían primero a él.

Y quiso la desgracia que cuando los más rezagados llegaron hasta Mauvila, entre ellos viniera su sobrino, Diego de Soto, que era a su vez cuñado de don Carlos Enríquez. En cuanto este valiente caballero conoció la noticia de lo acontecido a su pariente, se dispuso de inmediato a vengarlo. Provisto de espada y rodela, galopó sin atender a razones hasta el interior de la ciudad, donde en esos momentos se estaba librando un enfrentamiento muy desigual por el ingente número de indios que poblaban las terrazas de sus casas, desde las que lanzaban una certera lluvia de flechas sobre los españoles.

Se diría que don Diego fue más a imitar la suerte de su cuñado que a vengarlo, porque poco reparó en las con-

secuencias de batallar movido por la ira, que a menudo no hace a los hombres prudentes. Y a poco de entrar en la calle principal de la ciudad una flecha le atravesó un ojo, sin que nadie consiguiera arrancársela en el día que aún tardó en morir.

A todos conmovió y mucho la pena que el adelantado sintió, al perder de golpe a dos sobrinos tan escogidos.

Mientras ordenaba sus notas Garcilaso también se encontró con dos casos bien distintos, que sin duda despertarían la curiosidad del lector. El primero era el de un soldado de una aldea de Badajoz, cuyo nombre Silvestre desconocía, aunque sí recordaba de él que era hombre bastante rústico y zafio.

Dada su falta de arrojo y mucha cobardía, en cuanto se produjo el asalto dentro de Mauvila, huyó de la ciudad lo más aprisa que pudo, sin presentar batalla alguna. Era tal su afán por huir, que sufrió una gran caída, de la que se levantó sin aparente dificultad, aunque a los pocos metros cayó muerto, a pesar de que su cuerpo no mostraba herida alguna.

—¡Nadie dudó de que había muerto de pura cobardía!—fue el comentario con que el capitán Silvestre concluyó aquel apunte.

Muy distinto era el otro caso que le refirió y que tenía como protagonista a un valeroso soldado portugués llamado Men Rodríguez, nacido en Yelves y perteneciente a la compañía de Andrés de Vasconcellos de Silva. Era un experto soldado, que había participado con el ejército portugués en varias campañas africanas.

Después de luchar a caballo, sin dejar de realizar importantes acciones desde el inicio de la contienda, una vez que todo terminó, al ir a desmontar se quedó convertido en estatua de sal. Sin que en los tres días que aún tardó en morir, volviera a hablar, comer o caminar. Ninguno

de sus compañeros supo explicar lo ocurrido porque en
su cuerpo no se apreciaba herida alguna. De ahí que
todos pensaran que su gran valor y extremado esfuerzo
le arrebataron la vida de ese modo tan singular.

También merecía la pena aludir al hecho de que las mujeres de Mauvila salieron a pelear con el mismo coraje con que lo estaban haciendo sus maridos.

Aquellas valerosas guerreras decidieron vengar la
muerte de sus hombres con mucho empeño, En extremo
asombró a los españoles verlas tan decididas a perder la
vida, antes que ser esclavas de sus enemigos. Lucharon
de forma temeraria, sin eludir el peligro. No sólo sabían
disparar flechas con la misma destreza que sus compañe-
ros, sino que se valían con igual habilidad de las armas
españolas que se iban encontrando tiradas o las que arre-
bataban de las manos de los muertos. Siendo el caso de
que muchos castellanos sufrieron heridas procuradas por
sus propios hierros, a manos de tan bizarras mujeres.

Una vez que acabó de narrar la batalla, Garcilaso también quiso poner al lector en conocimiento de las leyes que tanto en Coça como en Tascaluça se aplicaban a las mujeres adúlteras, ya que en ambas provincias bastaba con que el marido tuviese indicios del delito, para que se pudiera actuar muy duramente contra la mujer.

En Coça, tras la denuncia del marido y la declara-
ción de tres testigos, los jueces mandaban prender a la
mujer. Aprovechaban la llegada de la primera fiesta que
hubiera para convocar a todo el pueblo. Los vecinos se
colocaban formando un largo pasillo, en cuyos dos extre-
mos los jueces se situaban por parejas.
Después de que el marido desnudara a su esposa y le
rasurara el cabello, la mujer debía recorrer de un extremo

a otro la calle, donde los respectivos jueces le iban tomando declaración. En el recorrido los vecinos le iban arrojando todo tipo de desechos. Con ello se quería representar que de mujer había pasado a ser estercolero. Tras el escarnio, se la desterraba y a sus familiares se les amenazaba con el mismo castigo, en el caso de que la socorrieran. Por su parte, al marido se le permitía volver a casarse.

En Tascaluça aún era más cruel el castigo que se infligía a la mujer adúltera. Según sus leyes, si cualquiera veía al menos en tres ocasiones entrar o salir a deshora a alguien de casa ajena, debía de dar cuenta de ello al marido, que estaba obligado a buscar a otros dos o tres testigos. Una vez que el marido confirmaba los indicios, llevaba al campo a su mujer, la ataba a un árbol y la asaeteaba hasta matarla. Después, regresaba al pueblo y declaraba su crimen delante de la justicia, que debía averiguar si las sospechas eran ciertas o no.

En caso de que el marido estuviera equivocado, los jueces se lo entregaban a los familiares de la mujer, para que le dieran la misma muerte que a su esposa, cuyo cuerpo enterraban con todos los honores. Pero si se confirmaba el delito de adulterio, la justicia prohibía que a la mujer se la enterrase. Ni siquiera permitían que le quitasen las flechas del cuerpo. Su cadáver debía permanecer expuesto, para que las alimañas lo devoraran.

Por más que Garcilaso quiso saber qué castigo recibía el cómplice de la mujer o el casado adúltero, el capitán Silvestre no supo contestarle, porque nunca se encontró con el caso de que se hicieran públicos estos delitos.

Sintió la necesidad de contarlo para constatar con ello que desgraciadamente en todas las naciones las leyes son muy rigurosas y crueles con las mujeres y en exceso permisivas con los hombres.

Antes de cerrar ese capítulo quiso señalar otra pérdida de gran importancia.

Porque entre los efectos del gobernador, primero robados y luego devorados por el fuego, se hallaban tres fanegas de trigo y cuatro arrobas de vino que se reservaban para celebrar misas. Aunque algunos frailes eran de la opinión de que valdría para consagrar el pan de maíz, se impuso entre los españoles el deseo de no desacatar las reglas cristianas y a partir de ese momento tan sólo se pudieron celebrar lo que ellos llamaban «misas secas», que eran aquellas en las que se seguía todo el ritual, sin que hubiera consagración.

Muy cerca ya del anochecer, Garcilaso concluyó aquella parte con este último párrafo.

Día sin duda para el recuerdo fue aquel 18 de octubre de 1540, festividad de San Lucas, porque en él se produjo la batalla de Mauvila y todos los sucesos que aquí hemos referido.

Allí quedaban, encerrados en la tinta de su escritura, tantos indios valerosos y tantos españoles esforzados, también los muertos de ambos lados con su silencio y los heridos, con su dolor. Quizá aquella noche de octubre fuera templada y su cielo estuviera cuajado de estrellas, pero su belleza no valdría de consuelo a tanta desolación.

Todo esto iba pensando mientras abandonaba la estancia que le servía de estudio, para dirigirse al encuentro del capitán Silvestre, con la esperanza de desprenderse por un rato de aquellos ajenos recuerdos, que de tanto imaginarlos parecían suyos propios.

Tras la cena, los dos repasaron lo ocurrido en las jornadas posteriores a la batalla.

—¡A treinta leguas del mar estábamos, nada más que a treinta leguas! Ya habían pasado unos quince días y los heridos iban recuperándose. Los que podíamos cabalgar recorríamos los alrededores en busca de comida, pero en las aldeas que visitábamos no había de nada. Tan sólo hallábamos a los indios heridos, porque los que no lo estaban permanecían escondidos en el bosque hasta la noche, en la que aprovechaban para bajar a los poblados y socorrerlos. Con mucha dificultad conseguimos capturar a unos veinte de los que andaban emboscados, para que nos sirvieran de lenguas. Y por ellos supimos que en aquellas tierras ya no corríamos peligro alguno, una vez que Tascaluça y sus generales habían muerto... Pero lo más importante fue que nos confirmaron que la provincia de Achussi se hallaba a unas treinta leguas, por un camino despejado, en el que no teníamos nada que temer. Y con esa noticia nuestra suerte parecía haber cambiado de golpe, porque en la costa de Achussi ya nos estarían aguardando con los navíos Gómez Arias y Diego Maldonado.

—¿Entonces por qué no quiso seguir con su plan inicial, aunque para ello tuviera que emplear mano dura con los que querían desertar? —preguntó Garcilaso con una impaciencia que no era habitual en él, como tampoco lo era el interrumpir a su interlocutor mientras hablaba.

Y el capitán Silvestre intentó ayudarle a encontrar aquellas razones, que para él también resultaban desconocidas.

—No lo sé a ciencia cierta, aunque de tanto pensarlo durante todos estos años, al final lo único de lo que estoy bien seguro es de que erró al no pedir consejo ni a Moscoso ni a Baltasar de Gallegos, que eran sus más leales capitanes... ¡Si don Carlos Enríquez no hubiese muerto, a él sí que le hubiera consultado y las cosas quizá hubieran sido de otro modo!... Pero desde que los perdió a él y a su sobrino, todos vimos cómo su ánimo se enturbió y la desazón lo acompañaba a todas horas.

Permaneció en silencio un buen rato, mientras que Garcilaso intentaba sin éxito encontrar entre sus notas la clave que lo llevara a comprender la causa de aquella desafortunada decisión.

—¡Si no llego a entender qué pasó por la cabeza del adelantado, seré incapaz de escribir sobre este punto y todo acabará perdiendo su verdadero sentido!— exclamó Garcilaso, de forma mucho más apasionada que de costumbre.

Y Silvestre, como si hablara desde el lejano e impreciso recuerdo que al despertar nos provocan los sueños, retomó su relato.

—Venía con nosotros el cacique de Achussi, al que Maldonado prendió cuando descubrió aquella bahía. Durante los meses en los que convivió con nosotros, siempre se le trató como a un amigo. Y si antes Hernando de Soto no lo quiso dejar libre fue por temor a que pudiera ser atacado por los indios de las provincias por las que íbamos pasando. Pero en cuanto supimos lo cerca que estábamos de su tierra y el buen camino que había para llegar hasta allí, no dudó en darle la libertad de volver con los suyos…. Me he preguntado en muchas ocasiones por qué no quiso aparecer ante los indios de Achussi junto a su señor, como hizo antes con Coça o Tascaluça. ¡Al verlos a los dos en tan buena armonía, los indios de aquella provincia sin duda alguna que nos hubieran aceptado de buen grado! ¿No creéis?... ¿Por qué desechó entonces aquella oportunidad? ¿Qué le hizo adentrarse por aquellas inciertas tierras, donde de nuevo nos veríamos atacados una y mil veces más? —Silvestre se detuvo un instante, antes de continuar— Lo que quiero decir es que, si Hernando de Soto renunció a ir al encuentro de los barcos, quizá fue porque sabía que era el descontento y no la traición, el que se había instalado en el ánimo de sus hombres….Y lo hizo de la mano de los muchos soldados que antes de embarcarse para la Florida ya habían luchado en el Perú en tiempos de vuestro padre. Desde el comienzo de la expedición, estos veteranos de continuo comparaban las riquezas del Perú o México con la pobreza que constantemente íbamos encontrando a nuestro paso… ¡Y no exagero si digo que consiguieron con ello desanimar hasta a los menos ambiciosos!

—Según lo que decís, Hernando de Soto no temía tanto a la traición de sus hombres, como al desengaño.

Y mientras formulaba en voz alta esta afirmación, Garcilaso por fin sintió que comenzaba a entenderlo. De ahí que después de aquella larga y productiva conversación, sin darle tregua al sueño, continuara escribiendo en el silencio de la madrugada.

Acompañado de sus hombres siguió recorriendo aquellas rebeldes tierras, durante jornadas cada vez más difíciles. Tras dejar atrás los despojos en los que había quedado convertida Mauvila llegarían hasta Chicaça, donde sus habitantes les presentaron una muy cruel batalla y poco después, en el fuerte de Alibamo sufrieron otra gran ofensiva.

Enfrentados a los elementos, a las sorpresas que les deparaba tan incierto terreno, a la enemistad de sus vecindarios, al hambre y a las heridas, así como a la desesperación y al miedo. Enfrentados a todo, los españoles deambulaban sin rumbo fijo, siguiendo tan sólo el rastro de aquella inmensa amargura que habitaba en el pecho de su capitán. Porque tras la batalla de Mauvila, a Hernando de Soto le hirió el desengaño con más fuerza de la que lo hubiera hecho la más envenenada de las flechas enemigas. Quizá sin saberlo, aquel hombre estaba comenzando a renunciar a su sueño.

Concluyó en este punto el tercero de los seis libros de que se componía esta relación. Y lo hizo con la sensación de que comenzaba a entender mejor a su protagonista. Porque bien sabía que en una crónica, como también debía de ocurrir en cualquier historia, las razones que mueven a los personajes deben de ser bien explicadas por el que las escribe, ya que en ellas se sustenta el entendimiento que de los hechos tengan después sus lectores.

Capítulo IV

Durante la semana siguiente Garcilaso se dedicó a revisar algunos casos particulares que pensaba incluir. Porque era de la opinión de que los sucesos en apariencia poco relevantes acercan al lector a la realidad de la que se le quiere hacer partícipe, de mejor forma que aquellos otros más notables. Y aunque con el paso de los siglos hubiera quienes llegaran a calificar su *Florida* como un texto plagado de digresiones, a su juicio estas pequeñas historias no se apartaban lo más mínimo del sentido general de la crónica, siendo más bien al contrario por lo mucho y bien que la completaban.

Uno de esos detenimientos debía situarse al comienzo de la primera parte del Libro Segundo y tendría como protagonista al único español que participó en dos expediciones a la Florida.

Se llamaba Juan Ortiz y era un joven sevillano, que con poco más de dieciocho años se enroló en la campaña de Pánfilo de Narváez. Al llegar a las aguas del Golfo, el barco en el que viajaba se separó de los demás y estuvo vagando sin rumbo varias semanas hasta que por fin el piloto dio con la bahía del Espíritu Santo. Para entonces Narváez y sus hombres ya habían abandonado aquella provincia, en la que gobernaba un cacique llamado Hirrihigua.

A pesar de que desde la playa los indios les hacían señas para que desembarcaran, la desconfianza hizo que los españoles no quisieran exponerse a abandonar el barco, por temor a que algo grave les hubiese sucedido a sus compañeros. Viendo la prudencia con la que se conducían, Hirrihigua mandó emisarios hasta el barco para avisarles de que su capitán había dejado para ellos una carta con instrucciones. Como veía que seguían sin confiar en su pretendida amistad, les propuso que cuatro de sus mejores guerreros subieran al barco, mientras que cuatro españoles se acercaban hasta la playa para recoger la misiva, pero aún así los del barco no se fiaban del trato. Solo cuando desde la orilla lo vieron blandir en sus manos, como prueba de la verdad de sus palabras, unos pliegos sin ningún valor que Narváez dejó olvidados, los castellanos definitivamente aceptaron el trueque.

Juan Ortiz, tan deseoso como estaba de comenzar su aventura americana, se ofreció a ser uno de los cuatro marineros que pusieran rumbo a tierra en un pequeño esquife. En cuanto los vieron desembarcar y ser apresados, los indios que habían quedado en prenda saltaron desde el puente del barco español, con una desenvoltura más propia de peces.

Al ver consumada la traición del cacique Hirrihigua, el capitán del navío decidió alejarse de allí inmediatamente, sin prestar auxilio a aquellos infelices, que veían cómo los suyos levaban anclas, al tiempo que a ellos los iban metiendo en jaulas.

Muy satisfecho con aquel botín, Hirrihigua y sus soldados se dirigieron hasta una población que se hallaba muy cerca de la bahía. Durante el recorrido que hicieron por sus calles muchos fueron los que se acercaban hasta las jaulas para escupirles y proferir en su lengua lo que debían de ser gravísimos insultos. Mientras los guerreros se acababan de adornar con los más coloridos plumajes, las mujeres y los niños curioseaban alrededor de los

*prisioneros. Algunas de ellas demostraban tanta hostili-
dad que llegaban a golpearlos con saña.*

*Fue entonces cuando Ortiz la vio por primera vez.
Ella no gritaba con el enardecimiento de las demás. Tan
sólo permaneció en silencio observando su rostro. Daba
la sensación de que se estaba mirando en un espejo, porque poco a poco comenzó a hacer pequeñas muecas que
imitaban los gestos del prisionero, hasta que se reflejó
en sus labios una discreta sonrisa, que enseguida ocultó
para evitar ser descubierta por las otras mujeres.*

*Cuando todo estuvo preparado, aquella muchacha
junto con su madre y su hermana ocupó un puesto de
honor al lado de Hirrihigua, por tratarse de su hija
mayor. En torno a la familia del cacique todo el pueblo
formó un gran círculo. Doce arqueros, con la solemnidad que acompaña a las grandes ceremonias, se fueron
colocando en primera fila, separados unos de otros apenas por la misma distancia. Una vez que tensaron los
arcos y colocaron en ellos las primeras flechas, los tres
compañeros de Ortiz, desnudos y desorientados, fueron
conducidos hasta el centro de aquel improvisado circo. A
él, que era el único que permanecía enjaulado, lo colocaron en un lugar destacado, para que no se perdiera detalle alguno de lo que les iba a suceder a sus compañeros.*

*Se hizo un gran silencio entre todos los presentes, en
espera de la señal con la que todo diera comienzo. Tan
solo los prisioneros desconocían las reglas de aquella
cruel ceremonia, en la que les irían flechando con cuidado de no provocarles de inmediato la muerte, para que
el martirio durase el mayor tiempo posible.*

*Todavía era pronto para que Ortiz supiera que ese
odio tan denodado hacía ellos había nacido en aquellos
indios del trato que habían recibido de los hombres de
Pánfilo de Narváez. Porque a Hirrihigua y a su pueblo
les resultaba imposible olvidar los muchos crímenes que
aquellos sañudos invasores habían cometido. Tan sólo*

tenía que mirar a su propia madre, cuya nariz había sido devorada por los perros, para desear acabar con todos los que osaran aparecer de nuevo por sus tierras.

Y eso sucedería diez años más tarde, cuando los navíos de Hernando de Soto atracaron en su hermosa bahía, en la primavera de 1539. Después de una primera escaramuza con la que no consiguió ahuyentarlos y viendo que el gobernador hizo bajar a tierra a todos sus hombres, Hirrihigua mandó a los suyos que abandonaran sus casas y haciendas y se adentraran en el bosque, para evitar así que aquellos demonios pudieran causarles el mismo sufrimiento de entonces.

De nada sirvieron los mensajes de amistad que Hernando de Soto le hizo llegar y los muchos regalos que le envió con algunos indios.

—¡Sus cabezas son el único regalo que deseo! —contestaba repetidamente el cacique Hirrihigua, sin que el tiempo hubiera conseguido borrar el dolor de aquel antiguo ultraje.

En los dos años largos en los que fue su esclavo, Juan Ortiz sufrió a diario terribles penalidades. No hubo momento en el que no dejara de lamentar no haber muerto como sus compañeros ese primer día, en vez de tener que someterse a los enrevesados y crueles castigos que a su amo se le iban ocurriendo a cada momento.

Muchas fueron las ocasiones en las que Hirrihigua le obligaba a correr sin descanso, desde la salida del sol hasta el ocaso, mientras que dos arqueros tenían orden de dispararle al corazón, en el momento en el que se detuviera. Cuando al anochecer por fin podía tenderse, exhausto y sin aliento, eran las sirvientas de la hija del cacique las que en secreto lo socorrían en su nombre y también en el de su madre y hermana. Porque de continuo ellas tres intercedían sin éxito ante el jefe indio, para que dejara de torturarlo y le diera tan sólo trato de esclavo.

Cansado de oír constantemente los repetidos reproches

de las mujeres de su casa, Hirrihigua decidió que había llegado el momento de acabar con la vida del español de forma tan cruel, que con ella no se le ahorrase el más mínimo sufrimiento. Para ello convocó a su pueblo a una fiesta y pidió que se prendiera una gran hoguera. Cuando las ascuas estuvieron listas, mandó que lo colocaran sobre ellas. Al oír los desesperados aullidos que Ortiz profería, la mujer y las hijas del cacique entre lágrimas y sollozos le suplicaron de rodillas que detuviera la ejecución. Movido por el mucho afecto que sentía por ellas, Hirrihigua no tuvo más remedio que ceder ante sus deseos.

A Ortiz lo sacaron de las brasas cuando ya tenía la mitad del cuerpo quemado. Con extrema delicadeza y durante muchos días, la hija mayor del cacique y sus sirvientas le fueron aplicando sabios ungüentos de hierbas sobre tan severas quemaduras. Sin que su padre lo supiera, la princesa estuvo atenta, día y noche, al cuidado del joven esclavo. Pasado un tiempo, Ortiz consiguió salvar la vida, aunque en su piel quedarían para siempre las horribles huellas del desmedido odio de su amo.

Aunque la saña del cacique se vio apaciguada durante su convalecencia, cuando de nuevo lo vio recuperado le propuso un difícil encargo del que tendría que responder con su vida. Consistía aquella prueba en que debía permanecer en vela, durante toda la noche, dentro del cementerio, atento a que ninguna alimaña perturbara la paz de los muertos, a los que era costumbre de aquella tierra depositar encima de unos túmulos, sin protección alguna.

Una de aquellas noches Juan Ortiz se tuvo que enfrentar a un hambriento león, al que consiguió flechar certeramente de un solo disparo. A la mañana siguiente, al ver el cuerpo ensangrentado del animal, en extremo se admiraron todos los indios de su destreza con el arco y celebraron su puntería como si fuera uno de ellos.

Hirririhuga se sintió muy molesto al comprobar que

el esclavo iba despertando cada vez más admiración y respeto, no sólo dentro de su casa, sino también entre su pueblo. Por eso decidió no esperar más para acabar definitivamente con su vida y para ello diseñó una ceremonia, como aquella primera en la que murieron sus tres compañeros.

Al ser informada por un par de leales sirvientes de los planes de su padre, la joven princesa supo que esta vez ya no podría evitar su muerte. Así que decidió poner en marcha un arriesgado plan para sacarlo de su prisión en plena madrugada.

—Uno de mis criados te llevará hasta donde empiezan las tierras del joven cacique Mucoço. Una vez allí, tendrás que ir tú solo a su encuentro. No temas nada, que él te protegerá. Le he pedido que no te entregue a mi padre y sé que no lo hará por el mucho afecto que me tiene.

Por un instante el rubor cubrió sus mejillas, sin que se atreviera a decirle que Mucoço había pedido su mano. Como tampoco tuvo valor para confesarle que cuando lo vio dentro de aquella infame jaula se enamoró sin remedio de aquel muchacho de piel muy blanca y cabello rizado, que jadeaba como un animal acorralado, mientras el miedo se dibujaba en sus dilatadas pupilas, de un azul tan intenso como el del mar.

Su amor por él fue desde el principio tan desesperado, que no le quedó más remedio que compartirlo con su madre y su hermana pequeña en la primera ocasión en que la vieron llorar desconsoladamente, tras presenciar uno de aquellos crueles castigos a los que su padre constantemente lo sometía.

Sin apenas tiempo, la princesa india se despidió para siempre del esclavo español con un tibio beso. Ella nunca llegaría a casarse con Mucoço, debido a la enemistad que surgió entre ambos caciques por la posesión del español. Porque Mucoço nunca faltó a la palabra que dio a su prometida, por mucho que Hirrihigua le reclamara al esclavo repetidas veces. Muy alto fue el precio que debió de pagar aquella princesa india por un amor tan desigual y contrario, al verse obligada durante el resto de su vida a sufrir el constante desprecio de su padre, que nunca llegó a perdonarle lo que consideraba tan grave traición.

En cuanto a Ortiz hay que decir que los restantes ocho años de su cautiverio los pasó muy gustosamente al lado del noble Mucoço, que desde el primer momento le ofreció el afecto y respeto que Hirrihigua nunca le brindó. Llegó a integrarse tanto con los indios de aquel nuevo pueblo, que adoptó sus costumbres, aprendió su lengua y se adornó el cuerpo de la misma forma que ellos. Era tal su parecido con ellos, que cuando Hernando de Soto supo de su existencia y mandó ir a su encuentro a una cuadrilla dirigida por Baltasar de Gallegos, a punto estuvo uno de los españoles de acabar con su vida cuando se encontraron de frente con una patrulla india, de la que Ortiz formaba parte.

Al percatarse del peligro que corrían tanto él como los indios que le acompañaban, Juan Ortiz intentó identificarse, pero al llevar diez años sin hablar castellano, tan solo acertó a decir «Xibila» varias veces, sin que los suyos entendieran que estaba nombrando su ciudad natal. Solo cuando con el arco y la flecha que llevaba en las manos hizo la señal de la cruz, consiguió detener el ataque de los hombres de Gallegos. Y todos acabaron abrazados a él.

En el campamento se hizo una gran fiesta para recibirlo. El adelantado le regaló un traje de terciopelo, que tardaría mucho en poder ponerse porque estaba tan acostumbrado a andar desnudo, que las ropas le hacían daño. La presencia de Juan Ortiz en la recién estrenada expedición de Hernando de Soto fue de gran ayuda, gracias a su conocimiento de las lenguas que por esas regiones se hablaban. Y a partir de entonces los españoles pudieron contar con un traductor de confianza.

En las muchas ocasiones en las que el capitán Silves-
tre le oyó contar su desdichada historia, Ortiz insistía en
que si Hirrihigua causó su desgracia al actuar con él sin
piedad alguna, en cambio con Mucoço disfrutó de una
vida amable y digna, en la que siempre se le trató como
a un igual. Por ello era de la opinión de que cada hom-
bre responde ante Dios de sus actos y en todas partes los
hay buenos y malos, sin que se pueda decir que los indios
o los españoles son de una u otra clase en su totalidad.
Y por lo que él había apreciado en esos diez años, en los
que nunca pensó que volvería a ver a un cristiano, los
indios de aquellas tierras cumplen sus leyes de modo que
viven en orden y concierto los unos con los otros. A no ser
porque aún no conocían a Dios Nuestro Señor, en todo lo
demás no se les podía distinguir de las gentes cristianas.

Aunque no ponía reparo en contar su triste aventura
cuantas veces se le pidiera, en escasas ocasiones nom-
braba a la hija de Hirrihigua y la gran ayuda que de
ella recibió. Quizá debía de pensar Juan Ortiz que a
nadie importaba más que a ellos dos y para ellos dos
debía de quedar su desventurado amor.

Juan Ortiz murió antes de que Silvestre y los demás supervivientes abandonaran la Florida, pero Garcilaso se ocupó de que su historia no cayera en el olvido, como tampoco ocurrió con la que protagonizó Alvar Núñez Cabeza de Vaca, que fue compañero de Ortiz en la expedición de Pánfilo de Narváez, y que también sufrió cautiverio y esclavitud durante diez difíciles años. Aquellos *Naufragios* suyos fueron leídos con mucho interés por Garcilaso cuando comenzó a escribir esta crónica y de mucho le sirvieron, porque quien daba cuenta de aquella gran aventura era el propio protagonista, por lo que su relación contenía precisión y emoción, a partes iguales.

Con aquel testimonio, Cabeza de Vaca quiso mostrar el lado menos exitoso de la conquista, aquel que sin duda en la corte española provocaba tanto rechazo, como para que se insistiera en silenciarlo. Las expediciones españolas a las tierras del Norte nunca fueron tan triunfantes, como las de Nueva España o Tierra Firme, y por ello ni el rey ni el Consejo de Indias querían que se conocieran. De ese modo intentaban evitar que España se mostrase débil, o incluso derrotada, ante las envidiosas cortes europeas.

Otro singularísimo caso, que en su juventud Garcilaso le había oído contar en el Cuzco al caballero Garci Sánchez de Figueroa, fue el del único superviviente de un naufragio que en 1526 sufrió el barco en el que viajaba frente a unos peligrosos islotes, muy recortados y agrestes, tan sólo habitados por galápagos, que se hallan cerca de la costa de Cartagena de Indias.

Como aquel náufrago se llamaba Pedro Serrano, en homenaje a él y a la increíble aventura que allí vivió, desde entonces a esa isla se la conoce como *La Serrana*. A pesar de que aquel islote no disponía de agua, Pedro Serrano logró sobrevivir bebiendo la sangre de las tortugas y comiendo su carne. Con los caparazones de las más grandes se procuró un espacio donde resguardarse de los vientos y del frio de la noche, mientras que los caparazones medianos le servían para recoger agua de lluvia. Pasados los tres primeros años, a la isla llegó otro náufrago español, con el que Serrano compartió todas aquellas desdichas e infortunios hasta que ocho años después, en 1534, un barco que viajaba rumbo a La Habana observó las señales de humo que llegaban desde aquellos peñascos y se acercó hasta ellos.

La sorpresa de los marineros fue enorme al ver a aquellas dos criaturas de extraña figura humana, cubiertas completamente de pelo. Para evitar ser confundidos con demonios Pedro Serrano y su compañero comenzaron a recitar el Credo delante de sus rescatadores, que no daban crédito al hecho de que hubieran sobrevivido durante tantos años, en tan extremas condiciones. Poco disfrutó de la dicha del rescate el compañero de Serrano, que aún antes de llegar siquiera a tierra firme, falleció, mientras que él fue llevado hasta España para ser presentado ante el emperador.

Cuando llegó a Sevilla supo que su majestad se hallaba entonces en Alemania, por lo que hasta allí viajó, sin que en todo ese tiempo se hubiera desprendido del largo pelo que le cubría todo el cuerpo, para dar fe con ello de su singular aventura.

Por todos los lugares por los que iba pasando eran muchos los caballeros que lo recibían, ansiosos de escuchar su historia. Y todos ellos le iban dando dineros para la costa de aquel largo viaje. Cuando por fin el emperador escuchó su asombroso relato, hizo que se le entregaran cuatro mil pesos de renta.

Con la esperanza de una vida amable en tierras de Panamá hasta allí regresó, ya con los cabellos y la barba bien recortados. Pero poco pudo disfrutar de su suerte, porque murió en cuanto pisó de nuevo tierras americanas.

Tanto interesó a Garcilaso su historia, que tenía pensado incluirla en esa otra relación que dedicaría al Perú. Ambos casos a su juicio merecían ser recogidos por lo singulares que fueron y por lo mucho que decían a favor de sus esforzados protagonistas.

Aunque tiempo después los ingleses relataran los amores de un capitán de su armada con una princesa india o la de un náufrago, que gracias a su ingenio conseguía sobrevivir en una isla desierta, siendo acompañado algún tiempo después por otro náufrago, era bueno recordar que mucho antes de que Pocahontas conociera a John Smith, ya se había enamorado la hija del cacique Hirrihigua del soldado español Juan Ortiz. Como también Pedro Serrano fue sin duda el primer robinsón, antes incluso de que se pudiera aludir a los náufragos de ese modo tan literario.

Capítulo V

El mes de julio ya iba mediado cuando Garcilaso repasó con el capitán Silvestre algunos de los episodios en los que había querido dar cuenta de las razones más que sobradas del decidido rechazo de los indios hacia la conquista española. Porque en ninguna de sus crónicas llegó a dudar de que su condición mestiza le exigía el mismo cuidado y respeto a la hora de dar voz a los dos pueblos a los que por igual pertenecía.

Y de entre todos los jefes indios con los que Hernando de Soto y sus hombres se fueron encontrando, sin duda alguna que Acuera y Vitachuco fueron dos de sus más airados enemigos, como bien se veía en muchos de los momentos que ahora se disponía a someter al juicio del capitán Silvestre.

En el verano de 1539, después de haber recorrido ocho provincias, dieron con un vasto territorio gobernado por tres caciques hermanos. Sorprendió a los españoles esta circunstancia, al ser costumbre en todos los lugares por los que habían pasado que fueran los primogénitos, a modo de mayorazgo, los que recibían el poder a la muerte de su antecesor. Como también les llamó mucho la atención que el reparto del territorio entre los tres hermanos fuera tan desigual que uno de ellos, de nombre Vita-

chuco, dispusiera de la mitad, mientras que los otros dos se repartían la otra mitad, sin que tampoco fuera a partes iguales. Porque el segundo hermano disponía de tres partes, quedando tan sólo las otras dos bajo el gobierno del cacique Ochile, cuyas tierras fueron las primeras que el adelantado y sus hombres visitaron.

Tras dos días y medio, en los que atravesaron unas fértiles y extensísimas praderas, llegaron cerca de una gran población donde supieron que se hallaba Ochile reunido con bastantes hombres de guerra.

También en esta ocasión, como solía ser su costumbre, Hernando de Soto decidió dejar en el real al grueso del ejército y adelantarse con cien caballos y cien infantes. Al llegar y ver que aquellos indios se estaban preparando para atacarles, el adelantado mandó rodear la casa en la que el cacique y sus generales se encontraban reunidos. Fue tan rápida la acción de los españoles, que por más que al percatarse de su presencia Ochile mandara tocar a rebato, nada pudieron hacer ni él ni sus capitanes, sitiados como estaban en aquella amplia estancia que los castellanos habían convertido en improvisada prisión.

Aunque varios capitanes, e incluso el mismo Hernando de Soto, le propusieran repetidamente la rendición, Ochile no cedió. Y así permaneció durante toda esa noche, sin que de nada sirvieran ni las promesas de amistad ni tampoco las crueles amenazas con las que acabaron advirtiéndole de su destino y el de su pueblo, si es que acaso persistía en su empeño.

Ya bien entrada la mañana los españoles condujeron hasta allí a muchos de los indios a los que habían prendido, para que intentaran convencer a su señor de que todo estaba perdido para ellos, porque los cristianos eran muchos y muy bien armados. Pero ni siquiera tras estas tristes razones Ochile se entregó, porque entre las naciones y pueblos indios se dan también grandes ejemplos de orgullo.

Lo que al final acabó por convencer al cacique y con
él a sus generales, que en todo momento permanecieron
fielmente a su lado, fue la insistencia con la que sus
vasallos declararon que los españoles los habían tratado
como a amigos y en ningún caso habían empleado vio-
lencia alguna contra ellos, a pesar de ser sus prisioneros.
—Si saben administrar la victoria con tanta gene-
rosidad y desprendimiento, quizá merezcan una oportu-
nidad. —comentó a los suyos Ochile, antes de solicitar
entrevistarse con Hernando de Soto, para deponer ante
él las armas y brindarle desde ese mismo instante la leal-
tad de su pueblo.

Ahora que sus recuerdos parecían reavivarse como los rescoldos lo hacen, cuando entre los tizones aún guardan escondi-
das algunas tibias brasas, Gonzalo Silvestre aprovechó la pausa
que hizo Garcilaso en la lectura para comentar aquella escena.

—Al adelantado le interesaba ganarse la confianza de
Ochile a toda costa, porque sabía que ese era el único modo
de conseguir la amistad de los otros dos caciques. De ahí que
diera orden de que a los prisioneros no los castigáramos con
la severidad con la que lo solíamos hacer en todos aquellos
lugares donde no nos recibían de paz. Y cuando por fin consiguió entrevistarse con él, le hizo tantos honores y regalos, que
aquel jefe indio no dudó de inmediato en interceder a favor
nuestro delante de sus hermanos.

Así que no fue de extrañar que Ochile no tardara mucho
en enviarles recado de que los españoles no pretendían
otra cosa más que atravesar por sus tierras, para poder
seguir así con su expedición. El segundo de los hermanos,
de cuyo nombre no ha quedado recuerdo alguno, a los tres
días apareció por el campamento español acompañado de
sus mejores guerreros. Y lo mismo que hiciera Ochile, besó
las manos del adelantado en señal de amistosa paz y con
todos sus hombres quiso hablar personalmente, mostrando

con ello su buena disposición. Y así como lo veían hacer sus vasallos, ellos también se les acercaban, dando repetidas muestras de gran amistad y afecto.

Desgraciadamente bien distinta fue la reacción del tercer hermano, que era además el más poderoso de los tres. Por más que le llegaban mensajes de ellos dos para que los recibiera en sus tierras y los agasajara, Vitachuco insistía en que si los españoles osaban poner un pie en sus dominios los mataría a todos. Y de la manera más cruel, porque a unos los asaría y a otros los cocería vivos.

A Garcilaso le preocupaba mucho que quizá Silvestre no viera con buenos ojos que a un grupo de generales de Vitachuco, que lucharon contra los españoles de forma muy valerosa, él les hubiera hecho hablar como si fueran caballeros salidos de la pluma del mismísimo Ariosto. De ahí que antes de llegar a ese punto del relato, no perdió tiempo en preguntarle su parecer al respecto.

Y la respuesta que obtuvo no pudo ser más de su agrado.

—¡Bien haréis si en boca de aquellos valientes guerreros y de otros muchos con los que nos fuimos encontrando ponéis las palabras más acertadas y las mejor ordenadas y compuestas, porque sería faltar a la verdad si les hiciéramos creer a los que nos lean que no hay entre los indios quienes saben mostrar con la mayor elegancia sus razones en lo tocante al honor militar! Así que no dejéis de adornar el discurso con vuestras palabras más cuidadas, que será de ese modo como deis cumplida cuenta de lo que allí verdaderamente se dijo.

Garcilaso no dudó en incluir este comentario en la crónica, al tiempo que aprovechó para insistir una vez más en que nada de lo que había puesto sobre el papel era de su invención, sino que escribía al dictado de quien fue un fiel testigo de aquellas jornadas.

Cuando retomó la lectura, a través de su firme voz comenzaron a resonar en aquella serena estancia donde Silvestre y él se encontraban, las quejas del poderoso cacique Vitachuco.

Quizá unas de las más ofensivas con las que se haya descrito nunca a los conquistadores.

—No os dejéis convencer por esos salteadores, adúlteros, homicidas, sin vergüenza de los hombres ni temor de Dios, por tratarse de gentes que dejan su propia tierra para ir a otras a robar, matar y saquear todo lo que encuentran. Y como no traen a sus mujeres, se dedican a robar las ajenas. Cuidaos de que no os engañen porque bien sé yo que no se contentarán con un poco de tierra de la que vivir, sino que las asaltarán todas, aprovechándose del sudor ajeno, como vagabundos que son, que no saben permanecer detenidos en sus ocupaciones sin molestar a los demás. Porque si realmente fueran tan virtuosos como vosotros afirmáis, quizá hubiesen cuidado su propia tierra, en vez de dejarla abandonada para hacerse por la fuerza con la de otros.

Y como Vitachuco insistía siempre en su rechazo y no atendía a las razones que le daban los mensajeros, sus hermanos pidieron permiso al adelantado para ir a hablarle personalmente. Una vez en presencia de ellos y sabiendo que los castellanos ya habían entrado en sus dominios, sólo le quedó fingir que les brindaba su amistad, para de ese modo poder planear mejor la venganza que tenía preparada.

Su encuentro con Hernando de Soto se produjo muy cerca ya de la ciudad principal de sus tierras, hasta donde salió a recibirlo con fingidas muestras de arrepentimiento por las palabras con las que le había ofendido tan injustamente delante de los mensajeros.

Los indios de la Florida son hermosos de cuerpo y este Vitachuco lo era en extremo, tendría unos treinta y cinco años y su presencia, adornado con aquellas elegantes plumas, que conseguían elevar notablemente su estatura, sus gestos pausados y la nutrida corte de gene-

rales de la que se hizo acompañar provocaron la admira-
ción de todo el ejército español.

—Como al adelantado no le gustaba quedar por debajo de nadie, al día siguiente fuimos nosotros los que entramos, en forma de guerra y luciendo nuestras mejores galas, en la ciudad de Vitachuco. Porque como ya os he dicho en otras ocasiones, amigo Garcilaso, allí las capitales se suelen llamar como sus caciques.

Al ser una población muy grande todos fueron aloja-
dos en buenas casas, mientras que el gobernador y sus
dos hermanos se instalaron en la hermosa residencia del
cacique. Antes de que Ochile y el otro hermano regre-
saran a sus respectivas tierras, dejando a los españoles
bajo la protección de Vitachuco, durante varios días se
celebró con fiestas aquel feliz encuentro. Pasados unos
días, si Vitachuco no hubiese llegado a cometer el error
de confesarle sus intenciones a los indios que los españo-
les llevaban como lenguas, es bien seguro que allí mismo
hubiese concluido la expedición española. Su intención
al hablar con aquellos cuatro intérpretes era la de que
transmitieran a todos los indios que los españoles lleva-
ban para su servicio que muy pronto podrían volver a
sus tierras como hombres libres o quedarse en la suya,
donde recibirían los más altos honores por su participa-
ción en la derrota y aniquilación de los enemigos.

Comenzó su intervención recordándoles que además
de haber perdido la libertad nunca podrían regresar a
su tierra, porque cada vez estarían más lejos de ella.
Pero fue aún más lejos en sus argumentos cuando apeló
a la responsabilidad que como habitantes de aquel vasto
reino tenían, a la hora de impedir tan gran ultraje.

—¡No penséis, por mucho que empleen muy buenas
palabras, que vienen a hacer el bien!... Mirad cómo os
han convertido en sus siervos y cómo a falta de muje-

res propias, toman a las nuestras a la fuerza. Tened por seguro que en cuanto decidan asentarse, comenzarán a hacer suyas nuestras tierras y haciendas y acabarán imponiéndonos sus leyes. ¡Y antes de que nos demos cuenta, lo perderemos todo y no nos quedará más que sufrir y penar, convertidos en sus esclavos! Por eso hay que actuar ahora, para evitar darles la oportunidad de que traigan a más de los suyos y se hagan lo suficientemente fuertes, como para que sea de todo punto imposible acabar con ellos.

Los cuatro indios le respondieron que agradecían en extremo que con su valiente acción pretendiera salvar a toda la nación india del desastre y le prometieron estar a su lado en todo lo que pudieran ayudar a ello. Pero una vez que se quedaron a solas comenzaron a dudar de la oportunidad de aquella alianza que los predisponía en contra de los españoles, a los que en todo el tiempo que llevaban a su servicio habían podido ver zafarse con éxito de otras muchas traiciones y emboscadas.

—Si nos ponemos de parte del cacique y los españoles descubren la traición que les hacemos, tened por seguro que perderemos la vida. Y si acaso son ellos los que caen en la trampa que Vitachuco les tiene preparada ¿acaso no será muy posible que perdamos también la vida en la batalla? —comenzó diciendo uno de los cuatro.

Todos los demás aportaron sus razones, que eran las mismas del primero, por lo que decidieron no perder tiempo en avisar a Juan Ortiz de los planes del cacique, para que diera cuenta de ellos al gobernador.

Ni a Hernando de Soto ni a sus más estrechos colaboradores sorprendió en modo alguno lo que Ortiz les contó. Llevaban ya muchas jornadas de expedición y sabían que nunca podían estar seguros, ni bajar la guardia, porque muchas veces las mejores y más cariñosas muestras de afecto esconden las más altas traiciones.

De entre todas las opciones posibles, la mejor sin duda alguna era la de disimular delante de Vitachuco y mien-

tras tanto ir preparándose para ser ellos los que atacaran primero. De ese modo el cacique y su ejército caerían en su propia trampa. Pero para ello era necesario dar muestras de una absoluta ignorancia, por lo que todos, desde capitanes a soldados, fueron advertidos en secreto de que actuaran como si nada supieran de aquella traición que se estaba fraguando.

A los pocos días de estar sobre aviso, se presentó Vitachuco ante el gobernador para invitarle a asistir a una parada militar que en su honor había organizado fuera de la población. Con ella quería que viera que todo su ejército estaba a su servicio. Hernando de Soto mostró gran alegría por ello y con simulada inocencia propuso que para dar al acto más brillo también desfilaran las tropas españolas, e incluso que ambos ejércitos realizaran alguna fingida escaramuza con la que medir sus fuerzas.

La explanada donde se iba a realizar la parada militar se hallaba a un lado flanqueada por un bosque espesísimo y al otro, por dos lagunas. La más grande de ellas estaba bastante alejada de los ejércitos, mientras que la laguna más cercana, con ser mucho más pequeña, sin embargo era bastante profunda.

Cuando todo estuvo listo aparecieron a pie ambos jefes, acompañados cada uno por una docena de sus hombres, que les servían de escuderos.

Los doce españoles ya estaban prevenidos para que en cuanto Hernando de Soto diera la orden, se lanzaran sobre el cacique y lo apresaran. El adelantado iba secretamente armado y tenía dispuestos dos caballos de rienda a poca distancia de él.

La acción no pudo ser más rápida y limpia, porque al tiempo que Vitachuco era apresado, para sorpresa de los indios el gobernador fue el primero en entrar al ataque, montado en su caballo Aceituno.

—¡Era siempre el primero en entrar en batalla y el último en abandonarla! De nada servía que muchos de nuestros capitanes le aconsejaran ser más prudente para bien de toda la expedición, porque en este punto a todos nos desoía. ¡De las cuatro mejores lanzas que han pasado a las Indias tened por seguro que una de ellas le corresponderá siempre a él!

Garcilaso no dudaba de la afirmación que acababa de hacer Silvestre, porque sabía muy bien que en la crónica que iba a escribir sobre la conquista del Perú en muchas ocasiones también tendría que mencionar las valientes acciones de Hernando de Soto.

Los indios reaccionaron al ataque español flechando a aquel magnífico caballo, que murió en el acto. Pero para cuando quisieron flechar al gobernador, este ya estaba subido en otro caballo, desde el que continuó desbaratando las filas enemigas en compañía de otros trescientos caballeros, que consiguieron en muy poco tiempo lo que parecía imposible, si reparamos en el número de indios contra los que estaban luchando.

Sin duda que debió de crear en ellos mucho desánimo el saber que Vitachuco había sido apresado nada más comenzar la contienda. De ahí que ante el vigoroso empuje de los españoles, la mayor parte del ejército indio se replegara y huyera hasta adentrare en el espeso bosque ante el que se encontraban. También los hubo en gran número, que huyeron hasta entrar en la laguna grande, sin que ni a unos ni a otros los españoles pudieran dar alcance.

Como suele ocurrir en todos los ejércitos, los más valerosos generales indios permanecieron luchando hasta el final, sin que tuvieran ocasión de refugiarse más que en la laguna pequeña. Y aún dentro del agua continuaron disparando, hasta que ya no les quedaron flechas.

Con la llegada de la noche los españoles rodearon la laguna de tal modo que aprovechándose de la oscuri-

dad, no pudiera de ella escaparse indio alguno. Cuando notaban por el ruido que alguno de ellos se acercaba a la orilla, disparaban para obligarles a permanecer dentro del agua hasta que decidieran rendirse.

A pesar del frío y el agotamiento, aquellos valientes guerreros preferían la muerte a la rendición, por lo que catorce horas tuvieron que pasar hasta que algunos de ellos comenzaron a salir del agua, persuadidos por los mensajes de amistad que Juan Ortiz y los cuatro lenguas insistentemente les hacían llegar en medio de la oscuridad de la noche. Pero los había que incluso cuando estaban a punto de salir del agua regresaban de nuevo a lo hondo, más preocupados por defender su honor, que la propia vida.

A las diez de la mañana del día siguiente, cuando llevaban ya veinticuatro horas sumergidos, los que aún continuaban dentro del agua comenzaron a salir. Al ver el estado en el que se encontraban, los españoles se compadecieron en extremo de ellos.

Tan sólo siete quedaron en la laguna y allí permanecieron hasta las tres de la tarde. En vista de su obstinación, el adelantado mandó a doce de los que mejor sabían nadar que entraran con las espadas en la boca y los sacasen a la fuerza, porque era lástima que soldados tan nobles y valientes se perdieran.

A la mañana siguiente, después de que se les atendiera como merecía su estado, el gobernador los recibió y les preguntó la razón por la que habían mantenido ese empeño. Los primeros en hablar fueron los cuatro de más edad, que tendrían unos treinta años. Iban interviniendo uno detrás de otro, que es como los indios suelen responder, de modo que van ayudándose entre todos a dar cuenta de sus razones. Dijeron haber recibido de Vitachuco tales honores como capitanes de su ejército, que hubiera sido por su parte muy indigno que no pagaran con su vida la alta responsabilidad que tenían en aquella derrota. También insistieron los cuatro en que querían dar ejemplo a sus hijos y a los demás soldados de cómo ha de conducirse el que tiene un puesto de mando en la guerra. Porque según fueron repitiendo uno tras otro, el honor no entiende de naciones y en todas se puede dar por igual. Terminaron su exposición rogándole al gobernador que después de haberles salvado la vida ahora se la quitara, porque no serían capaces de mostrarse así de derrotados ante su señor.

Tras escucharlos con mucha atención, Hernando de Soto mandó que fueran conducidos con el cacique Vitachuco, al que tenían los españoles recluido cómodamente en su casa y atendido por sus propios criados, para demostrarle de ese modo sus buenas intenciones.

Quedaron todos los allí presentes tan afectados por las palabras de tan nobles generales, que el silencio acompañó durante un rato aquella improvisada audiencia, en la que todavía debían de escucharse las razones de los otros tres guerreros, cuya edad no pasaba de los dieciocho años.

—Nosotros, señor, no tenemos nada en contra de los españoles, ni pertenecemos tampoco al ejército de Vitachuco. Somos hijos de caciques muy principales de regiones vecinas y como algún día heredaremos el gobierno de nuestros padres hemos querido venir a luchar en esta ocasión, para ganar los honores y la fama por los que se nos reconozca cuando ocupemos el gobierno de nuestras respectivas tierras. —dijo el primero de ellos.

—Y como la fortuna os ha dado la victoria en esta batalla, a nosotros nos corresponde dejarnos morir antes que entregarnos a vos como esclavos.

Fueron las sentidas palabras del segundo.

—¡Hijo del Sol, que es como hemos sabido que te haces llamar, aquí están nuestras gargantas por si quieres acabar ahora mismo con nuestras vidas, que sin duda ya te pertenecen! —añadió el tercero.

Así se expresaron aquellos tres jóvenes príncipes y a todos dejaron tan impresionados, que la emoción se reflejaba en los rostros de los presentes, en especial en el del adelantado, que los levantó con sus propias manos, porque de rodillas habían permanecido mientras hablaron.

Hernando de Soto les dirigió palabras de afecto, destacando lo mucho que merecían gobernar las provincias de las que eran dignísimos herederos, en las que no dudaba de que sabrían siempre actuar con honor, prudencia y sabiduría a partes iguales.

Tras dos jornadas en las que mucho disfrutó el adelantado de su compañía, aquellos valientes y nobles jóvenes regresaron a sus casas muy satisfechos con el premio de la fama que entre los españoles habían conseguido.

Al despedirse, prometieron hablar a sus padres, así como a otros señores vecinos, de la amistad de los castellanos y no dudaron en ofrecerles sus tierras para que por ellas pasaran sin sobresalto alguno y de ellas tomaran cuanto necesitasen.

En cuanto a Vitachuco, hay que decir que por más que insistían en convencerle de que se aviniera a la paz con ellos, su odio crecía por instantes. Y más cuando supo que Hernando de Soto había repartido entre sus soldados a todos aquellos generales que tan valientemente resistieron en la laguna pequeña. Saber que sus mejores guerreros eran ahora los siervos de aquellos ladrones vagabundos reavivó en él el deseo de aniquilarlos de tal modo, que volvió a idear un último y desesperado ataque.

—Dejemos aquí la lectura, que es hora de cenar, Garcilaso... ¡Que si no os aviso, sé que vos podríais seguir toda la noche, como aquellos indios dentro de la laguna!

Los dos rieron la ocurrencia del capitán Silvestre y se encaminaron hacia la sala en la que el sobrino los esperaba desde hacía un buen rato.

Ya bien entrada la noche, Garcilaso continuó revisando el

final de aquel episodio que según decía Silvestre, debía de ser contado con un cierto humor, por las muchas situaciones disparatadas que se vivieron en aquella última tentativa de Vitachuco por acabar con los españoles. Pero no encontraba humor alguno en que el cacique hubiese hecho correr la voz entre los indios que los españoles tenían a su servicio de que a una orden suya acabara cada uno de ellos con el enemigo del que más cerca se hallara en ese momento, mientras que él se ocuparía de dar muerte al gobernador.

Y sucedió que al séptimo día de su prisión, el adelantado quiso almorzar con Vitachuco, para ver si por fin se avenía a razones. A pesar de que Hernando de Soto no había dejado de agasajarle con muchas atenciones, cuando acabó aquella comida, en la que había permanecido todo el tiempo en silencio, Vitachuco estiró el cuerpo todo lo que pudo y movió los brazos con energía, hasta que de su garganta salió un estrepitoso rugido.

Ante la sorpresa de todos los presentes, se abalanzó sobre el gobernador y mientras con una mano lo tenía bien asido del cuello, con la otra le pegó tan fuerte puñetazo en la frente, ojos y boca que lo dejó sin sentido por un buen rato. Fue tal la brutalidad del ataque que muchos pensaron haber asistido a su muerte.

Como reacción inmediata, todos los españoles allí presentes se lanzaron sobre el cacique, cuyo cuerpo atravesaron con más de diez o doce estocadas. Antes de morir pudo ver que el gobernador volvía en sí, por lo que sus últimas palabras fueron para lamentar no haber conseguido acabar con su vida.

Sin que supieran la suerte que había corrido su señor, todos los indios del campamento, al escuchar aquel alarido que reconocieron como inequívoca señal, se lanzaron a la vez contra sus sorprendidos amos. Como era la hora del almuerzo los atacaron con ollas hirviendo, cazuelas y demás utensilios de cocina y también con tizo-

nes, que fue con lo que más daño les hicieron a los más de ellos, que quedaron sin cejas y con quemaduras por brazos y cuerpo. Cuatro españoles murieron, siendo muy pocos los que se libraron de alguna quemadura, contusión o herida.

De tanto enfado como esto produjo en las filas españolas, se decidió acabar con la vida de todos los indios, por lo muy traidoramente que habían actuado, incluso con la de aquellos cuatro capitanes que habían demostrado tanto coraje, al permanecer veinticuatro horas dentro de la laguna.

Aquel lugar, en el que sin duda se vivió una de las más negras jornadas de aquella expedición, fue recordado a partir de entonces con el triste nombre de Matança.

Aunque a través de la figura de su padre y de los conquistadores a los que conoció de niño en el Cuzco, hubiese aprendido a valorar sus hazañas, había ocasiones como esta, en las que Garcilaso no podía dejar de sentir decepción y vergüenza, al ver cómo los españoles podían llegar a ser tan despiadados con unas gentes que lo único que pretendían era defender su tierra de la dominación y el abuso extranjeros.

Y de golpe le asaltaron esos otros lejanos recuerdos de su niñez, cuando visitaban su casa los familiares de su madre y le contaban lo que sucedió en los días en los que su pueblo lo perdió todo a manos de los viracochas, que es como se llamó en un primer momento a los españoles en el Perú, al creer que con su llegada la profecía del dios Viracocha se había cumplido finalmente.

Era tanto el interés, o más bien la necesidad, que tenía de contar la historia de su pueblo, así como la de la conquista que de él hicieron aquellos desaforados soldados, que hacía algunos meses que había escrito al Cuzco para pedir a sus familiares y amigos de infancia que le mandaran relación de todo lo que alcanzaran a saber por boca de los más viejos.

¿Qué habría sido de los hombres de Pizarro si su pueblo no hubiera tenido tan presente en la memoria la profecía de Viracocha?, se preguntaba Garcilaso.

Y para encontrar una respuesta comenzó a escribir un pequeño apunte.

Los Incas eliminaron todas las idolatrías anteriores a ellos por considerar inferior que se venerase todo lo que se hallaba debajo del cielo. De ahí que adoraran al Sol como único dios visible y en su honor construyeran templos de paredes forradas de oro, en los que celebraban importantes ofrendas. Cada año le reservaban una parte importante de las cosechas, por entender que gracias a él las habían recolectado. También se le ofrecía una parte del ganado, porque se criaba bajo su protección. Y en sus templos habitaban hermosas vírgenes, escogidas de entre las mejores para ser las esposas del Sol.

Los Incas adoraron también a un dios superior al Sol, al que dieron en llamar Pachacamac. Como no era visible, no le hacían ofrendas, ni le edificaban templos, salvo uno hermosísimo que construyeron en el valle de su mismo nombre, desde el que Pachacamac todos los atardeceres contempla al dios Sol desaparecer tras las aguas del Mar del Sur, antes de que en su ausencia su esposa la Luna, acompañada de su corte de Estrellas, ocupe el firmamento.

Y sucedió que al hijo del Inca Yahuarhuacac, que reinó después de arrebatarle a su padre el poder de forma violenta, se le apareció en sueños el fantasma del dios Viracocha, que es el otro nombre con el que se conoce a Pachacamac, para hacerle partícipe de una terrible profecía. A partir de entonces aquel emperador decidió hacerse llamar como el dios que lo había visitado y convertirse en su oráculo. Con su delicada y pálida esposa, Mama Runtu, cuya piel era tan blanca como la del huevo, el Inca Viracocha tuvo un hijo, al que puso por nombre Pachacutec.

Viracocha mantuvo en secreto la profecía hasta que llegó el momento en el que tuvo que entregarle el reino a Pachacutec. De ese modo quedó establecida la norma de que sólo fuera conocida por los sucesivos emperadores Incas, que la guardarían celosamente en secreto, porque sólo de ese modo podrían mantener eternamente su poder.

Todos sus descendientes respetaron la voluntad del Inca Viracocha y a nadie más que a su sucesor la revelaron, hasta que antes de morir, Huayna Capac la compartió con su pueblo. Y desde entonces todos los habitantes del Tahuantinsuyo supieron que llegarían gentes nunca antes vistas, que acabarían con sus dioses y con su imperio, sin que nada pudieran hacer ellos para evitarlo.

De todas las historias que su madre le contó de niño, aquella siempre le sobrecogía de un modo muy especial, quizá porque al relatarla ella empleaba la misma solemnidad en las palabras y el mismo tono de voz con las que la había escuchado de niña de labios del Inca Viejo.

Garcilaso pensó entonces en Hernando de Soto y en el cuidado que ponía siempre que llegaban a una nueva provincia en aplicar el Requerimiento, que era una de las más famosas Leyes de Indias. Desde que en 1513 fuera redactada por el jurista Juan López de Palacios Rubios en su obra *De las islas del mar Océano*, en cualquier lugar del Nuevo Mundo esta ley era de obligado cumplimiento. De ahí que lo primero que hacía el adelantado era mandar a unos cuantos mensajeros para avisar al cacique de la presencia de los españoles, requerirle con la paz y asegurarle que no debían temer nada de ellos, pues ahora que aquellas tierras le pertenecían al emperador Carlos, ellos tan sólo pretendían atravesarlas y recibir los bastimentos necesarios para continuar adelante con su expedición.

Con lo que no contó aquel jurista fue con que los indios no entendían lo que se les estaba diciendo de forma tan solemne y ceremoniosa, a no ser que se contara con la presencia de un traductor, que en el mejor de los casos, a duras penas podría hacerles entender quiénes eran Dios, España y su emperador.

A pesar de este grave inconveniente, para lo que sí servía este protocolo era para saber si habían llegado a una tierra amable o por el contrario se hallaban en tierra hostil, como también les sucedió en los primeros meses de la expedición, mucho antes de llegar a las tierras de Vitachuco, cuando se acercaron a la provincia del cacique Acuera.

Por fin, después de tantos días de esfuerzos y hambre, dejaron atrás la ciénaga y todo el ejército se reunió en una tierra fértil y hermosa que pertenecía a la provincia de Acuera, en la que gobernaba un cacique del mismo nombre.

El gobernador, siguiendo con su costumbre, mandó a unos indios con el requerimiento de que Acuera y los suyos saliesen de paz a recibir a los españoles e insistió en que por nada del mundo querían hacerles daño alguno. Porque la intención que traían era la de ganar todas aquellas provincias por las que iban pasando para su señor el emperador Carlos. Acuera respondió al adelantado recordándole las malas acciones que en el pasado habían cometido otros españoles que por allí pasaron. Habiendo demostrado que no eran gente de paz, no entendía por qué Hernando de Soto se la exigía a él y a su pueblo, por lo que decididamente se la negaba, declarándole desde ese mismo instante «guerra mortal y perpetua». Acuera también advirtió al adelantado de que en todo el tiempo en el que estuviesen en sus tierras debían de andar con mucho cuidado, porque había dado orden a sus hombres de que quería la cabeza de dos españoles cada semana. Y declaró que no les iba a dar la oportunidad de luchar en campo abierto, sino que serían pequeñas y decisivas emboscadas las que le procurarían esa satisfacción semanal, que ya anhelaba comenzar a recibir. Calculaba el airado cacique que en dos o tres años acabaría con todos los españoles, sin que les diera tiempo a perpetuarse, porque como sabía que no habían traído mujeres propias, ya había ideado la forma de que a las suyas no tuvieran ocasión siquiera de verlas. También señaló que se sorprendía mucho de que Hernando de Soto y sus hombres se declararan «siervos» de su señor el emperador y de que pasaran tantas calamidades, tan lejos de su tierra, empleados afanosamente en conseguir riquezas para su rey, en vez de procurarlas para ellos y sus familias. Continuaba su extensa y bien razonada argumentación aclarando que si los españoles estaban contentos con ser siervos del rey de España, en cambio él, como ya era rey de su tierra, no tenía por qué rendir vasallaje alguno a ningún otro de su mismo rango. Por último, les dejaba muy claro que antes que perder su libertad y la de su pueblo, prefería morir cien veces. Y les advertía de que si querían salvar la vida, debían abandonar cuanto antes sus tierras y no volver nunca más por ellas.

Hernando de Soto quedó muy sorprendido de las palabras de este indio y por más que en varias ocasiones intentó su amistad, la respuesta que obtuvo de aquel orgulloso cacique fue siempre la misma: «¡Guerra mortal y perpetua!».

Antes de continuar escribiendo, Garcilaso recordó lo que le comentó el capitán Silvestre aquella misma tarde.

—Pasamos veinte días en Acuera y en todo ese tiempo los indios no nos dejaron de atacar ni un instante. Procurábamos no apartarnos más de cien pasos del real, para no darles la oportunidad de flecharnos. Pero de poco servían nuestras precauciones, porque ellos eran tan hábiles, que en cuanto íbamos a socorrer a un compañero al que acababan de herir, ya lo encontrábamos sin cabeza. Y la mayor afrenta venía después, cuando tras enterrar sus cuerpos allá donde los habíamos encontrado, por la noche ellos los desenterraban y los cortaban en trozos, que iban colgando de los árboles, para que al amanecer los pudiéramos ver... ¡En aquellos veinte días perdimos a catorce de los nuestros! En los pocos ataques con los que les pudimos responder fueron unos cincuenta indios los que murieron a manos nuestras, porque en los bosques ellos se saben esconder y son tan silenciosos, que puedes estar a tu lado sin que te des cuenta, hasta que ya es demasiado tarde.

A Garcilaso no le costaba trabajo imaginar la tensión y el miedo que debían de sentir aquellos soldados cuando en plena noche cualquier ruido les sobresaltara y les hiciera temer que unas hábiles manos acabaran posándose sobre sus cuellos, para hacer de sus cabezas un trofeo de guerra.

Quizá Hernando de Soto se equivocó al creer que los indios de la Florida responderían de la misma forma en que lo hicieron los del Perú o los de México, pensó mientras iba recogiendo los pliegos y limpiando las plumas que iba a usar al día siguiente, porque por mucho que sus hombres y él insistieran en anunciarse como *Hijos del Sol*, en aquellas tierras del Norte los fantasmas de Viracocha o de Quetzalcoalt no se les habían presentado en sueños a ninguno de sus habitantes, avisándoles con ello de la destrucción de su mundo.

Capítulo VI

Una vez repasados los capítulos dedicados a lo ocurrido en tierras de aquellos dos rebeldes caciques, quiso Garcilaso que revisaran los muchos sucesos que acontecieron en la provincia de Apalache, durante el invierno de 1539.

Mientras iba ordenando sus notas, el capitán Silvestre dio rienda suelta a sus recuerdos, que de tan vivos como estaban podrían hacer pensar que trataban hechos acaecidos ayer mismo.

—Tras abandonar la provincia de Vitachuco, el gobernador decidió buscar un lugar bien provisto, en el que pudiéramos invernar. Según nos fueron diciendo los indios de los lugares por los que fuimos pasando, la provincia más rica era sin duda la de Apalache, aunque también nos aseguraron, sin ocultar el deseo de que así fuera, que sus habitantes acabarían con todos nosotros de la forma más cruel... ¡Pero estábamos ya tan acostumbrados a escuchar ese tipo de amenazas, que con tal de que aquella tierra dispusiera de las reservas suficientes para que pudiéramos invernar en ella, la hostilidad de sus gentes y el mal recibimiento que nos dispensasen no nos amedrentaban lo más mínimo! Pensad que nos encontrábamos todavía al principio de nuestra aventura y era pronto para que las difíciles situaciones con las que teníamos que bregar a diario nos desalentaran, como luego llegaría a suceder.

Para entrar en aquella provincia no tuvieron más remedio que atravesar una ciénaga bastante ancha y profunda, tan larga como un rio, que se encontraba encajada en medio de un espesísimo bosque.

—¡En cuanto nos sintieron llegar, un gran número de guerreros muy bien armados se fue apostando en sus laderas!

A pesar de lo mucho que intimidaba verlos con sus arcos preparados para un inminente ataque, el adelantado mandó acercarse hasta la laguna a treinta de a caballo y cien de a pie, repartidos entre arcabuceros, rodeleros y ballesteros, para que encontraran el mejor modo de cruzar aquellas aguas, que ya en la orilla les llegaban al cinto o a los pechos. Era en algunos puntos tan hondo su curso, que a lo largo de unos cuarenta pasos los indios habían colocado grandes troncos.

Mientras que a duras penas la patrulla hacía esta y otras indagaciones, los indios lanzaron sobre ellos un ataque feroz, por lo que el gobernador tuvo que salir con refuerzos en su auxilio. De a dos en dos, porque el terreno no permitía espacio para más gente, algunos lograron encaramarse por la angosta senda que bordeaba la ciénaga. Los dos primeros, que eran los que iban mejor pertrechados, fueron haciendo retroceder a los indios, que se veían también obligados a responder de a dos.

—¡Sin duda que fue una durísima lucha cuerpo a cuerpo, hasta que conseguimos sacarlos a un claro donde ya se pudo pelear con más holgura!

Una vez que todo el ejército y los numerosos indios que llevaban a su servicio, así como los caballos y los basti-

mentos, que por entonces eran más que numerosos, con-
siguieron trasladarse a la otra orilla de aquella endia-
blada ciénaga, el adelantado mandó que se desbrozara
aquel terreno para que en él se pudiera instalar el real.

En cuanto a los indios hay que decir que después de
aquella primera derrota se refugiaron en un cercano bos-
que, desde el que volvieron a lanzar contra los españoles
sus certeras flechas, aprovechando que su espesura los
hacía invisibles.

—Mientras unos repelíamos el ataque, otros iban desbro-
zando maleza y cortando troncos, pero apenas si podíamos
desenvolvernos bajo aquella incesante lluvia de flechas. ¡Tendríais que ver cómo los niños, con dos o tres años, ya saben
fabricarlas y durante todo el día juegan a apuntar a las saban-
dijas y bichejos que van encontrándose por ahí! Ese constante entrenamiento los hace de adultos ser tan diestros en
su manejo, que antes de que nosotros consiguiéramos disparar de nuevo el arcabuz o diéramos un nuevo mandoble de
espada, ellos ya habían conseguido flecharnos por lo menos
en media docena de ocasiones.

Por el ímpetu con el que recordaba aquellas duras jornadas de Apalache se apreciaba que el capitán Silvestre tuvo en
ellas un papel muy destacado.

—¡Y si fue difícil atravesar la ciénaga grande esa primera
vez, pensad en lo que pudo suponer volverlo a hacer hasta en
dos ocasiones más!

Como a Garcilaso le gustaba llevar un orden escrupuloso a
la hora de engarzar los sucesos que componían su crónica, le
pidió que aguardara a que repasaran primero lo que ocurrió
hasta llegar a Apalache y los trabajos que, una vez allí, ordenó
el gobernador.

Pasaron la primera noche en el improvisado real que
construyeron al otro lado de la ciénaga. A pesar del can-
sancio, nadie consiguió dormir por las voces y gritería

que llegaban desde la oscuridad del bosque, así como por las flechas que les enviaban. De ahí que todos se vieran obligados a permanecer alerta, por si la amenaza se volvía más seria y aquellos bravos indios decidían de madrugada atacarles.

En los días siguientes atravesaron muy buenas tierras de pastos y sementeras, pero la suerte pronto cambió al toparse con un arroyo de aguas muy caudalosas que estaba rodeado de un espeso boscaje.

Ahora que los castellanos tenían que cruzar por las estrechas y escarpadas sendas que bordeaban aquel profundo arroyo, los indios decidieron atacarles para evitar a toda costa que se repitiera su derrota. Pero a pesar de que hubo algunos muertos y bastantes heridos, los españoles lograron cruzarlo y cuando ya estuvieron en campo abierto, sus enemigos desistieron de luchar contra ellos, porque de sobra sabían que a caballo se volvían imbatibles.

Sin poder contenerse, Gonzalo Silvestre interrumpió de nuevo la lectura.

—Ni esa noche ni las siguientes nos dejaron dormir. ¡Desde entonces y mirad si han pasado años, no consigo que el sueño me dure más de dos o tres horas! Y aún así en ellas nunca llego a descansar llanamente, porque mis oídos están en todo momento alerta y mis ojos, siempre entornados. Todavía hay ocasiones en las que en plena duermevela creo ver que entra en mi aposento alguno de aquellos guerreros, dispuesto a cobrarse definitivamente mi vida… ¡Tampoco hay madrugada en la que no resuene en mi cabeza el persistente sonido de aquel vocerío que nos atormentaba en la oscuridad!

A cualquiera que los viera trabajar juntos le sorprendería ese curioso diálogo que entre los dos mantenían, en el que la conversación iba fluyendo mientras uno hablaba y el otro leía y tomaba notas.

Después de los dos días inciertos que tardaron en atravesar la provincia de Oassachile y de los cinco, en los que tuvieron que soportar las constantes emboscadas de los indios de Apalache, los españoles por fin llegaron hasta la población del mismo nombre, en la que el adelantado confiaba en poder entrevistarse con su cacique. Pero como venía ocurriendo en casi todas las ocasiones, para entonces ya el cacique, sus generales y todos sus vasallos se habían escondido en el bosque.

Como no le gustaba perder el tiempo, el gobernador quiso hacer de inmediato averiguaciones y mandó a tres de sus mejores capitanes a que inspeccionaran aquella provincia. Andrés de Vasconcellos y Arias Tinoco fueron en dirección al norte, por dos caminos diferentes. A su regreso los dos trajeron buenas noticias, porque tal y como imaginaban era aquella una tierra muy fértil y muy bien abastecida.

—En cambio a Juan de Añasco y a los que con él tomamos la ruta del sur nos tocó pasar por una tierra muy áspera. ¡Y si sólo hubiera sido la tierra! Porque aquel indio que se nos ofreció como guía, a punto estuvo, siendo él un solo hombre, de acabar con la vida de todos nosotros.

Hacia el sur partió Juan de Añasco con cuarenta caballos y cincuenta peones. Lo acompañaba un caballero muy querido del adelantado, de nombre Gómez Arias, que en toda ocasión demostró nobleza y valor a partes iguales. Entre sus muchas cualidades destacaba una que en aquella expedición fue siempre de gran utilidad, al ser este caballero un excelente nadador. Contaban de él que había sido esclavo en Berbería y que gracias a su perfecto dominio de la lengua morisca, consiguió llegar hasta la frontera cristiana, sin que nadie sospechara que era un cautivo.

La misión que el gobernador encomendó a Añasco

era la de encontrar el mar, porque según les habían
dicho no estaba a más de treinta leguas de la población
de Apalache.

Un indio, de los pocos que habían podido capturar
en el escaso tiempo que llevaban en aquella provincia,
dijo conocer bien el camino y se ofreció para conducirlos
hasta la costa.

—Después de escuchar las buenas palabras de amistad de aquel indio, partimos muy confiados.

Y de nuevo Gonzalo Silvestre se dejó llevar a través de la serena voz de Inca Garcilaso, en la que se dibujaba, aunque ya de forma muy leve, el acento que tantas veces había escuchado en el habla de los cuzqueños.

Tras dos jornadas, de a seis leguas cada una de ellas,
por un camino ancho y muy bueno, llegaron al pueblo de
Aute, en donde encontraron mucho abastecimiento, aun-
que a ninguno de sus habitantes.

Con provisiones suficientes para cuatro jornadas
retomaron el camino, confiados en llegar en ese tiempo
a la costa. Pero el indio que los guiaba pronto mudó su
voluntad hacia los españoles y discretamente fue apar-
tándose de aquella buena senda a la que los traía acos-
tumbrados desde que abandonaron el real, para irlos
poco a poco metiendo por breñas y vericuetos, cada vez
más difíciles y peligrosos.

Cinco días anduvieron dando vueltas por desoladas
tierras, en las que se criaban unas raíces muy duras y
fuertes, que acababan en púas tan afiladas y cortantes
como dagas. Mucho sufrieron los caballos y los hombres
con semejante suelo.

Pasado este tiempo decidieron regresar a Aute por el
mismo y dificultoso camino que les había traído hasta
unos páramos desde los que podían escuchar con mucha
nitidez el murmullo del mar, aunque no hallaban forma

alguna de llegar hasta él. A pesar de que los españoles sospechaban que el indio actuaba con ellos a traición, disimularon su gran enfado para evitar que los condujera por lugares aún peores. Porque era muy probable que en su ciego afán de venganza no dudara en perder la vida, si con ello acababa con la de todos sus enemigos.

—Después de otros cinco días, en los que sólo comimos raíces y algunas hierbas y con todo el cuerpo destrozado por aquellas ramas tan ásperas, que se nos clavaban de continuo por todo el cuerpo, conseguimos regresar de nuevo a Aute. ¡De habernos visto algún indio aparecer por allí en ese estado, nos hubiese llegado a tener antes lástima, que aborrecimiento!

Con nuevas provisiones para unos seis días volvieron a salir en busca del mar y el indio los llevó esta vez por sitios aún más abruptos que antes. Debía de estar ya tan desesperado en su afán, que esa primera noche mientras dormían atacó con tizones ardientes a tres españoles, a los que causó muy graves heridas en el rostro. De nada sirvió que al día siguiente lo llevaran encadenado porque de tanta saña como tenía consiguió agarrar por la espalda al soldado del que iba preso, derribarlo y patearlo hasta dejarlo muy malherido.

Viendo este último proceder y lo mucho que le llevaban consentido, Juan de Añasco y sus hombres no reprimieron en esta ocasión su ira contra el indio, al que acabaron dando una horrible muerte.

Tras lancearlo en muchas ocasiones de forma desmedida, porque su piel parecía resistir sobremanera el filo de sus espadas, le echaron un perro para que terminara con su vida. Pero aquel hombre, aún moribundo, era tan fuerte que logró clavar sus manos en las fauces del animal hasta desgarrarlo. Ni aún cuando se las cortaron dejaron de seguir asfixiando al animal.

Aquella imagen tardaría mucho en borrarse de la memoria de los que la vieron, porque nunca antes ni después, en todos los años que duró aquella expedición, un solo hombre puso tan en peligro la vida de tantos otros.

Aunque Garcilaso bien sabía que cuando su crónica se leyera habría quien pensara que este tipo de detalles no debían de formar parte de ella, siempre creyó que sin estos pormenores, a veces salvajes y otras, amables, el lector puede olvidarse de la medida exacta de la aventura a la que se le está acercando. Porque detrás de cada victoria o de cada derrota puede haber tantas emociones y sentimientos y de tan distinta naturaleza, como venganza, ira, compasión, crueldad, desprecio, fraternidad, ambición o miedo. Sobre todo hay tanto, tantísimo miedo a perder la vida a manos del enemigo, que se pueden llegar a cometer las más atroces acciones con tal de evitarlo.

La suerte de Añasco y de sus hombres cambió tras la muerte de aquel indio, porque otro, al que habían hecho prisionero al llegar por segunda vez a Aute, quizá temiendo sufrir su misma suerte, se prestó a hablar. Según les dijo, si querían llegar de una vez por todas a la costa debían regresar de nuevo hasta Aute y desde allí tomar otro camino bien distinto a este que ya habían recorrido en dos ocasiones.

—Aunque le hicimos caso, ninguno de nosotros estaba muy confiado en que dijera la verdad. ¡Menos mal que Gómez Arias y yo conseguimos prender a dos indios más y ellos confirmaron la información que nos había dado!…Más esperanzados, tomamos ese otro camino que los tres nos indicaron y para nuestra suerte, tras dos leguas de buena y amplia senda, finalmente llegamos a la bahía de Aute. ¡Quince días de sufrimientos y penalidades, cuando habíamos estado siempre a tan sólo dos leguas de la mar!

Una vez llegados a aquella amplia y apacible bahía, fueron siguiendo las huellas que la presencia de Pánfilo de Narváez, diez años atrás, dejó en ella. Una fragua, alrededor de la cual todavía quedaban trozos de carbón, y unos largos troncos excavados que habrían servido de abrevaderos para los caballos, fueron algunas de las cosas que allí encontraron.

Entre gestos y las pocas palabras castellanas que sabían, aquellos tres indios les fueron informando de muchos de los sucesos que acompañaron la estancia de Narváez por aquellas tierras. Y todo lo que les contaron sin duda que era bien cierto, porque también lo refiere en los mismos términos Cabeza de Vaca.

—Recuerdo que buscamos con atención por todas partes, para ver si habían dejado alguna señal o papel con el que previnieran a futuros conquistadores que por allí pasaran, pero fue en vano, porque la huella de aquella otra expedición parecía querer desvanecerse, como también nuestro rastro ya hará mucho tiempo que se debió de perder. ¡Por eso debemos terminar cuanto antes este libro, amigo Garcilaso! Tantos esfuerzos, tantos nombres y tantas vidas perdidas no deben borrarse, como lo hacen las huellas de los caballos en la arena de una playa.

Al Inca le asaltó de forma intensa aquella imagen. Con claridad alcanzaba a ver a un jinete cabalgando, mientras que el agua iba lamiendo la arena hasta hacer desaparecer las fuertes pisadas de los cascos de su caballo. Ello le hizo pensar que todo se va borrando tan deprisa, que incluso los rostros de la gente a la que tanto se ha amado se desdibujan en nuestro recuerdo.

Cuando le llegó desde el Cuzco la triste noticia de la muerte de su madre intentó en vano recordar su voz, convertida ya apenas en un leve eco. Sus manos, en cambio, se le figuraban con la misma intensidad de cuando con ellas lo acariciaba de niño.

En aquella segunda despedida, cuando con veinte años abandonó el Cuzco, su madre y él tuvieron la certeza de que era la definitiva, aunque ninguno de los dos se atreviera a confesarlo. Nunca llegó a saber si sus largos silencios y la serenidad con la que afrontó tantos desaires formaban parte de ella ya antes de que en su vida aparecieran los viracochas, dispuestos a desbaratar su mundo para siempre.

Aquella mañana en la que su madre le advirtió de que los príncipes no lloraban en público aprendió a esconder sus sentimientos a los ojos de los demás y de tanto hacerlo, a veces le daba por pensar que ya no los tenía. En tantos y tan largos años de ausencia, el recuerdo de su madre siempre fue para él un dolor tibio, una débil punzada, que le atravesaba como un escalofrío y durante unos instantes no le dejaba respirar.

—¡Tu padre quería que fueras a España y has de honrar su memoria! No sientas miedo ni temor, porque aquella tierra a la que vas es tan tuya como esta que aquí dejas.

Pero su madre con aquellas palabras se equivocaba, porque él siempre había pensado que los que son distintos nunca encuentran un lugar que de verdad les pertenezca. Él sabía bien que en España, mestizo y criollo eran dos títulos muy difíciles de llevar, como para su madre también lo fue ser una ñusta en tiempos de los españoles.

Capítulo VII

—¡Aquí tenéis!... No he conseguido recordar más que a veinte y bien sabe Dios que me complacería que todos ellos aparecieran en vuestro libro.

El capitán Silvestre le entregó a Garcilaso un arrugado pliego en el que figuraba una larga lista de nombres de soldados, así como su lugar de origen. Y sin decir nada más, ni esperar respuesta alguna, abandonó la estancia porque por nada del mundo quería interrumpir su trabajo.

Puso mucho interés Añasco en repartir las suficientes señales por toda la ensenada, de modo que los barcos que allí arribaran en el futuro no tuvieran dificultad alguna en localizar el lugar.

Muy satisfechos por el hallazgo, partieron de regreso a Apalache para informar cuanto antes al gobernador de que no sólo habían encontrado el mar sino de que, como bien pudieron comprobar los doce hombres que fondearon sus aguas con la ayuda de unas viejas canoas que encontraron en la playa, la bahía de Aute estaba muy bien preparada para recibir navíos de gran tonelaje.

Una vez informado, Hernando de Soto mandó al capitán Añasco regresar de inmediato hasta la bahía del

Espíritu Santo, en las difíciles tierras del cacique Hirri-
higua, para relevar a Pedro Calderón y los hombres que
con él quedaron al cuidado de los dos únicos navíos que
tras el desembarco de la expedición, no habían sido man-
dados de regreso a Cuba.

—Ya que habéis descubierto esta nueva bahía, seréis
vos el encargado de llevar hasta ella las dos naves que
quedaron al cuidado de Calderón. Allí, tan lejos de
donde ahora nos encontramos, no nos son de ninguna
utilidad. Si queremos asentarnos pronto, sólo lo podre-
mos hacer cerca de un puerto seguro. Confío en vos,
capitán, para esta riesgosa empresa. Aunque os estoy
pidiendo que desandéis todo el camino que llevamos reco-
rrido y os enfrentéis de nuevo a los graves peligros que
en todo este tiempo nos han asaltado; bien sé que sois
uno de mis mejores hombres y que en vos puedo confiar
sobradamente.

Entre los dos acordaron que con él fueran treinta de
a caballo. Nadie en el campamento dudaba de lo suma-
mente peligrosa que era la misión. No sólo por la hosti-
lidad con la que los recibirían en aquellas provincias,
que no conservaban más que animosidad y saña hacia
los españoles, sino también porque al ser tan sólo treinta
lanzas se encontraban en una clara desventaja. Pero a
pesar de ello ninguno de los hombres a los que eligió
Añasco para formar aquella compañía mostró la más
mínima desazón.

Llegado a este punto, abrió el gastado pliego que le acababa de entregar el capitán Silvestre y se dispuso a ir inclu-
yendo en el relato los nombres que en él figuraban.

Y como fueron buenos soldados y tan valientes, que en
todo momento supieron vencer los muchos inconvenien-
tes que se les iban presentando de continuo, debemos

116

aquí nombrarlos. Si no a todos, al menos a aquellos de los que nos queda aún la memoria.

El contador y capitán Juan de Añasco, natural de Sevilla; Gómez Arias, natural de Segovia; Juan Cordero y Álvaro Fernández, naturales de Yelves; Antonio Carrillo, natural de Yllescas; Francisco Villalobos y Juan López Cacho, los dos de Sevilla; Gonçalo Silvestre, natural de Herrera de Alcántara; Juan Espinosa, nacido en Úbeda; Hernando Athanasio, natural de Badajoz; Juan de Abadía, vizcaíno; Antonio de la Cadena y Francisco Segredo, los dos de Medellín; Pedro Sánchez de Astorga y Bartolomé de Argote, vecinos de Astorga; Juan García Pechudo, natural de Alburquerque; Pedro Morón, mestizo, de la ciudad cubana de Bayamo, Diego de Oliva, también mestizo cubano; Pedro de Atienza y Juan de Soto.

Ya por la tarde, cuando Gonzalo Silvestre escuchó estos nombres en la voz de Garcilaso, no pudo evitar que sus viejos y cansados ojos se llenaran de lágrimas. Porque cada uno de ellos para él llevaba prendido consigo un rostro y muchos momentos de desasosiego, en los que los treinta se habían visto inmersos durante el largo y complicado regreso que hicieron hasta el lugar mismo donde todo había comenzado tan sólo unos pocos meses atrás. Aunque en el ánimo de todos ellos parecieran haber sido en realidad años, por las muchas penalidades que llevaban sufridas desde que tomaron tierra en la bahía del Espíritu Santo.

Partieron de Apalache el 20 de octubre de 1539. No llevaban mucho armamento ni provisiones porque sabían que debían ir ligeros, si querían atravesar con presteza las ciénagas y ríos que les esperaban y también los escarpados caminos, así como las desnudas llanuras por las que debían transitar lo más deprisa posible, para no dar a sus enemigos oportunidad alguna de emboscarlos.

Aprovecharon la noche para salir del real y no despertar la sospecha de los indios, que en cuanto supieran de su aventura, a buen seguro irían a su encuentro en pos de torcerla de la peor manera posible.

A lo largo de las once leguas que en esa primera jornada recorrieron desde Apalache hasta la gran ciénaga, tan sólo se encontraron con dos de ellos, a los que lancearon hasta matarlos, para así evitar que dieran la voz a los demás. Cruzaron sin dificultad la ciénaga y tras recorrer aún dos leguas más, llegaron a un llano donde pasaron la noche al raso. Para evitar sorpresas, en turnos de a diez iban vigilando el campamento.

Cuando todavía era de noche volvieron a ponerse en camino, porque la oscuridad era sin duda su mejor aliado. Tras recorrer doce leguas de páramo llegaron a las puertas del pueblo de Ossachile. A media rienda, cabalgaron hasta hallarse a una legua de allí.

Después de haber recorrido en esta segunda jornada otras trece leguas, los españoles descansaron satisfechos, al ver que aún no habían recibido sobresalto alguno.

Al amanecer del tercer día cabalgaron de nuevo a media rienda hasta que llegaron al rio Ossachile, que para su suerte no iba crecido, por lo que pudieron pasarlo sin mucha dificultad.

Como no vieron a indio alguno en las cuatro leguas que los separaban de Vitachuco, dieron un respiro a los caballos después de lo mucho que los habían forzado.

—Eran tan buenos animales que no se resintieron, a pesar de haber galopado sin descanso desde que salimos de Apalache. ¡Mucho les tenemos que agradecer los conquistadores, porque sin ellos no hubiéramos podido llevar a cabo empresa alguna en aquellas tierras!

No hacía falta que el capitán Silvestre se lo recordara porque él bien lo sabía y por ello se cuidó de repetirlo en sus crónicas, siempre que tuvo ocasión. Una de las cosas que más le agradeció a su padre fue el que le enseñara todo lo que hay que saber acerca de ellos y le procurara ser tan buen jinete. Desde su niñez en el Cuzco los caballos siempre habían formado parte de su vida. Y su crianza era una ocupación a la que se dedicó muy gustosamente cuando se instaló en Montilla.

Con mucho temor entraron en Vitachuco, porque después de las sangrientas jornadas que allí se vivieron, era muy probable que los indios quisieran vengarse, ahora que ellos eran tan pocos. Pero lo que allí vieron invitaba más al dolor que al recelo.

Aquel tristísimo lugar seguía conservando intacto el escenario de la tragedia. Los cuerpos de tantos indios muertos continuaban amontonados por todas partes, sin que nadie les hubiese procurado descanso alguno, como si con ello los suyos quisieran castigar su fracaso. Armas, herramientas, utensilios y ropas, todo se iba enredando desordenadamente en medio de tanta destrucción. La lluvia caída abundantemente unos días antes había embarrado aquellos cuerpos, que ahora parecían de arcilla. Algunos semejaban haberse ahogado en el lodo, como si con ello quisieran repetir su muerte. Para los indios de aquella vasta provincia, la que fuera su capital fue a partir de entonces un lugar maldito, condenado sin remedio al olvido.

En todo lo que quedó de jornada ninguno de ellos quiso hablar, porque todos sabían que no hubo nada que justificara que los españoles dieran muerte a tantos buenos guerreros, cuyo único delito fue seguir hasta el final las órdenes de Vitachuco.

—Ver llegar los barcos hasta Sevilla cargados de tesoros hace creer a muchos que en las Indias las riquezas están tan a la mano, que sólo basta con extenderla para hacerse rico. ¡Pero qué distinto es en la realidad y cuántas veces llega uno a preguntarse si acaso mereció la pena!... Ahora que soy viejo me hago preguntas que entonces nunca me hice y que a veces no me atrevo siquiera a responder.

Tras aquel amargo comentario, Garcilaso continuó leyendo el relato de una aventura, en la que aquellos hombres debían de procurarse en todo momento la supervivencia en las condiciones más extremas.

Sabiéndose acechados en la oscuridad por sus enemigos, cruzando lagunas y ríos, subiendo montes o recorriendo desiertos, los españoles se vieron obligados a luchar sin descanso contra una tierra que no los reconocía como hijos suyos.

Cuando los treinta llegaron al río Ochali comprendieron que no iba a ser tan fácil de cruzar como ya lo había sido el Ossachile y no sólo porque sus aguas vinieran bastante crecidas y revueltas, sino porque las gentes de aquella provincia habían sabido de su presencia y se acercaron hasta las dos riberas, bien armados, dispuestos sin duda a acabar con todos ellos ahora que se les presentaba tan buena ocasión.

Una vez que todos estuvieron apercibidos de que salvar la vida iba a ser una cuestión en extremo difícil, doce de los que mejor sabían nadar se desembarazaron de sus ropas y armas, para así poder cruzar con más ligereza a lomos de los caballos. Mientras tanto, otros catorce construyeron unas balsas con troncos secos, para poder transportar en ellas el armamento, así como a los que no sabían nadar. Los cuatro restantes permanecieron en la retaguardia, defendiendo tan difícil operación del ataque de sus enemigos, que para entonces ya se habían concentrado en gran número a las dos orillas de aquel enfurecido río.

—De los doce que nos echamos al agua todos llegamos con bien a la otra orilla, menos Juan López Cacho, que al no encontrar la forma de salir del cauce fue arrastrado por la corriente.

Viendo cómo intentaba de continuo salir a flote sin éxito, ninguno confió en que lo lograría. Tras muchos intentos y gracias a la ayuda de cuatro expertos nadadores, al fin su caballo y él pudieron alcanzar la orilla.

Era ya mediodía cuando los treinta españoles acabaron de cruzar el rio Ochali. Los indios habían permanecido expectantes durante todo el tiempo que duró aquella difícil travesía, quizá impresionados por los desmedidos trabajos que sus enemigos se vieron obligados a realizar.

Aunque les hubiera gustado seguir camino sin perder tiempo, el estado en el que se hallaba López Cacho lo impedía. El frio de las aguas contra las que tuvo que batallar tan denodadamente lo dejaron como si su cuerpo fuera de palo. Por ello acordaron entrar en el pueblo de Ocali.

Los indios en un primer momento intentaron impedírselo, pero en cuanto vieron que las mujeres y los niños estaban ya a salvo dentro del bosque, los dejaron de importunar con sus flechas.

—Pusimos mucho empeño en acomodar cuatro grandes fuegos para que nuestro compañero entrara en calor. Como a todos nosotros nos parecía que los indios no se habían dado por vencidos, ya de noche establecimos guardia de a caballo a las afueras de la población... Y no nos equivocamos, porque pasada la medianoche los que estaban de guardia sintieron un murmullo de voces y vieron una nube de gentes que se dirigían hacia el pueblo con la peor de las intenciones... ¡Conseguimos ponernos en marcha antes de que llegaran! A López Cacho lo envolvimos lo mejor que pudimos en unos capotes y lo atamos a la montura, porque para entonces todavía no había despertado de su entumecimiento. Cuando lo vimos cabalgar de esa guisa, todos acabamos recordando a Ruy Díaz de Vivar, en aquella batalla que dicen que ganó después de muerto.

Al sexto día llegaron a la provincia de Acuera, cuyos pobladores eran de los más combativos que hallaron en toda la Florida. Al ser ahora el peligro mayor que todo el que llevaban sufrido desde que salieron de Apalache las precauciones tenían que extremarse. Por ello no dejaron de cabalgar.

Al séptimo día, Pedro de Atienza murió encima del caballo.

—¡Por no entorpecer nuestro camino no se quejó de su padecimiento! Nos dio mucha tristeza tenerlo que enterrar con tanta premura, pero había que evitar a toda costa que los indios nos alcanzaran... En siete días habíamos recorrido ciento siete leguas. Y todo ello gracias sin duda alguna a los caballos, a los que el maíz les daba una fortaleza y una resistencia que en España nunca antes se había visto.

Una vez llegados a la ciénaga grande, sin apenas armas y bajo el intenso frío de la noche, Añasco y sus hombres temieron no sobrevivir. No sólo por lo difícil que les iba a resultar cruzar las heladas aguas de aquella sombría laguna, sino porque sus enemigos acechaban sus movimientos desde la comodidad que les procuraban sus canoas.

En aquel difícil trance, antes de la medianoche, un camarada de Pedro de Atienza murió de la misma forma que él. Algunos hombres temieron que la peste los estuviera rondando, por lo que desesperadamente echaron a correr camino de ninguna parte, hasta que las palabras que empleó Gómez Arias les hicieron recapacitar y regresar con los demás.

—¿A dónde creéis que vais? ¿Acaso estamos en el Arenal o en el Aljarafe?

Cuando los veintiocho llegaron a las tierras del cacique Mucoço, a pesar de que con tanto afecto les había tratado a la ida y por si las cosas desde entonces hubieran cambiado, los españoles prendieron a algunos indios.

Eran casi todos mujeres y niños. Muertos de miedo, aquellos indefensos prisioneros repetían sin descanso: ¡Ortiz, Ortiz, Ortiz! para con ello traer a la memoria de los españoles el buen trato que en sus tierras se dio a aquel cristiano.

Pasadas unas cuantas jornadas más, en las que no consiguieron localizar a sus compañeros, la pesadumbre se apoderaría de todos ellos hasta que por fin encontraron a Pedro Calderón y a sus hombres, sanos y salvos.

—Al vernos no creáis que quisieron saber de nuestros muchos padecimientos o de dónde se hallaba el adelantado con el resto de la expedición... Eso no parecía tener para ellos ninguna importancia porque lo único que querían saber era si ya habíamos encontrado oro.

Llevaban orden de que Juan de Añasco condujera los navíos hasta la bahía que él mismo había descubierto. Mientras que sus hombres, comandados esta vez por Pedro Calderón, regresarían de nuevo por tierra hasta el campamento de Apalache.

En cuanto a Gómez Arias, el adelantado le había reservado la misión de regresar a La Habana, para dar cuenta a doña Isabel de todo lo que había acontecido en esos primeros meses de expedición. Sin duda alguna era importante que en toda Cuba se supiera que se habían ido encontrando con muy buenas tierras, porque de ese modo, serían muchos los que se animarían a participar económicamente en su conquista.

En un par de días Juan de Añasco partió para Aute al mando de los dos navíos, mientras que Gómez Arias tuvo que apañar lo mejor que pudo la nave de carena. Cuando la tuvo lista se hizo con los hombres y el matalotaje necesarios para poner rumbo de inmediato hacia La Habana, en donde a los pocos días fueron recibidos con mucho regocijo. Sobre todo por parte de doña Isa-

bel, que en extremo se alegró de saber que su esposo se encontraba bien y le mandaba tan esperanzadoras noticias sobre aquella nueva tierra.

Aunque nadie le informó del encuentro entre doña Isabel y Gómez Arias, a Garcilaso le tentó la idea de imaginarlo.

Una vez que cesaron las celebraciones con las que todos los pobladores de la Habana recibieron la llegada de Gómez Arias, doña Isabel de Bobadilla se entrevistó en privado con él.

—Ahora no os hablo como gobernadora de Cuba, sino como una mujer que desea saber de su esposo. ¡Y no me ocultéis ninguna razón, por triste que pudiera ser a mis oídos!

Con los ojos entrecerrados y las manos juntas, casi como si de un rezo se tratase, escuchó el relato de los más difíciles momentos por los que Hernando de Soto y sus hombres habían pasado en estos pocos meses que llevaban recorriendo sin descanso tan indómitas tierras y lamentó en extremo no estar en ese instante a su lado. Lo imaginó atravesando regiones llenas de peligros, teniendo que soportar en todo momento la mirada acechante y vengativa de los guerreros indios, emboscados y a la espera del momento más oportuno para desquitarse de todo el daño que aquellos barbudos forasteros les estaban procurando.

¡Bien sabía Dios que si el emperador no hubiese nombrado a su esposo gobernador de Cuba, si tan sólo hubiese sido honrado con el título de adelantado de la Florida, ella no se hubiese separado de él en esta difícil empresa! Pero Hernando de Soto quiso que fuera ella, y no alguno de sus hombres, la que en su ausencia quedara al mando de la isla.

Esto, que a muchos pudiera parecer tan excepcional, para doña Isabel no dejaba de ser antigua costumbre de familia. Porque entre los Bobadilla tanto la aventura americana, como el gobierno de las mujeres ya se habían instalado de forma notable desde tiempos de su abuelo, Francisco Fernández de Bobadilla, y de una de sus hermanas, doña Beatriz, cuyo poder llegó a tanto en la corte castellana, por tratarse de la mejor amiga y confidente de la reina católica, que circulaba por España un dicho muy popular que rezaba: «Después de la reina de Castilla, la Bobadilla».

También su abuelo don Francisco gozó de tal modo de la confianza de los reyes, que cuando las noticias que llegaban de Ultramar apuntaron a la responsabilidad del almirante Colón y de sus hermanos en los desmanes que allí se estaban produciendo, no dudaron en contar con él para tan delicadísima misión. Por ello, el 21 de mayo de 1499 lo nombraron juez pesquisidor de la isla de La Española y con quinientos hombres zarpó de Sanlúcar a primeros de junio de 1500.

La expedición arribó el 23 de agosto a las costas de Santo Domingo, donde el abuelo de doña Isabel se entrevistó inmediatamente con Diego Colón, que en ausencia del almirante ejercía el gobierno de la isla. Poco tardó en corroborar, a través de los numerosísimos y siempre coincidentes testimonios de los habitantes de La Española, que los Colón habían cometido serios abusos de autoridad. Por ello no dudó en ordenar como primera medida, la incautación de todos sus bienes.

A principios de septiembre Cristóbal Colón acabó compareciendo ante Fernández de Bobadilla. Tras una tensa y acalorada entrevista fue apresado junto con su hermano Bartolomé. Un mes más tarde, bajo la custodia del capitán Alfonso de Vallejo, los dos fueron enviados a España.

A su llegada a la corte el obispo de Burgos, Juan Rodríguez de Fonseca, cuya enemistad con Colón venía de antiguo, encontró motivos más que suficientes para su encarce-

lamiento. Pero los reyes, sobre todo la reina, se apiadaron del almirante hasta el punto de otorgarle la libertad, sin que con ello quedaran desmentidos los cargos por los que don Francisco había ordenado su repatriación.

—¡Lástima que no hayáis sido tan buen gobernador como marino! A pesar de ello, ni don Fernando ni yo podemos olvidar los grandes servicios que le habéis prestado a Castilla... ¡Regresad, almirante, a aquellas tierras que descubristeis y procurad no ensombrecer de nuevo el alto título que la Historia os tiene reservado!

A su abuelo le llegó noticia del perdón real por la airada carta que el obispo Fonseca le envió, en la que incluso se atrevía a reproducir, no sin un ligero atisbo de reproche, las indulgentes palabras que la reina le dedicó al marino genovés.

Si para el obispo de Burgos los reyes se equivocaban siendo tan benévolos con Colón, don Francisco decidió ignorar las quejas del prelado y seguir cumpliendo, lejos de las intrigas y habladurías de la corte, con las responsabilidades de su cargo de Gobernador General de las Indias, hasta que en la primavera de 1502 fuese relevado por Nicolás de Ovando.

Quiso el destino que al tiempo que Colón arribaba de nuevo a las Antillas, en el que sería su cuarto y último viaje, el abuelo de doña Isabel de Bobadilla perdiera la vida en medio de una fuerte tempestad, que destruyó por completo el barco en el que viajaba de regreso a España.

Pero no fue su abuelo el único miembro de su familia que tuvo relación directa con Colón. Porque su hermana, como fiel consejera y amiga de la reina, fue la que intercedió ante ella para que aceptara entrevistarse por primera vez con aquel extravagante marino, que proponía una ruta nueva para llegar a Oriente. ¡Quién sabe si de no haber sido por la acertada mediación de la poderosa Bobadilla acaso la Historia se hubiese escrito de forma muy diferente!

Y según las malas lenguas, que en Castilla como en todas partes nunca dejan de oírse, una sobrina de tan principal dama, doña Beatriz de Bobadilla y Ulloa, señora de las islas de La Gomera y El Hierro, llegó incluso a tener amores con el almirante. Algunos cronistas sostienen que la generosa hospitalidad con la que esta dama abasteció a la flota de Cristóbal Colón en la escala que en La Gomera hizo al inicio de sus dos primeros viajes, se extendía por las noches a la intimidad de su lecho. Aunque de aquellos amores nada se sabía con certeza, teniendo en cuenta que el sobrenombre por el que se conocía a tan intrépida dama era el de «La cazadora», no es muy de extrañar que no anduvieran errados.

La belleza y desenvoltura de esta otra doña Beatriz hizo que la imaginación de los cortesanos llegara aún más lejos, hasta el punto de que también se le atribuyeron otros importantes «trofeos de caza», tales como el maestre de Calatrava, don Rodrigo Téllez de Girón, y hasta el mismísimo rey don Fernando, del que tampoco es que a nadie extrañaran cuantas aventuras amorosas se le quisieran otorgar.

Tras la entrevista privada con Gómez Arias, doña Isabel salió al mirador de su despacho. Un manto de estrellas cubría la densa oscuridad de aquel lejano horizonte, tras el que se hallaba la Florida. Todas las noches repetía la misma ceremonia, quizá en busca de una señal de consuelo. El constante y tibio latido del mar calmaba en ella la tristeza por la ausencia de aquel con el que acordó una aventura pensada para vivirla juntos. Porque esta expedición la habían diseñado desde el mismo momento en el que contrajeron matrimonio y decidieron que su vida de casados debía discurrir al otro lado del mundo. Gracias a los apellidos de ella y a la fama de él, no les fue difícil concertar en Valladolid una entrevista con el emperador, de la que Hernando de Soto salió convertido en gobernador de Cuba y adelantado de La Florida.

A los pocos días de su nombramiento llegó a la corte uno de los capitanes que formó parte de la expedición de Pánfilo de Narváez. Se trataba nada menos que de Álvar Núñez Cabeza de Vaca. Como no podía ser de otro modo, su relato a todos dejó muy sorprendidos. Contó, sin avergonzarse por ello, que durante su largo cautiverio sufrió los peores castigos y privaciones por parte de aquellos indios, que tan mal recuerdo guardaban de los españoles. Había regresado desde México para solicitar al emperador la gobernación de una tierra que él conocía mejor que nadie. Llegó incluso a entrevistarse con él y le puso al tanto de algunos datos reservados, pero desgraciadamente no pudo conseguir ese puesto, que desde hacía tan solo unos días ya había sido asignado.

Aquel contratiempo desanimó en extremo a Cabeza de Vaca, mientras que supuso para Hernando de Soto la oportunidad de contar con él. Mucho animó doña Isabel a su esposo para que le ofreciera una capitanía, porque su larga experiencia por aquellas tierras y su conocimiento tanto de la geografía como del carácter y las lenguas de aquellos indios, podrían serles de mucha utilidad. Por ello el adelantado le brindó el dinero suficiente para que fletara un barco y se uniera a su aventura.

Durante los meses en los que en Sevilla los dos estuvieron en tratos fueron muchos los que se animaron a participar en la expedición, atraídos sin duda por la presencia en ella de Cabeza de Vaca. Aunque en público solía decir que eran tierras abruptas y pobres; en privado animaba a sus familiares y amigos a unirse a Hernando de Soto porque allí estaba seguro de que harían grandes fortunas.

El primero que así lo hizo fue el marqués de Astorga, que tras estar presente en la entrevista que mantuvo con el emperador, no dudó en mandar a su hermano, don Antonio de Osorio, y a dos parientes, Francisco Osorio y

García Osorio hasta la Florida. También dos parientes de Cabeza de Vaca, Baltasar de Gallegos y Cristóbal de Spínola, se dejaron tentar por la oportunidad que suponía aquel viaje.

Desgraciadamente el acuerdo entre el adelantado y Cabeza de Vaca se rompió, al parecer porque finalmente Hernando de Soto no le dio el dinero que acordaron para que comprara un navío. Aunque en realidad, según le confesó el propio Cabeza de Vaca a Baltasar de Gallegos, la verdadera razón de no haber llegado a un acuerdo no era otra que la de que no quería ir bajo bandera de otro.

—He venido a por la gobernación de la Florida, que sin duda a mí me corresponde antes que a ninguno. Pero ya que no la he podido obtener, pediré a su majestad que me conceda otro gobierno. ¡Pero vos no dudéis en vender todo lo que tenéis y embarcaos, que es esta la mejor ocasión que conozco de conseguir fortuna!

Y Baltasar de Gallegos no dudó en seguir su consejo.

Gracias al apoyo de la burguesía sevillana, un año después de la partida de Hernando de Soto hacia la Florida, Cabeza de Vaca lograría el nombramiento de gobernador interino del Río de la Plata.

Aunque una de sus damas vino para avisarle del relente de la noche, doña Isabel no quiso entrar todavía, porque los recuerdos se le agolpaban con urgencia y quería repasarlos con sosiego.

Le vino a la memoria la primera vez que vio a un jovencísimo Hernando, a comienzos del verano de 1514, en el barco que a los dos los iba a conducir por primera vez al Nuevo Mundo. Él iba en busca de la gloria, mientras que ella acompañaba a sus padres, sin otro anhelo que el de obedecer los deseos de su madre.

Aquella expedición, compuesta por diecisiete navíos y mil quinientos hombres, cuya supervisión fue seguida muy de cerca por el rey don Fernando, la comandaba el padre de ella, el conde de Puñoenrrostro, Pedro Arias de

Ávila, al que todos conocían como «Pedrarias». Nombre este que al ser pronunciado, hacía temblar por igual tanto a indios como a españoles, por la extrema crueldad con la que ejerció, desde el primer momento y hasta el último día de su vida, el gobierno de Castilla del Oro y después, el de Nicaragua.

Como ya hiciera con su abuelo quince años antes, de nuevo el obispo Fonseca marcaba los destinos de su familia. En esta ocasión estaban llegando noticias muy confusas sobre la actuación del gobernador de Castilla del Oro, que entonces era Vasco Núñez de Balboa, y se necesitaba a alguien que supiera poner orden en aquellas provincias. No sólo la ambición del descubridor del Mar del Sur, sino la de otros muchos conquistadores inquietaban de tal modo a la Corona, que el obispo habló con el rey y los dos acordaron que lo mejor para tomar el control de aquella extensa provincia y evitar mayores desmanes era sin duda mandar allí a alguien bien curtido en mil batallas y los dos convinieron en que no había nadie en Castilla que mejor expediente militar tuviera que don Pedro.

Aunque pronto cumpliría los setenta años, el conde de Puñoenrrostro aceptó el cargo de nuevo gobernador y hasta allí se encaminó con el ejército más numeroso que hasta entonces se había enviado a Las Indias, por expreso deseo del rey, que quería con ello prevenir las reacciones que su nombramiento pudiera causar entre los conquistadores.

Como digna heredera de la determinación que siempre demostraron las mujeres de su familia, su madre, doña Isabel de Bobadilla y Peñalosa, no consintió en que su esposo viajara solo al Dairén. Y tanto empeño puso en ello, que el temible Pedrarias, en contra de lo que era su costumbre, no tuvo más remedio que ceder. Su madre quiso también que ella y una hermana más pequeña los acompañaran, mientras que el resto de sus hijos perma-

necieron en España, atentos a las muchas posesiones y responsabilidades de la familia.

Los largos días en alta mar hicieron que Hernando y ella se fueran conociendo. Tenían casi la misma edad. Una vez ya en tierra, como él estaba al servicio directo de Pedrarias, visitaba con frecuencia su casa y entre ellos el amor acabó surgiendo tibiamente, sin que a ninguno de los dos les inquietara el tiempo que tardaran en poder hacerlo realidad. Porque los dos también sabían que don Pedro y doña Isabel nunca consentirían en desposar a su hija con un hidalgo de escasa nobleza, por mucho que desde el principio aquel muchacho ganara fama de valiente y buen soldado.

Una fría ráfaga de viento azotó su rostro. La noche olía a mar. La gobernadora dirigió de nuevo su mirada hacia esa densa y lejana oscuridad que sabía que llevaba directamente hasta su esposo. Lo imaginaba en aquellos remotos parajes, rodeado de desconcertantes sonidos acechando en la oscuridad.

Antes de abandonar el mirador se detuvo un instante a observar esa hermosísima bahía, tan acostumbrada a recibir tanto a los barcos que arribaban desde Sanlúcar como a despedirlos cuando zarpaban de regreso a España. No en vano La Habana fue principio y fin de aquella aventura en la que los españoles estuvieron empeñados durante siglos.

Y a doña Isabel le dio por pensar que si con el paso del tiempo Las Indias acabaran desatándose de España, esta isla, a la que Colón describió en sus diarios como la tierra más hermosa que pudiera llegar a verse, sería sin duda la última en soltar las amarras que a España la unían tan estrechamente.

Aunque no acabara incluyéndolo en la relación de *La Florida*, Garcilaso no dudaba de que doña Isabel debía de parecerse mucho a la que él había imaginado en este pliego, que guardó aparte.

Capítulo VIII

Mientras tanto en Apalache el gobernador estaba organizando todo lo necesario para que su ejército pudiera pasar aquel primer invierno. Y uno de los asuntos que más le preocupaba era el de que todavía no hubiese podido entrevistarse con su cacique, del que tan solo sabía que había huido hasta un bosque cercano. Pensaba que debía hacer todo lo posible por hablar con él cuanto antes, porque quizá solo así consiguiera aplacar a aquellos indios, que tan empeñados estaban en intimidarlos a todas horas.

Por las noches no cesaban de hacer sonar los tambores o de lanzar flechas ardiendo cerca del campamento y por el día aprovechaban cualquier incursión por los alrededores, para atacarlos violentamente. De ahí que los hombres de Hernando de Soto apenas si se alejaban del real, a no ser que fueran bien armados y en número suficiente, como para poder presentar batalla.

Valorando la situación en la que se hallaban, el adelantado hizo llamar a Luis de Moscoso.

—Si consigo hablar con él, quizá estos ataques cesen. Llevaré pocos hombres, porque no quiero alarmarlo. ¡Hay que ser en extremo prudente!

Tras dejarlo al mando del campamento, Hernando de Soto se dirigió a aquel peligroso bosque que servía de refugio al cacique Capasi.

Aunque Silvestre no llegó a ver a este cacique personalmente, le pudo facilitar a Garcilaso una precisa descripción de su persona, porque en el campamento español llamó en extremo la atención su hechura, al tratarse del hombre más gordo que nunca habían visto. Era tan gordo que no podía caminar por su propio pie, por lo que se hacía transportar por seis de sus sirvientes en una litera, en la que se veía obligado a permanecer recostado en todo momento. En cambio, cuando se hallaba en la intimidad de sus estancias privadas conseguía moverse a gatas con extraordinaria agilidad.

A unas ocho leguas del real Hernando de Soto y sus hombres localizaron el escondite de Capasi, fuertemente protegido por medio de varios fosos de madera. Aunque les costó mucho esfuerzo vencer todos los obstáculos que habían preparado aquellos indios para garantizar la defensa de su señor, finalmente el gobernador consiguió su objetivo y pudo llegar hasta la sala donde se hallaba tendido en el suelo aquel grosísimo hombre, que al verlos aparecer no pudo siquiera ponerse en guardia.

Tras la entrevista que mantuvieron, muy satisfecho quedó Hernando de Soto de las buenas palabras que Capasi le brindó. Y para que su pueblo compartiera con los españoles la armonía que se había establecido entre sus respectivos jefes, le pidió que lo acompañara hasta el real como invitado suyo, hasta que cesaran los ataques de sus súbditos.

Cuando los indios supieron que su señor estaba en poder de los españoles, las provocaciones con las que por las noches no les dejaban dormir y las emboscadas diurnas a las que los sometían en cuanto tenían ocasión, en vez de remitir fueron a más, en número y ferocidad.

*Podría pensarse que el saberse sin la autoridad de su jefe
les procuraba una libertad y un descaro aún mayor que
el que hasta ahora habían mostrado.*

*Y fue precisamente Capasi el que dio con la solución,
cansado de que de nada sirvieran los constantes recados
que les mandaba a través de mensajeros.*

*—Conozco a mi pueblo y sé que si voy en persona
hasta donde ellos se encuentran y les hablo de vuestra
bondad, ellos no tendrán más remedio que obedecerme y
no dudéis de que vendrán hasta aquí para brindaros su
amistad y respeto.*

*Al escuchar tan razonadas palabras, Hernando de
Soto creyó de todo punto que el cacique hablaba con sinceridad y por ello no dudó en darle permiso para adentrarse en el bosque, acompañado tan solo de un pequeño
grupo de españoles, que le servirían de porteadores.*

En este punto, Silvestre interrumpió la lectura con una
sonora carcajada.

—¡Lo que a continuación ocurrió es digno de ser contado, a pesar de que nadie en el campamento español tuviera
muchas ganas de recordarlo! El propio gobernador tampoco
insistió en ello, porque no quiso hacerles pasar a aquellos
pobres soldados más vergüenza de la que ya de por sí sintieron, porque a todos nos hubiese pasado lo mismo después de
tantas noches sin dormir.

*Al llegar a un claro cercano al bosque el cacique Capasi
le pidió a la cuadrilla de españoles que lo llevaban en
andas que se detuvieran, porque según dijo, dentro de
aquella espesura sabía que estaban escondidos los suyos.
Una vez sentado en el suelo, tal y como sus porteadores
lo dejaron colocado, comenzó a hablarles a gritos sin que
ninguno de sus vasallos respondiera a sus palabras. A
pesar del poco éxito de su arenga, el cacique pidió a los
soldados que aguardaran un día más antes de regre-*

sar a Apalache, porque quería seguir intentándolo a la mañana siguiente.

Por primera vez en mucho tiempo aquella noche reinó un desacostumbrado silencio, que hizo que aquellos confiados soldados pudieran dormir sin sobresalto alguno. Vencidos por un sueño que desde hacía semanas les había sido hurtado, todos ellos cayeron rendidos, sin que nadie se ocupara de hacer la ronda.

Ninguno podía haber imaginado que fuera el propio Capasi el que les hubiera pedido a sus hombres que esa noche se mantuvieran en silencio, para que él pudiera llevar a cabo su fuga. El astuto cacique aprovechó esa circunstancia para escapar de la única manera en la que por sus propios medios podía hacerlo. De modo que a pesar de la torpeza que le procuraba su grosura, fue gateando sin descanso alguno, hasta llegar al lugar donde los suyos ya lo estaban aguardando.

Cuando amaneció mucha fue la sorpresa de los españoles, que por más que intentaron dar con él, lo único que recibieron fue la grita con la que los indios se burlaban de ellos desde el interior del bosque.

—Desde que Capasi huyó, los ataques fueron cada vez más intensos, de modo que pasamos aquel primer invierno siempre al acecho de la constante traición de nuestros enemigos.

Y Garcilaso comprendió que con aquel comentario el capitán Silvestre daba por bueno lo dicho en este punto de la historia y pasó a leerle esa otra parte en la que él había participado tan esforzadamente.

Mientras tanto en la bahía del Espíritu Santo, después de que Juan de Añasco partiera con las dos embarcaciones hacia Aute y Gómez Arias zarpara rumbo a La Habana, a Pedro Calderón solo le quedaba desmantelar el campamento en el que sus hombres y él habían permanecido desde la llegada de la expedición a tierras de la Florida.

Allí quedaron los huertos, que tan primorosamente habían cultivado con las semillas que trajeron de España.

Con setenta lanzas y cincuenta infantes, partió Calderón hacia las tierras del cacique Mucoço, que eran las primeras por las que debían de pasar. Allí de nuevo disfrutaron los españoles de la mucha amistad que siempre les había demostrado su cacique.

—Ese campamento que habéis mantenido desde vuestra llegada en las cercanas tierras de mi enemigo Hirrihigua, me hacía confiar en que volvería a ver de nuevo a Hernando de Soto. Pero ahora que lo habéis levantado y os dirigís decididamente hacia el norte, sé que ya no volveré a ver al gobernador. Por eso os pido, capitán, que le hagáis llegar mi tristeza, porque su ausencia la lamentaré mientras viva.

Las palabras de Mucoço, aún siendo cariñosas, sonaron tan sombrías a los oídos de los españoles, que muchos de ellos desearon no haberlas escuchado.

—Antes de llegar a la ciénaga grande no nos ocurrió nada que podáis mencionar, salvo que en una de las muchas escaramuzas a las que los indios nos sometían siempre que se les presentaban la ocasión de ello, murió uno de los nuestros a manos de un indio. ¡Lo flechó tan de cerca, que nada se pudo hacer por su vida, al tiempo que también se perdió, en esa misma ocasión, la vida de mi mejor caballo!... Aunque parezca que le doy la misma importancia que a la muerte de un compañero, tan sólo estando allí se sabe lo que significaba perder un caballo... El indio que causó tanta desgracia cayó a su vez abatido por el certero disparo que aquel caballero le lanzó, momentos antes de morir.

La muerte de aquel indio, que debía de ser muy principal, hizo que los demás se retiraran y dejaran a los españoles dirigirse sin mucha zozobra hasta le ciénaga grande. Tras atravesarla, se adentraron por las tierras de Acuera, hasta llegar al pueblo de Ocali, que encontraron desierto como venía siendo costumbre, porque en cuanto los habitantes de los poblados por los que pasaban los sentían llegar, huían despavoridos hacía los montes cercanos.

—En Ocali conseguimos comida suficiente para seguir camino. Y tampoco nadie nos importunó al atravesar el rio.

Para pasar el rio Ocali construyeron unas balsas. Desde allí se encaminaron hacia las tierras de Vitachuco y de nuevo pasaron por aquel triste lugar. Tampoco sufrieron ningún sobresalto al cruzar el rio Oassachile.

Para entonces, ya habían recorrido cerca de ciento treinta y cinco leguas.

Una vez dentro de la provincia de Apalache, en las inmediaciones de la ciénaga cambiaría de forma severa la suerte de aquel viaje. Calderón mandó que un total de diez caballeros, acompañados de cinco rodeleros y otros tantos ballesteros, se apresuraran a cruzar de a dos para proteger el estrecho paso que la ciénaga ofrecía en la otra orilla. Pero cuando, con la dificultad que suponía llevar doble montura, andaban los caballos batiéndose contra las aguas, una nube de indios salió de la espesura y comenzó a flecharlos. El del caballero portugués Álvaro Fernández murió y otros cinco quedaron malheridos. Al ver que a los españoles los caballos no les servían más que de impedimento en el agua, los indios se envalentonaron de tal modo que con mucha saña continuaron atacándolos.

Gracias a la acción rápida de cuatro caballeros que ya habían cruzado las aguas, se consiguió parar tan dura ofensiva y salvar con ello la vida de muchos españoles. Y es bueno que por ello se digan aquí sus nombres: Antonio Carrillo, Pedro Morón, Francisco de Villalobos y Juan de Oliva.

—Fue entonces cuando vi apostado delante de un árbol, en una de las laderas de la laguna, a un indio muy principal, como demostraban los plumajes con los que se adornaba. Avisé a Antonio Galván, que estaba en el agua muy cerca de mí, y los dos emprendimos la subida hasta donde el indio se hallaba. Aunque en cuanto se apercibió de nuestra presencia nos comenzó a flechar, no pudo darnos porque los dos nos protegíamos con unas rodelas que encontramos en el agua. Y fue Galván, a pesar de que iba herido de antes, el que tuvo el buen tino de dispararle certeramente a muy poca distancia.

Con grandes voces, antes de caer abatido aquel guerrero indio avisó a los suyos de la traición que acababa de sufrir. A pesar de que por toda la ciénaga estaban luchando con bastante arrojo, a medida que fueron conociendo la noticia de la muerte de su capitán, poco a poco, aquellos indios se fueron replegando, para acompañar a los que recogieron su cuerpo. Una vez reunidos en torno al cadáver, se adentraron en el bosque con él. Y en la memoria de los españoles siempre que se recordaba aquel suceso se tenía por seguro que de no haber sido por Antonio Galván habrían muerto todos en la ciénaga grande, a manos de tan valientes guerreros.

A pesar de las muchas heridas que llevaban casi todos ellos, pudieron esa noche dormir tranquilos, sin que llegaran a imaginar que en la jornada siguiente les tocaría recibir de nuevo las flechas de sus enemigos, en un estrecho paso por el que debían adentrarse forzosamente, si querían regresar con los suyos.

Durante aquellas dos interminables leguas fueron veinte los soldados heridos. Cuando ya de noche se detuvieron a descansar y a curar a los que lo necesitaban, de nuevo los indios salieron de la maleza tocando a rebato, para que no pudieran dormir. Con mucha saña les gritaban que se fueran de sus tierras, porque si no lo

hacían, acabarían muertos, como ya lo estaba el gober-
nador y el resto de sus hombres.

—¡Sin duda que era más llevadero el día, aunque en él tuviéramos que luchar a brazo partido contra ellos, que los gritos y las amenazas con los que nos importunaban en la noche! Casi nadie es capaz de imaginar lo que fueron aquellos trabajos y menos que nadie esos cronistas que se aprestan a escribir, en ocasiones sin ni siquiera haber cruzado la mar... ¡Menos mal que este libro nuestro servirá para que se sepa la verdad y nadie dude después de leerlo de que en el Nuevo Mundo mucho llevamos sufrido unos y otros! Porque tanto a indios como a españoles nos obligaron las circunstancias por igual. Bien seguro estoy, de que si por algún tipo de suerte o encantamiento nos hubiésemos trocado indios y castellanos, habríamos actuado del mismo modo: nosotros, defendiendo la tierra que nos pertenecía desde antiguo y ellos, queriendo arrebatárnosla.

Garcilaso también era de la opinión de que las circunstancias pusieron a cada uno de los protagonistas de esta historia en un lado de la misma, porque no había que olvidar que todos los pueblos, según en qué momento, son conquistadores o conquistados.

En las dos jornadas que aún les quedaban para llegar a Apalache, mucho hubieron de pasar Pedro Calderón y sus hombres siempre que se acercaban a pasos o zonas boscosas, porque era entonces cuando los indios no perdían la oportunidad de flecharlos. Mientras que cuando caminaban a campo abierto nunca les atacaban, por el mucho miedo que les daban los caballos.

Eran tantas las injurias y ofensas que les lanzaban y tantas las ocasiones en las que les advirtieron de que Hernando de Soto había muerto, que al ver que nadie salía a recibirlos, a pesar de lo cerca que ya estaban del real, comenzaron a creerlo. Cuando por fin llegaron al

campamento, algunos iban tan malheridos, que doce sol-
dados murieron en los días siguientes.

—¡No dejéis de mencionar a Andrés de Meneses, que fue uno de ellos! —advirtió emocionado el capitán Silvestre.

Y Garcilaso añadió su nombre en la relación, porque sabía lo importante que para él era nombrar a los protagonistas de aquellas jornadas, porque así al menos un trozo pequeño de fama les podía corresponder.

Como seis días antes en el campamento habían recibido la llegada de Juan de Añasco, después de que condujera sin percance alguno las dos embarcaciones desde Espíritu Santo hasta la bahía de Aute, mucho alborozo causó la llegada de aquellos compañeros a los que daban por muertos desde hacía algún tiempo. Hernando de Soto a todos abrazó y para todos tuvo palabras de agradecimiento. En esos detalles es donde los grandes capitanes demuestran su nobleza, porque mientras que para muchos, los soldados a los que llevan a la guerra no son más que puros instrumentos, para algunos pocos, como le ocurría al gobernador, cada soldado es un hombre y como tal hay que tratarlo.

—¡Así fue, amigo mío, tal y como lo habéis contado! —exclamó orgullosamente el capitán Silvestre.

El invierno en Apalache discurrió tranquilo, a pesar de la insistencia con la que las gentes del cacique Capasi intentaban estorbarles de día y de noche. Y a principios de 1540 el gobernador ordenó una importante misión a un caballero de su total confianza, cuyo nombre era Diego Maldonado, y a un buen amigo y camarada de este, llamado Juan de Guzmán.

—Iréis hacia poniente con los dos barcos que Juan de Añasco trajo desde Espíritu Santo. Costead por espacio

de unas cien leguas. No quiero que os aventuréis más de esa distancia... ¡Prestad mucha atención a todo lo que os vayáis encontrando, puertos, caletas, bahías, esteros, ríos o bajíos, a todo! ¡No perdáis detalle de nada y cartografiad la costa con extremo cuidado! Según mis cálculos, creo que podréis estar de regreso dentro de dos meses.

El gobernador decidió no levantar el campamento hasta que no regresaran los barcos. Y un par de días antes de que se cumpliera el plazo previsto, Diego Maldonado y Juan de Guzmán regresaron, trayendo consigo muy buenas noticias.

—A unas setenta leguas de Aute se halla una hermosa bahía, muy bien protegida de los vientos, en la que pueden atracar muchos navíos de gran calado. Tanto es así que los barcos se pueden acercar a tierra sin necesidad de echar siquiera la compuerta... ¡Señor, si andáis buscando un puerto en el que nos asentemos de una vez por todas, no dudéis de que ese lugar se llama Achussi!

Mucho le complacieron al gobernador las palabras de los dos capitanes, porque gracias a ellas sintió más cerca que nunca el éxito de su aventura.

Como en sus notas figuraba el hecho de que Diego Maldonado trajo prisioneros a dos indios de bastante relevancia, ya que se trataba nada menos que del cacique y de un familiar suyo, a Garcilaso le vino a la cabeza lo acontecido al principio de la expedición en tierras todavía de Hirrihigua, cuando los indios apresaron a un soldado llamado Grajales y los españoles organizaron una partida de veinte a caballo, que consiguió muy pronto dar con su paradero. Redactó un breve apunte de este suceso, que pensaba incluir en el punto de la crónica al que correspondía.

Cuando lo encontraron estaba siendo muy bien tratado por un grupo de indios, que en compañía de sus respectivas familias celebraban la presencia del español con un almuerzo. A Grajales le habían pedido que se uniera al convite porque según le dijeron nada había de temer de ellos, ya que nunca le iba a ocurrir lo mismo que a Juan Ortiz.

Al producirse el sorpresivo asalto de los españoles, los indios huyeron, dejando a sus mujeres e hijos en medio de aquel cañaveral que les servía de refugio. Como aquellas gentes lo habían vestido a su usanza, con unos pañetes que cubrían sus vergüenzas y unas pinturas que disfrazaban su rostro, les costó identificar a su compañero.

Tras presentarse los veinte caballeros con aquel nutrido grupo de prisioneros y saber Hernando de Soto por boca del propio Grajales lo bien tratado que había sido, no dudó en darles la libertad de inmediato.

—Marchaos en paz a vuestras casas y decidle a vuestro cacique que yo no he venido aquí a haceros daño alguno, porque como amigos os considero. De aquí en adelante no huyáis al vernos, ya que nada malo debéis temer de nosotros.

Sin duda que con este tipo de notas pretendía que todos los que leyeran esta crónica supieran que Hernando de Soto, siempre que tenía ocasión se guiaba por el afecto y la amistad hacia los indios, aunque tampoco nunca ocultó que en tantísimas otras ocasiones no dudó en batallar encarnizadamente contra ellos o en someterlos a crueles castigos, como era el de llevarlos atados con gruesas cadenas, hasta que desistieran de huir y acabaran aceptando su condición de esclavos. Pero parece ser que al gobernador en esta ocasión no le pareció muy oportuno que sus capitanes apresaran al cacique de Achussi y él no dudó en hacerlo constar en la crónica.

A pesar de que los españoles habían sido muy bien recibidos, Maldonado fue muy cauto y prefirió que nadie bajara del barco, por temor a una posible emboscada. De ahí que los indios fueran los que constantemente se acer-

caban hasta los navíos, llevando consigo muchos presentes con los que pretendían agradar a los forasteros.

Mientras hacían todas las averiguaciones que necesitaban, estuvieron fondeados unos cuantos días, en los que la curiosidad hizo que muchos nativos llegaran incluso a subir a los bergantines, para disfrutar de la novedad que les producía todo lo que allí veían.

Al llegar la víspera de la partida, el cacique y otro indio de su mucha confianza quisieron subir a bordo para ver con sus propios ojos lo que sus vasallos le habían referido con tanta admiración. Y fue entonces cuando el capitán español, demostrando con ello mucho desprecio hacia sus amables anfitriones, tuvo por buena la idea de llevarlos consigo a la fuerza hasta la presencia del gobernador.

Durante todos los meses en los que aquel cacique y su acompañante convivieron con ellos, por expreso deseo del adelantado siempre se los trató con mucha atención y respeto. Nunca quiso Hernando de Soto que se sintieran como prisioneros y en cuanto se presentó la ocasión, les dio la oportunidad de regresar a sus dominios.

Si las gentes de Achussi hubiesen sido contrarias a los castellanos y les hubiesen presentado batalla alguna, se podía llegar a entender que Diego Maldonado tomara rehenes, para poderse servir de ellos, en futuros acuerdos. Pero siendo unos indios de paz, a su juicio no merecían ese trato, que quizá forzara a aquellas gentes a cambiar su sumisión por un profundo enojo, el día en que aparecieran de nuevo por sus tierras.

Para Garcilaso aquellas mezquinas intervenciones solamente servían para dar a los enemigos de la nación española nuevas razones que sumar a las muchas críticas y ofensas, que constantemente proferían en su contra.

Continuó revisando sus notas hasta que llegó al momento en el que Hernando de Soto determinó por fin establecer un primer asentamiento en la Florida.

A finales de febrero de 1540 el adelantado ordenó una nueva misión a Diego Maldonado.

—Partiréis de inmediato hacia La Habana y llevaréis a doña Isabel estas cartas. En ellas doy orden de que cuando llegue el mes de octubre debéis de estar de regreso en el puerto de Achussi con los dos bergantines que ahora os lleváis. También Gómez Arias se unirá con el barco con el que hace ya tres meses regresó a Cuba. Hasta que llegue el momento de nuestro reencuentro, mi esposa tratará de ver la forma de comprar cuantas embarcaciones le sea posible. Y todas ellas han de venir muy bien provistas de lo que por escrito he consignado en estos correos... ¡Confío en que con la ayuda de Nuestro Señor, para entonces todos nosotros ya os estemos esperando en Achussi!

Mucho agradeció doña Isabel que su esposo le mandara en tan poco tiempo a un nuevo emisario con esas buenas nuevas, que hicieron que no fueran pocos los colonos que se aprestaron de inmediato a dotar de dineros y bastimentos la expedición, pensando sin duda en los grandes beneficios que conseguirían en poco tiempo. Y es que todos en Cuba confiaban en el éxito de la empresa, porque sabían que la comandaba uno de los mejores capitanes que pisaron las Indias. Como también sentían mucha admiración y respeto por la determinación y buen juicio con los que su esposa se empleaba en la gobernación de la isla, sin que ninguno de sus habitantes pudiera estar quejoso lo más mínimo por su condición de mujer.

Al caer la tarde, cuando cesaban sus muchas ocupaciones al frente del gobierno, doña Isabel se retiraba a sus aposentos y allí, en compañía de su hermano, fray Francisco, y de las damas y esclavas que componían su pequeña corte, como si en una nueva Ítaca se hubiera transformado la isla de Cuba, la gobernadora iba tejiendo rezos, con los que rogaba al Altísimo que guiara los pasos del adelantado y sus hombres.

A su lado, la más joven de sus damas compartía con ella un íntimo afán, porque las dos señoras anhelaban al tiempo el regreso de sus respectivos esposos. Aquella dama se había convertido casi en una hija para doña Isabel desde que la expedición hiciera su primera escala en La Gomera. Mucho agradecieron Hernando de Soto y ella que su pariente Guillén de Pedraza, conde y señor de la isla, los agasajara tanto y tan generosamente. Pero sin duda que el mejor de los obsequios fue que el conde consintiera en que una hija suya natural, llamada Leonor, de tan sólo diecisiete años, embarcara como dama de compañía de la gobernadora.

Hernando de Soto se comprometió a encontrar para ella un esposo a la altura de su noble condición en aquellas tierras, donde tan cotizada estaba la presencia de damas españolas. Y quiso el destino que aquellos planes futuros se desbarataran durante la travesía, cuando la joven Leonor y Nuño Tovar, unos de los mejores capitanes de Hernando de Soto, se enamoraran en secreto y en secreto se desposaran al llegar a Santiago de Cuba.

Al saberse de ese modo traicionado por uno de sus capitanes más queridos, el adelantado no dudó en cesarlo inmediatamente de su cargo de teniente general de la armada.

—¡No es que Vasco Porcallo no mereciera esa distinción, pero el gobernador no debía de haber sido tan severo con Tovar!... Y si tenemos en cuenta cómo reaccionó Porcallo en cuanto sintió por primera vez el peligro, más injusta resulta la destitución de Nuño Tovar, que siempre fue un caballero valiente y generoso, que no dudaba en ayudar en todo momento a cualquiera que lo necesitara... ¡Bien que lo demostró en Mauvila, donde luchó codo con codo con el adelantado desde principio a fin de la batalla, o en el paso de la ciénaga grande, donde si no es por él, Juan López Cacho y yo de seguro que hubiésemos muerto!

Garcilaso compartía la opinión del capitán Silvestre y al igual que él, también se lamentaba del inexplicable desprecio con el que el gobernador trató a tan buen capitán durante toda la expedición.

Continuaron hablando de doña Leonor de Bobadilla, a cuyo hijo había conocido el Inca en sus mocedades allá en el Cuzco. Porque tras quedar viuda, aquella dama no regresó con la gobernadora a España, sino que se trasladó hasta el Perú y allí se casó con Lorenzo Mejía de Figueroa.

—Su hijo se llamaba Gonzalo y solía asistir conmigo y con los hijos de los Pizarro a las clases de latín y gramática que impartía Juan de Alcobaza… ¡Desgraciadamente murió siendo aún muy joven! Recuerdo que tenía una hermana que se llamaba doña María Sarmiento, que se casó con Alonso de Loaisa el mismo día del levantamiento de Francisco Hernández Girón.

A partir de aquellos recuerdos dedicaron largo rato a evocar los difíciles días que se vivieron en todo el Perú, cuando entre los conquistadores se desató una cruenta guerra civil, que provocó muchas muertes en ambos bandos. A Lorenzo Mejía de Figueroa le tocó pagar con su vida por desertar de las filas de Gonzalo Pizarro.

Tan triste desenlace tuvo lugar cuando Pizarro envió a Juan de Acosta con unos cincuenta hombres, para impedir que los navíos de Lorenzo de Aldana siguieran adelante y desembarcaran. Fue entonces cuando Acosta tuvo noticia de que algunos soldados que lo acompañaban habían huido y de que había otros, al mando de Mejía de Figueroa, que pretendían hacer lo mismo. Por ello, sin ni siquiera oír sus razones, lo mandó degollar.

—¿Sabéis de cierto si tras enviudar por segunda vez esta doña Leonor casó de nuevo con un tal Blas de Bustamante? —preguntó con cierta curiosidad el capitán Silvestre.

Garcilaso dijo no tener noticia alguna acerca de ello, mientras rescataba de entre los pliegos del manuscrito el pasaje donde se describía la llegada de la expedición a Santiago de Cuba, en aquellos primeros días en los que se produjo la boda de Nuño Tovar con doña Leonor de Bobadilla.

La víspera de la llegada de Hernando de Soto a Santiago de Cuba la ciudad vivió un extraño suceso en su bahía, por encontrarse en ella enfrentados desde hacía cuatro días dos navíos, uno español, que pertenecía a un aventurero llamado Diego Pérez, y el de un corsario francés.

La ciudad no quiso ayudar al español en aquella peculiar batalla en la que los dos contendientes mantuvieron tal cortesía entre ellos, que establecieron unas muy curiosas reglas, como la de que las hostilidades se libraran sin cañones ni armas de fuego, tan solo con el uso de la espada, para así no destrozar los navíos. Así mismo, decidieron darse tregua para almorzar y por la noche se enviaban regalos y medicinas y hasta se invitaban mutuamente, para comentar, en torno a un buen vino, las incidencias del combate de esa jornada. La amistad y afecto con el que se trataban por la noche contrastaba con la ferocidad con la que por el día se enfrentaban.

Tras el cuarto día, Diego Pérez notó que las fuerzas de su enemigo se iban debilitando y pensó que la victoria estaba a su alcance. Pero el corsario francés no le dio esa oportunidad y para evitarlo, huyó de madrugada. El español quedó tan burlado, que no tardó en partir en pos de él para obligarlo a concluir tan singular batalla.

Y como se dio la circunstancia de que el adelantado y su gente arribaron al día siguiente de tan extraño suceso, fueron muchos los que en la ciudad creyeron que aquellos barcos que se veían en el horizonte podían ser de corsarios franceses, que venían a vengar a su amigo. De ahí que mandaran desde tierra señales equivocadas al navío en el que Hernando de Soto y su familia viajaban, por ser el primero que hasta el puerto se acercó.

Afortunadamente los de tierra descubrieron su error a tiempo y lograron avisar al piloto cuando ya estaba a punto de zozobrar.

Al margen de ese pequeño percance, la estancia de la flota española en Santiago de Cuba fue motivo de constantes festejos. Por el día se celebraban juegos de cañas, toros o la sortija y por las noches, bailes de máscaras y representaciones.

Un par de meses duró todo aquel regocijo. Pero no todo fueron fiestas en aquellos días, ya que un extraño y muy triste suceso aconteció en una población de unas cincuenta casas cercana a Santiago, cuando todos sus habitantes, hombres, mujeres y niños, aparecieron colgados de los árboles por propia voluntad. Fue su forma de rebelarse contra los españoles y aquellas costumbres suyas, de las que ellos abominaban. Porque los nativos de esta isla eran gentes muy poco ambiciosas, para los que el oro no tenía valor alguno. De ahí que no alcanzaran a entender el afán de los españoles por buscarlo incansablemente a través del duro trabajo de las minas, al que los sometían mediante castigos constantes.

Como la tierra es tan fértil, que apenas hay que cultivarla para obtener sus frutos, y el mar da pescado en abundancia, los indios de Cuba vivían a placer, sin apenas violentar a la naturaleza, y no parecían dispuestos a cambiar sus costumbres por las de aquellos crueles invasores. De ahí que fueran muchos los que prefirieran morir de su propia mano, antes que verse obligados a traicionar su antigua y sabia forma de vida.

También por aquellos días llegó noticia del saqueo que unos corsarios franceses habían hecho de La Habana, sin que ni siquiera respetaron las imágenes de su templo. Inmediatamente el adelantado mandó hasta allí al capitán Mateo Azeituno, que era de Talavera de la Reina, con un nutrido grupo de hombres para que ayudaran en

la reconstrucción de la ciudad, antes de que doña Isabel
y él llegaran hasta allí para tomar posesión de la isla.

Mientras aguardaban en Santiago el momento de
partir hacia La Habana el adelantado conoció a un
caballero muy principal que vivía en el pueblo de Trini-
dad, donde era dueño de una gran hacienda. Su nombre
era Vasco Porcallo de Figueroa y de la Cerda. De joven
había luchado demostrando gran valor, en España e Ita-
lia y ahora gozaba apaciblemente de su gran fortuna y
fama en aquellas tierras, donde criaba los mejores caba-
llos de todas las Indias.

A poco de hablar por primera vez con Hernando de
Soto, aunque ya pasaba de la cincuentena, Vasco Por-
callo mostró tan vivos deseos de acompañar al goberna-
dor en la conquista de la Florida, que este le agradeció
su interés, nombrándole teniente general de la armada.

Hasta unos días antes ese título lo había ostentado
Nuño Tovar, pero el gobernador se lo retiró cuando supo
que se había casado en secreto con una dama de doña
Isabel, que estaba bajo su protección.

Así de escuetamente lo recogió Garcilaso, que no quiso
entrar en más detalles por considerar que pertenecía a la intimidad de sus protagonistas.

Vasco Porcallo llevó treinta y seis caballos para su ser-
vicio y cincuenta más, que ofreció a la expedición, así
como otros muchos y muy buenos bastimentos.

—¡Tendríais que haber visto lo hermosos que eran allí los
caballos! En Santiago y en general en toda Cuba son muchos
los que se dedican a su crianza y hasta allí vienen barcos de
todas partes de las Indias para comprarlos. El gobernador se
hizo con muy buenos ejemplares, que se unieron a los que
habíamos traído de España… En total calculo que serían unos
trescientos cincuenta los que embarcamos rumbo a la Florida.

Una vez decidido a iniciar su particular aventura, Vasco Porcallo se hizo acompañar, entre españoles, indios y negros, de un gran número de gente de servicio, con los que iba un hijo que había tenido con una india cubana.

Al Inca le agradó saber que aquel joven mestizo llevaba su mismo nombre, sin que ello le extrañara, porque Vasco Porcallo, al igual que su padre, descendía de la casa de Feria y en su familia, desde el primer Gómez Suárez de Figueroa, señor de Feria y Zafra, era costumbre usar esos apellidos en todas las generaciones. Y hasta ellos, que eran dos mestizos criollos, llegó el ilustre nombre de aquel antepasado común.

Según le contó Silvestre, este muchacho participó valientemente durante toda la expedición, primero a caballo y cuando se lo mataron, a pie, sin consentir que el adelantado le prestara ninguno de los suyos.

Siempre callado y discreto, aunque no por ello dejaba de ayudar a cualquiera de sus compañeros en todo lo que necesitaran. Y nunca le faltó valor ni arrojo en las muchas oportunidades de batallar que se le presentaron. Con ello, aquel valiente mestizo parecía querer ganar la misma fama que su padre cobró en su juventud en las campañas de Granada e Italia.

—¡Las decisiones han de madurarse con tiempo y asiento y Vasco Porcallo se encandiló como un chiquillo con la aventura que tenía ante sus ojos!... Si hubiese sido más reflexivo, se hubiera dado cuenta de que ya no tenía ni edad, ni necesidad alguna de embarcarse. ¡Y bien que se hubiese ahorrado dineros y preocupaciones! Porque muy poco le duró la ilusión, cuando ya en la primera provincia a la que llegamos, la del cacique Hirrihigua, comprendió que aquel no era su lugar.

—*Quede pues esta aventura para los jóvenes que tan ansiosos están de ganar fama y hacienda, que yo ya tengo ambas bien cobradas para todos los días de mi vida y aún me sobra. Y permitidme, señor gobernador, que regrese a Cuba, de donde no debía de haber salido por mis muchos años y las responsabilidades que allí tengo.*

Al escuchar sus razones, Hernando de Soto no tuvo inconveniente en darle permiso para regresar en el galeoncillo San Antón. Con él embarcaron todas las gentes de su servicio, salvo su hijo, que prefirió continuar su aventura. También quedaron todos sus caballos, armas y bastimentos, que muy generosamente repartió entre los soldados.

—Porcallo partió de Espíritu Santo un día antes de que yo regresara al campamento, después de haber recorrido las tierras del cacique Urribarracuxi, que eran las que estaban a continuación de las de Mucoço… ¡Y no se equivocó al presagiar los difíciles trabajos que nos esperaban!

Hasta allí fueron en avanzadilla unos cuantos, bajo las órdenes de Baltasar de Gallegos. Pero por más que lo intentaron, no consiguieron hablar con aquel cacique. Por sus mensajeros supieron que aunque no pensaba presentar batalla, tampoco quería amistad alguna.

A lo largo de las más de veinticinco leguas que recorrieron vieron muy buenos campos. Al llegar al final de la provincia se toparon con la gran ciénaga, cuyo paso se presentaba de todo punto difícil. Sin duda alguna que fue entonces cuando todos sintieron que había comenzado realmente aquella aventura.

A menudo los viejos y cansados ojos del capitán Silvestre se llenaban de lágrimas, cuando sonaban los nombres de tantos compañeros que perdieron la vida. Otras veces era una carcajada la que se le escapaba al recordar algún suceso, que aunque en su momento hubiera sido amargo, con el paso del tiempo acababa moviendo a la risa. Pero de todos los sentimientos, el que más se repetía en su ánimo era el de parecerle de todo punto imposible lo acontecido durante los años que duró una expedición en la que se vieron obligados a convivir con la muerte a diario. Por eso temía que los que leyeran esta crónica pensaran que lo que en ella se contaba era fruto de la imaginación y no de realidad alguna. Para los que así pensaran tenía preparado un argumento incontestable, porque a su juicio no había imaginación alguna capaz de haber podido inventar todo lo que españoles e indios acometieron en aquellos lejanos días en los que se disputaron de forma tan arrebatada aquella tierra.

Capítulo IX

La vendimia llegó a Las Posadas a finales del mes de agosto. Para entonces ya habían revisado muchos pasajes de una crónica que se había escrito siguiendo escrupulosamente el orden temporal de los acontecimientos, aunque a ellos dos les gustara más no mantener orden alguno en el repaso que iban haciendo. Y uno de los episodios que pensaban comentar en esos días era el que vivieron en tierras de una mujer cacique, la única con la que se encontraron en su largo peregrinar por aquellas vastas regiones. Pero como Silvestre tenía una hermosa viña de la que por su mucha edad se ocupaba su sobrino, las entrevistas se interrumpieron, porque aunque poco podía ayudar con su añoso y desgastado cuerpo, mucho le gustaba participar con sus consejos y opiniones. Garcilaso aprovechó esa pausa para dejar cerradas aquellas partes del libro a las que el capitán ya les había dado el visto bueno definitivo.

Pasadas casi dos semanas, los dos retomaron sus encuentros.

—¡Ha sido buena cosecha, menor que otros años en cantidad de uva, pero muy buena en calidad!... Y ahora volvamos nosotros al trabajo, que según mi parecer los libros son la cosecha de un escritor. ¿No creéis, amigo?

A Garcilaso le gustó aquella ocurrencia.

—Partimos de Apalache a finales de marzo de 1540.

Y antes de que abandonáramos aquella provincia perdimos de la forma más imprudente a seis hombres... Todo ocurrió cuando cinco alabarderos y dos soldados de Badajoz, cuyos nombres eran Andrés Moreno y Francisco de Aguilera, salieron del real sin permiso alguno y sin avisar a nadie de su correría.

Apenas se hallaban a unos doscientos pasos del real, cuando hasta el campamento llegaron sus desesperados gritos. A pesar de la mucha prisa que se dieron en salir a socorrerlos, se los encontraron a todos muertos, salvo a Andrés Moreno, que estaba muy malherido por los muchos golpes que había recibido en la cabeza.

Una vez que fue mejorando de sus heridas, Moreno se atrevió a contar la verdad de lo ocurrido, porque si bien como dijo en un principio fueron unos cincuenta indios los que les salieron al paso, lo que no contó de primeras es que cuando vieron que los españoles eran tan pocos y no llevaban caballos, se retiraron de la lid todos salvo siete, para que de ese modo no les llevaran ventaja alguna. A pesar del equilibrio de fuerzas, ellos fueron tan hábiles con las flechas, que los compañeros de Moreno nada pudieron hacer por salvar la vida. Y si él pudo contarlo fue en parte por ser hombre más fuerte que los demás y porque a aquellos siete indios ya no les quedaban flechas con las que dispararle y en su lugar le dieron tal cantidad de palos, que le abrieron la cabeza por varios sitios.

Al saber la verdad de lo ocurrido todos se sorprendieron del gesto tan caballeroso de aquellos guerreros indios y también mucho agradecieron la sinceridad de Andrés Moreno, después de que hubiese querido disimular con engaño la vergüenza de tan amarga derrota.

Vista la ligereza por la que se perdieron tantos hombres, aprovechó el adelantado para llamar al orden a sus soldados, advirtiéndoles muy severamente de que no pusieran su vida en juego si no había necesidad de ello, porque habían ido a ganar la Florida como buenos solda- dos y no como desatinados e imprudentes trotamundos.

Después de dos días recorriendo la provincia de Alta- paha, llegaron a una población en la que no quedaban más que dos indios principales y otros cuatro de servicio que se habían estado ocupando de la evacuación de sus habitantes. Los españoles los prendieron y en cuanto se presentaron ante el adelantado los dos generales le pre- guntaron si quería paz o guerra, porque por parte de ellos no había necesidad de volverse enemigos, si lo que pretendían los españoles tan solo era atravesar por sus tierras, en busca de otras de más provecho.

—En tal caso nuestro cacique quiere que sepáis, señor, que no os daremos la mala vida que sabemos que habéis tenido que soportar en Apalache.

Tan satisfecho quedó Hernando de Soto tras oír aque- llas palabras, que al punto mandó devolverles la libertad.

Las jornadas de Altapaha fueron amables, como tam- bién lo era la tierra por la que fueron pasando. Viendo los españoles la generosidad de sus gentes no quisieron abusar de ella, por lo que cogían para su alimento y el de los caballos raciones muy discretas.

Tras diez jornadas llegaron a la provincia de Achala- que. Era la suya, por el contrario, una tierra pobre y muy mal abastecida, que estaba poblada solo por gentes de mucha edad. Algunos de ellos eran completamente ciegos y otros muchos presentaban serios problemas de visión. Extrañados de no encontrar jóvenes en ninguna parte del recorrido, llegaron a pensar que quizá estuviesen escondidos al acecho, por si se hacía necesario atacarles.

Era tan pobre aquella tierra, que decidieron aprove- char la llanura de sus caminos para salir de ella cuanto antes. Como doblaron los turnos, en cinco jornadas lograron llegar a la frontera con la provincia de Cofa. El gobernador les entregó dos cochinos, macho y hem-

bra, para que los criasen, como también había hecho con el cacique de Altapaha y con los de todas las tierras en las que los recibían amigablemente. Por lo que se puede decir, sin faltar a la verdad, que el cochino llegó a la Florida de la mano de los españoles.

—La suerte parecía no querernos abandonar, porque el cacique de Cofa nos recibió como a hermanos. ¡Cinco días estuvimos alojados en su capital, que por ser aquella una tierra muy fértil y bien abastecida de nada nos vimos privados!

Antes de abandonar Cofa, el adelantado le dejó a su cacique una pesada pieza de artillería, que en lo que llevaban de expedición nunca se había usado. Para lo único que había servido era para estorbar en los desplazamientos, al necesitarse de muchos hombres para su transporte.

—¡Todavía debe seguir allí! —exclamó el capitán Silvestre, mientras imaginaba su oxidado esqueleto, devorado por la vegetación.

Cofa tenía un hermano mayor, que era cacique de la vecina provincia de Cofaqui. Cuando los españoles llegaron a su tierra ya estaba avisado, por lo que él también los agasajó y trató de la mejor de las maneras posibles.

Los salió a recibir acompañado de su ejército, cuyos guerreros lucían unas hermosas y coloridas plumas en la cabeza, que los hacían parecer mucho más altos de lo que ya eran de por sí. Se cubrían con unas finísimas pieles de marta prendidas al pecho con lucidos broches, por las que en España se hubiesen pagado hasta dos mil ducados.

Para que estuvieran instalados más cómodamente, Cofaqui y sus gentes se trasladaron a otro pueblo cercano y dejaron a los españoles aquella población para su entero solaz.

En los días en los que allí estuvieron hubo muchas

ocasiones en las que el cacique le preguntó a Hernando de Soto por sus planes, porque si quería asentarse en su tierra, para él sería motivo de mucha alegría. Pero como ya había ocurrido con Mucoço y después pasaría con Coça, rechazó su oferta, alegando su deseo de seguir recorriendo nuevas provincias, hasta que hallaran los tesoros con los que sus hombres soñaban desde que partieron de Sanlúcar.

Como para llegar a la siguiente provincia, que tenía por nombre Cofachiqui, había que atravesar un desierto, Cofaqui les ofreció su ayuda, poniendo a su disposición un nutrido destacamento de guerreros, a cuyo mando iría el general Patofa, así como un importante número de indios de servicio, que se encargarían de transportar todos los bastimentos necesarios para una travesía que no duraría más de una semana.

Si bien Cofaqui advirtió al adelantado de que las relaciones de su pueblo con las gentes de Cofachiqui nunca habían sido buenas, en cambio no quiso decirle que le había ordenado al general Patofa que aprovechase la incursión que iba a hacer acompañando a los españoles, para estorbar de todas las maneras posibles a sus enemigos.

Ajeno a la verdadera intención del cacique, Hernando de Soto no dudó de que ir acompañado del general Patofa y sus hombres era la manera más prevenida de llegar hasta aquella tierra que parecía tan hostil.

Al ver que el día de la partida se reunieron en el real tan gran número de indios, la inquietud no abandonó a los españoles durante esas siete jornadas, temerosos de que quizá aquella amistad en algún momento se trocara en odio. De ahí que el adelantado diera orden a sus hombres de que extremaran la vigilancia y no bajaran nunca la guardia, sobre todo al llegar la noche.

Pasadas las seis primeras jornadas, en las que pudieron caminar cómodamente por una ancha senda, el des-

concierto se apoderó de unos y otros por igual cuando a mitad del séptimo día se encontraron con que el camino se cortaba bruscamente al llegar a una encrucijada, rodeada tan solo de abruptas montañas. Intentaron adentrarse por las escarpadas sendas que de allí salían, sin que por ninguna de ellas descubrieran señal alguna de continuidad.

Con bastante enfado el gobernador le habló al general Patofa.

—Explicadme, general, por qué nos habéis conducido hasta aquí. ¿Acaso no conocéis, palmo a palmo, la tierra en la que lleváis toda la vida batallando contra las gentes de Cofachiqui?

Por muy increíble que pareciera, así era en realidad, según le explicó el atribulado general indio. Porque aunque desde antiguo existía una fuerte enemistad entre ambos pueblos, nunca se habían enfrentado en batallas campales, ni tampoco nunca habían hecho incursiones en territorio enemigo. Sus disputas se limitaban a las pesquerías que hacían en los dos ríos que servían de frontera, en las que al menor descuido los unos atacaban a los otros. Lo mismo que también ocurría en las cacerías que en los montes limítrofes tenían lugar, sin que nunca las acciones hubiesen pasado de simples escaramuzas de unos cuantos hombres contra otros pocos. Por lo visto eran los guerreros de Cofachiqui los que sí que entraban en sus tierras y se llevaban todo lo que encontraban a su paso, incluso a veces los capturaban como esclavos. En cambio, ellos nunca se habían adentrado en el territorio de sus enemigos tanto como ahora.

—Por todo lo que os he contado podéis creerme si os digo que mis soldados y yo estamos tan perdidos como lo están vuestros hombres.

Viendo la sinceridad con la que Patofa le habló, el adelantado dio por buenas sus explicaciones.

El resto del día caminaron sin rumbo fijo, guiados tan solo por los pequeños claros que iban encontrando a su paso, sin que en ningún momento descubrieran senda o camino que los llevara hacia alguna parte. Ya al atardecer llegaron hasta la ribera de un caudaloso rio, imposible de cruzar a no ser con balsas o canoas, aunque desgraciadamente allí no había modo alguno de construirlas. La desesperación creció aún más, cuando descubrieron que apenas quedaban provisiones para tanta gente, entre españoles e indios, como en el real se reunía.

Como estaban perdidos y no tenían nada que comer, el adelantado decidió buscar una solución.

—Lo más prudente es que mantengamos aquí el campamento, hasta que descubramos el camino que hemos de tomar. ¡Saldrán cuatro cuadrillas de a dos de a caballo y dos infantes! Dos irán rio arriba y otras dos, rio abajo. Una de ellas recorrerá la ribera y la otra marchará, tierra adentro, a no más de una legua del cauce. De aquí a cinco días os espero de vuelta. ¡Y quiera Dios que alguno de vosotros encuentre la forma de salir de aquí!

Los cuatro capitanes que había designado para esta misión eran Juan de Añasco, Arias Tinoco, Andrés de Vasconcellos y Juan de Guzmán. Con cada compañía iba un nutrido grupo de indios y el general Patofa se unió a la partida de Juan de Añasco.

Mientras aguardaban su regreso, en el campamento no tenían nada que comer. Los indios salían al amanecer en cuadrillas a las que se unían los españoles e iban entre todos recolectando hierbas y raíces. Lo poco que pescaban e incluso algún que otro animalejo que conseguían cazar lo llevaban al real, donde lo compartían entre todos. A pesar de la mucha necesidad, la generosidad que indios y españoles se dispensaron entre sí fue digna de ser recordada. Al tercer día el general dio orden de que se mataran algunos cochinos y se repartiera la carne entre todos, aunque muy poco dieron de sí para tantas bocas.

—Pasamos tanta hambre que un día Francisco Pechudo, Pedro Morón, Antonio Carrillo y yo quisimos saber cuánta comida reuníamos entre los cuatro. Cocimos el puñado de maíz que resultó de la pesquisa y a cada uno de nosotros nos tocaron dieciocho granos. Yo guardé los míos en un pañuelo y al rato me encontré con un soldado de Burgos, que se llamaba Francisco del Troche. Cuando me preguntó si tenía algo de comer, yo le contesté que me acababan de traer unos mazapanes muy buenos de Sevilla y él rió la ocurrencia. Se nos unió otro compañero, que venía de Badajoz y se llamaba Pedro de Torres. Él también me preguntó si llevaba comida y a él le contesté que le podía dar un trozo de rosca de Utrera. Y para que los dos vieran que no mentía del todo, saqué mis dieciocho granos de maíz y los repartí con ellos. Tocamos a seis, que nos supieron más buenos que el mazapán de Sevilla y la rosca de Utrera juntos. Después de tan buen almuerzo, nos fuimos hasta el rio y allí bebimos agua en mucha cantidad para con ello engañar al estómago… ¡Aunque hay muchos que en España lo ignoran, con semejantes privaciones es como en verdad se ganaron la Indias!

Los que iban en las cuatro partidas no pasaron menos hambre que la que en el real se estaba padeciendo. De todas ellas la única que tuvo suerte fue la de Juan de Añasco, que al tercer día de caminar rio arriba descubrió un pueblo pequeño, pero muy bien abastecido. Desde un alto los españoles pudieron comprobar que de allí en adelante, su ribera estaba salpicada de muchas poblaciones, rodeadas todas ellas de maizales y huertas.

El capitán Añasco mandó a unos cuantos jinetes regresar de inmediato al campamento, para que avisaran al adelantado de la buena nueva. Cuando aquellos emisarios llegaron al real fue tanta la alegría, que muchos de los soldados partieron a rienda suelta, sin formación alguna, deseosos en extremo de llegar cuanto antes a donde había comida.

Viendo que antes del quinto día no habían hallado camino ni población alguna, los otros tres capitanes regresaron al real y como lo encontraron desamparado, siguieron las huellas que habían dejado los caballos. Exhaustos, después de ocho días sin haber comido más que unas pocas raíces, aquellos hombres llegaron hasta el pueblo en el que los demás les aguardaban.

Desgraciadamente aquella primera noche Patofa y sus hombres asesinaron a casi todos los habitantes del pueblo, sin reparar en que fueran mujeres o niños. Y no contento con ello, el general indio mandó a sus hombres que les arrancaran a todos la cabellera, para que el cacique Cofaqui comprobara lo bien que había cumplido con la promesa que le hizo.

Cuando unos días después el adelantado tuvo noticia de los crímenes que Patofa había cometido, le pidió que regresara de inmediato a su tierra. Pero como tampoco le interesaba que las gentes de Cofaqui se volvieran en su contra, para que no se fuera a disgusto le hizo buenos regalos de aquellas cosas que a los indios gustan mucho, como tijeras, lienzos, sedas y espejos. En extremo le alegraron todos esos obsequios, aunque lo que más feliz hacía al general era saber que le iba a poder entregar a su cacique tantas cabelleras cofachiquis.

Al redactar el encuentro que mantuvieron Hernando de Soto y la señora que gobernaba la provincia a la que acababan de llegar, estuvo tentado de utilizar las mismas palabras con las que Suetonio describe a Cleopatra en el recibimiento que le brindó a Marco Antonio a orillas del rio Cidno, en Cilicia. Y es que, a pesar de la mucha distancia que sin duda se puede establecer, a su juicio hubo también algunos importantes parecidos entre las dos escenas. Y como sería el capitán Silvestre el que finalmente debía dar o no su aprobación a lo escrito, hasta que su escrutinio no se produjera, Garcilaso se dejó llevar por el tono y la forma de un encuentro cortés, más propio de figurar en una novela bizantina, que en una crónica de indias.

Cuando todos recuperaron las fuerzas, el gobernador mandó levantar el campamento para adentrarse en las tierras de Cofachiqui.

Tras dos días en los que no vieron indio alguno por los pueblos por los que fueron pasando, Hernando de Soto ordenó de nuevo a Juan de Añasco que se adelantara, esta vez a pie y con treinta hombres, porque sin duda él era el que mejor sabía encontrar los caminos. Cuando Añasco regresó al campamento informó de que a unas dos leguas rio arriba, en la otra orilla se extendía una importante ciudad muy poblada.

Con cien de a caballo, cien infantes y la compañía imprescindible de Juan Ortiz, el gobernador de inmediato se dispuso a partir hacia allí, para entrevistarse con su jefe.

Una vez que Ortiz se hizo oír a gritos por las gentes de la otra ribera, en unas canoas muy bien dispuestas y acompañados de mucha gente de guerra, llegaron hasta ellos seis indios principales, que no tardaron en preguntar al gobernador si quería guerra o paz.

Después de que les diera las explicaciones que antes ya le escuchamos exponer en todas las provincias por las que habían pasado, los indios se retiraron para avisar de sus intenciones a su señora. Porque para sorpresa de todos, resultó que en Cofachiqui gobernaba una señora muy joven y hermosa, todavía no casada, que no tardó en aparecer ante los ojos de los españoles a bordo de una espléndida embarcación, muy bien entoldada, en la que se hacía acompañar únicamente de sus damas. También en esta ocasión cruzaron el rio en otras embarcaciones los seis indios principales, que sin duda debían de ser sus consejeros, así como muchos soldados y gente de servicio.

Cuando la barca llegó a la orilla, la señora fue llevada

por sus criados en una especie de trono, ante la presencia del gobernador, que en estas ocasiones solía usar una silla de campo con la que daba más solemnidad a sus entrevistas. De esa guisa, como si en el salón del más refinado palacio se hallaran, cada uno de ellos prestó atención a las razones del otro, porque cuando la gentileza se da de forma tan natural no distingue de pueblos ni lugares.

La señora de Cofachiqui lamentó que tuviera tan poco que ofrecerles a causa de la peste que habían sufrido ese año y que les había hecho perder casi todas las cosechas. Pero a pesar de ello, le brindó la mitad del grano que había reunido para alimentar a los que se habían quedado sin reservas. También le ofreció su casa y las de sus vasallos y le anunció que mandaría recado para que en todas las partes de su reino se les recibiera como merecían. Incluso, aunque esto lo supieron mucho después, intercedió ante los señores de las provincias vecinas para que a su llegada se les tratara bien.

Mientras iba hablando, movía graciosamente las manos alrededor de su cuello, hasta que consiguió desprenderse de las tres vueltas del larguísimo collar de perlas con el que se adornaba. Cuando las tuvo todas entre sus manos se las ofreció a Juan Ortiz para que se las diera al adelantado, porque le parecía indecoroso ser ella la que lo hiciera. Hernando de Soto se apresuró a indicarle que recibir de sus propias manos aquel generoso obsequio lo hacía aún más preciado para él.

Cuando la señora le entregó aquellas perlas, que eran las primeras que los españoles veían desde que arribaron a la bahía del Espíritu Santo, el gobernador le correspondió desprendiéndose de un anillo de oro con un hermoso rubí, que enseguida ella colocó en uno de sus delicados dedos.

Una vez avisado el resto del ejército, en muy poco tiempo consiguieron atravesar el rio e instalarse entre la ciudad y el campo que la rodeaba, donde se daban muchos y muy buenos árboles frutales.

Al día siguiente el gobernador quiso saber cómo era aquella provincia en la que parecían darse muy buenas condiciones para plantar y criar. También supo que la madre de la gobernadora, retirada desde que enviudó, vivía a unas doce leguas y que su hija había enviado a una docena de indias principales para que le pidieran que viniese a conocer al adelantado. Pero la vieja señora le mandó con ellas recado de que no pensaba presentarse ante esos desconocidos, a los que tan imprudentemente su hija había ofrecido amistad. En vista de la testarudez de la anciana, la gobernadora pidió a un joven noble de no más de veinte años, al que su madre había criado como a un hijo, que fuera hasta donde se encontraba e intentara convencerla, porque estaba segura de que si él se lo pedía, se avendría a razones por lo mucho que lo estimaba. De nuevo fue Juan de Añasco, con una partida de treinta hombres y un buen número de indios de servicio, el encargado de acompañarlo.

Aquel joven emisario se había vestido para la ocasión con un espléndido tocado de plumas, sus hombros iban cubiertos con una manta de finísima gamuza, en las manos portaba un arco muy bien pulido y a la espalda llevaba una aljaba de flechas exquisitamente labradas por él mismo; tal y como era costumbre entre los nobles de aquellas provincias, que competían por ver quién de ellos disponía de las mejores armas.

Durante la primera jornada hizo gala de un excelente humor y en todo momento atendió a las preguntas de los españoles acerca de las costumbres de su pueblo. Pero al segundo día todos pudieron comprobar que su estado de ánimo era bien distinto. Apenas hablaba y su rostro presentaba un gesto cada vez más sombrío. Cuando se detuvieron a descansar, el joven guerrero sacó de su carcaj todas las primorosas flechas que contenía. Añasco y sus hombres pudieron admirar de cerca la fina labor con las que aquellas puntas se habían labrado, cada una con una forma diferente. La última que les mostró acababa como la finísima hoja de un cuchillo. Ante la sorpresa de todos la acercó hasta su cuello y con ella se degolló, sin que nada pudieran hacer por salvarle la vida.

A preguntas de los españoles, los indios que venían con ellos conjeturaron lo que podía haberle llevado a actuar de ese modo. Y todos llegaron a la conclusión de que se debía al tremendo dilema que se le presentó al no poder servir a sus dos señoras a la vez, porque si obedecía a una de ellas, a la otra la tenía necesariamente que traicionar.

Como nadie más que él conocía el paradero de la vieja señora, aquella partida regresó al campamento sin cumplir su misión. Un par de días después, un indio dijo que él los podía llevar por el rio hasta ella. La razón de tanto interés no era otra sino que les habían dicho que en su retiro la vieja señora se había hecho acompañar de unas seis o siete cargas de perlas muy gruesas y sin horadar. Por su tamaño y sobre todo porque no habían sido dañadas con el fuego, eran tan valiosas que merecían este segundo intento. Pero tampoco en esta ocasión Juan de Añasco y los que con él iban tuvieron suerte. Aquella señora de nuevo se zafó y pudo cumplir su promesa de no ver a esos forasteros, ante los que su hija se había rendido tan deshonrosamente.

En esos primeros días fueron muchas las ocasiones en las que Hernando de Soto y su amable anfitriona se entrevistaron y en uno de aquellos encuentros el gobernador mandó llamar a dos indios mozos que se habían unido a los españoles en Apalache. Dijeron ser criados de unos mercaderes y haber viajado con ellos en varias ocasiones hasta Cofachiqui, donde vieron que sus amos compraban objetos de color amarillo y también blanco. Tras oírlos, la señora pidió a sus vasallos que trajeran inmediatamente ante el gobernador todo lo que tuviera esos colores. Era tal el amor que por él sentía, que no deseaba otra cosa que no fuera servirle en todo lo que solicitara.

Mientras aguardaban, los españoles creyeron que el momento que llevaban tanto tiempo anhelando por fin había llegado. Pero cuando aquellos indios aparecieron de nuevo ante ellos, lo que traían en sus manos era azófar, en vez del ansiado oro, y margajita, en lugar de plata.

Como en las caras de todos los presentes vio escrito el desengaño, la señora de Cofachiqui se apresuró a decirle al gobernador que no tuviera disgusto alguno, porque si ella no podía ofrecerle oro ni plata, en cambio sí que tenía perlas en abundancia y con todas las que quisiera se podía quedar. Señaló con la mano en dirección a un templo que se hallaba en la parte alta de la ciudad y le dijo que aquel era el lugar de enterramiento de gentes muy principales y que dentro se hallaban perlas de todos los tamaños y también aljófar y si todavía no quedaba satisfecho con lo que allí encontrara también podía trasladarse hasta Talomeco, que se encontraba a tan solo una legua de allí y era el lugar donde eran enterrados los miembros de su familia. Porque en aquel templo las perlas se multiplicaban en cantidad y calidad, con respecto a las muchas que aquí podía encontrar.

Hasta que regresara Juan de Añasco, que por ser el contador de la expedición debía de estar presente para calcular el quinto, el adelantado mandó vigilar la entrada al lugar donde se encontraban los enterramientos de los principales señores de Cofachiqui.

Cuando Añasco ya estuvo de vuelta, el gobernador en compañía de los oficiales de la Hacienda Imperial y treinta caballeros, entre capitanes y soldados escogidos, entró en aquel recinto, en el que no se celebraban ceremonias ya que tan solo servía de lugar de enterramiento.

Muy pronto los españoles pudieron comprobar que la

señora de Cofachiqui no había exagerado lo más mínimo. Las perlas se hallaban dentro de arcones, apilados por tamaños y colocados encima de aquellos otros más grandes, en donde reposaban los restos de tan grandes señores. También se habían depositado allí ricas ropas, hermosas pieles y muchas armas, de las más primorosas y bien labradas que se vieron en toda la Florida.

Mucha fue la alegría de todos cuando se calculó que allí podría haber no menos de mil arrobas, entre perlas y aljófar.

Los oficiales de la Hacienda Real llevaban una romana, con la que llegaron a pesar veinte arrobas. Pero Hernando de Soto les pidió que no se llevaran más que dos, porque con una pequeña muestra bastaría para dar noticia de aquel tesoro en La Habana. A ninguno de los presentes le gustó aquella decisión e insistían en señalar que si ya estaban pesadas veinte, para qué llevarse tan solo dos. Al final el gobernador no tuvo más remedio que ceder y repartió entre todos los soldados almorzadas de perlas, que iba dándoles con sus propias manos.

A los dos días de aquello, unos trescientos españoles se trasladaron hasta Talomeco, para visitar el enterramiento de los caciques de Cofachiqui.

Por los hermosos prados y muchos frutales que lo adornaban, el camino que conducía hasta aquella ciudad era tan grato, como debiera ser un paseo por los jardines del Paraíso. Al llegar a aquella población de unas quinientas casas, descubrieron que en ella ahora no vivía nadie. Según supieron, después de que la peste hubiera acabado con casi todos sus habitantes, los pocos que sobrevivieron se marcharon de allí, huyendo de la muerte.

Aquel templo era impresionante no solo por su tamaño, sino también por la riqueza con la que estaba adornado tanto por dentro como por fuera. Unas enormes tallas de madera rodeaban la gran sala en la que, como ocurría en Cofachiqui, se hallaban los arcones de los difuntos acompañados de otros muchos, colocados encima de ellos y repletos de perlas. A aquella sala central la rodeaban otras ocho, en las que estaban dispuestas, de forma muy selecta, las más diversas armas y las más ricas ropas de todos aquellos poderosos guerreros que habían gobernado en el pasado esa región. Y si en Cofachiqui habían calculado mil arrobas de perlas, ahora en Talomeco nadie se atrevía a hacer estimación alguna.

Ante la dificultad de trasladar aquel fabuloso tesoro con ellos, el gobernador pidió a los oficiales de la Hacienda Imperial que desistieran de calcular el quinto, porque hasta que no se asentaran, era mejor dejarlo todo, donde estaba.

Cuando una vez a solas volvió a releer este pasaje, Garcilaso se detuvo a pensar en esas otras perlas que los poetas usan como metáforas.

La dulce boca que a gustar convida
un humor entre perlas destilado

Esos versos de su amigo Góngora le llevaron a recordar las largas e intensas conversaciones que con él mantenía siempre que visitaba la casa de Montilla. Al ser sobrino de la esposa de su tío, lo conocía desde que era un niño. Y cuando se convirtió en un joven que ya comenzaba a escribir sus primeros versos, a todas horas mostraba mucho interés por conocer detalles de la tierra de la que provenía. Y no dejaba de preguntarle por los nuevos frutos y las desconocidas fieras que habitaban sus infranqueables selvas. Por tantos tesoros como encerraban los templos dedicados a sus muchos dioses. Por la luz de los atardeceres de esa tierra donde el sol va a morir todos las tardes. Y también por la poderosa fuerza de sus ríos, que compiten en todo con los océanos. Por tantos cielos cuajados de estrellas y aquellos desiertos tan infinitos, como inalcanzables son sus cordilleras. Y a tanta curiosidad Garcilaso daba siempre detallada y gustosa respuesta.

Aquel joven poeta se quedaba fascinado al oírle hablar quechua y atendía en extremo cuando le explicaba las complejas formas gramaticales con las que se construía la lengua de los Incas. En aquellas largas conversaciones con Garcilaso descubrió que las palabras están dotadas de misteriosas resonancias y ecos. De ahí que su empeño como poeta no fuera otro que el de escogerlas cuidadosamente de la veta del oro de la poesía, como si fueran piedras preciosas que había que engastar en el poema, con la misma delicadeza de un orfebre de los que en Córdoba o Granada tanta fama alcanzaron desde los tiempos de los árabes.

Era tal la amistad y el afecto que se tenían, que cuando Góngora abordó la escritura de sus *Soledades* y tuvo que describir a un náufrago que es devuelto por el mar hasta la orilla de una deshabitada playa, le pidió información sobre los paisajes marinos que él conoció en la costa del Perú, así como los que fue viendo a lo largo del viaje que lo trajo hasta España, Y Garcilaso, además de darle todo tipo de explicaciones y detalles, también le contó la historia de Pedro Serrano, aquel náufrago que sobrevivió tantos años en una isla habitada solamente por galápagos.

> *Del Océano pues antes sorbido,*
> *y luego vomitado*
> *no lejos de un escollo coronado*
> *de secos juncos, de calientes plumas,*
> *alga todo y espumas,*
> *halló hospitalidad donde halló nido*
> *de Júpiter el ave.*

Al recordar estos versos, que en boca de su autor había escuchado por primera vez, a Garcilaso le dio por imaginar que si alguna vez alguien sintiera interés por relatar su vida en una novela, muy bien haría en titularla *Las soledades del Inca*.

Capítulo X

Por más que ya estuviera acostumbrado a ello, no dejaba de sorprenderle la prodigiosa memoria del capitán. En cuanto se reunían a trabajar era capaz de iniciar sin dificultad alguna el relato detallado y preciso de cualquier momento de aquella aventura.

—Una semana después de haber visitado el templo de Talomeco abandonamos Cofachiqui y con nuestra partida dejamos muy apenada a su joven señora. Era tanto el afecto que sentía por el adelantado, que procuró complacerlo en todo momento con una generosidad mucho mayor que la de cualquiera de los otros caciques que nos fueron brindando su amistad a lo largo de toda la expedición.

Se dirigieron hacia la vecina provincia de Chalaque, mientras que una partida de cien caballos y doscientos infantes, con Baltasar de Gallegos, Arias Tinoco y Gonzalo Silvestre a la cabeza, fue a recoger las seiscientas fanegas de maíz que la señora les había ofrecido. Para ello tuvieron que recorrer en sentido contrario unas doce leguas, hasta llegar al lugar en el que se encontraba aquel depósito de grano.

—Tan solo pudimos juntar unas doscientas fanegas y cuando íbamos ya con la carga al encuentro de los nuestros, sufrimos una tormenta tan desatada que a poco acaba con todos nosotros. Después de aquello se nos enfermaron tres caballos muy gravemente, por lo que no podíamos acelerar el paso tanto como deseaban algunos, a los que parecía no importarles la vida de aquellos nobles animales. Porque según decían era mejor perderlos, que entretenernos más de la cuenta y que nos ocurriera como en aquellas terribles jornadas en las que anduvimos perdidos en compañía del general Patofa. ¡Menos mal que Baltasar de Gallegos consiguió parar el motín, al recordarles que era mejor morir como buenos soldados, que sobrevivir como viles cobardes! Y todos parecieron por fin aceptar que para no forzar a los caballos enfermos no debíamos recorrer más de cinco leguas en cada jornada. De ahí que tardáramos más de lo previsto en alcanzar al gobernador, por lo que nuestro encuentro no se produjo en Chalaque, como teníamos previsto, sino en la provincia de Xuala... ¡Y qué buena tierra era aquella que se extendía a lo largo de las cincuenta leguas que separan Cofachiqui de Xuala! ¡Cuántos colonos se podrían haber asentado en ella, si nos hubiese llegado la oportunidad de poblar!

Una vez reagrupado el ejército, se detuvieron quince días en Xuala. Fue para todos una sorpresa muy grata descubrir que sus habitantes también estaban bajo el gobierno de la señora de Cofachiqui, por lo que mucho antes de su llegada, sus habitantes ya habían recibido orden de tratarlos de la mejor manera posible.

—En las correrías que solían hacer por tierras de sus vecinos, aquellas gentes tenían por costumbre reclutar esclavos para emplearlos en las tareas más duras del campo. Para evitar que huyeran les cortaban los tendones de uno de sus tobillos. De ahí que después de saber esto, no nos extrañara tanto la saña con la que el general Patofa se vengó de ellos en cuanto tuvo ocasión.

Como para llegar a Guaxule debían de atravesar veinte leguas de despoblado, la señora cacique había ordenado que las gentes de Xuala les dieran todos los bastimentos necesarios, así como una buena partida de indios de servicio.

Pasados cuatro días partieron de Guaxule rio abajo hacia la provincia de Ychiaha, que se extendía a lo largo de una gran isla. Para llegar hasta su capital tuvieron que cruzar en barcas.

—Allí también tenían perlas en abundancia y también el cacique se las ofreció al gobernador, que no tuvo más remedio que rechazarlas, como ya hizo en Cofachiqui, por resultar de todo punto imposible que cargáramos con ellas.

Para que vieran cómo las pescaban a manos llenas en el rio, el jefe indio mandó que al anochecer salieran a faenar cuarenta canoas. A primera hora de la mañana siguiente españoles e indios se reunieron a esperar su regreso en la ribera, donde el cacique mandó hacer un enorme fuego. A medida que llegaban los pescadores con sus cestos llenos de conchas, las iban echando sobre las ascuas. Cuando se abrían las palpaban y extraían de entre su carne las perlas, que desgraciadamente por efecto del fuego y del humo perdían su hermoso color.

El cacique de Ychiaha le dijo al gobernador que a treinta leguas de allí había unas minas de ese metal amarillo por el que tanto preguntaban los españoles. Juan de Villalobos, vecino de Sevilla, y Francisco de Silvera, que era de Galicia, se ofrecieron a ir con unos guías hasta aquel lugar.

—En esos días de espera sucedió una desgracia que mucho nos apenó a todos, cuando Luis Bravo de Jerez, que era un caballero natural de Badajoz, estaba cerca del rio, entretenido con su lanza por ver si alcanzaba a un perro que por allí vio esconderse. Porque durante toda la expedición fue tal la escasez de carne, que a todas horas andábamos detrás de dar con algún animalejo que llevarnos a la boca... Cuando creyó que lo tenía a tiro, lanzó con fuerza la lanza, sin que llegara a darle. Y como vio que había caído cerca de la ribera, hasta allí bajó para recogerla y fue entonces cuando descubrió que con ella había atravesado, de sien a sien, la cabeza de un soldado de Almendral, llamado Juan Mateos, que también se había acercado hasta el rio, en su caso por ver si pescaba algo... Recuerdo que Mateos, a pesar de su juventud ya peinaba canas y por ello todos lo llamábamos «padre»... ¡Y como si de verdad lo fuera lo tratábamos, por lo buena persona que era con los demás!

Pasados diez días regresaron Villalobos y Silvera. Y como ya ocurrió en Cofachiqui, aquellas minas resultaron ser de finísimo azófar. Aunque, según dijeron los dos, les daba la impresión de que si se trabajaba bien aquel yacimiento, quizá se llegara a dar con una veta de oro, porque la tierra tenía muy buena disposición para ello.

También contaron lo bien tratados que fueron por todos los indios con los que se encontraron a su paso. Todas las noches les daban muy bien de cenar y luego les mandaban dos mozas muy hermosas para que durmieran con ellos. Con harto dolor de su corazón no se atrevieron siquiera a tocarlas, por si con ello estuvieran aquellos indios queriendo hallar pretexto para matarlos.

A los pocos días se pusieron de nuevo de camino, en esta ocasión, hacia la provincia de Acoste.

—Desde que dejamos Apalache vivimos acostumbrados a la amistad de los indios de todas las provincias por las que fuimos pasando, hasta que el cacique de Acoste y su ejército nos recibieron colocados en formación y apuntándonos con sus armas, de modo que parecían estar esperando una inminente señal de ataque. Algunos de nosotros quisimos responder a la provocación, pero el adelantado nos insistía en que aguardáramos y no les diéramos motivo alguno para comenzar a luchar... ¡Y bien que nos estuvo actuar con tanta prudencia! Porque después de esa primera noche, en la que ni ellos ni nosotros pudimos descansar, aquel cacique cambió de parecer, sin que llegáramos nunca a saber de cierto si acaso a él también le hubiese llegado aviso de la señora de Cofachiqui.

A la mañana siguiente aquel jefe indio y sus generales atendieron al adelantado con mucha gentileza y le ofrecieron todo el maíz que necesitara. Aunque ese mismo día, por si acaso de nuevo cambiaba de parecer, el ejército español continuó su camino en dirección a Coça.

Como del cacique Coça ya habían hablado en bastantes ocasiones, decidieron pasar a los días posteriores a la batalla de Mauvila, porque a los dos les parecía que en ese punto del relato se hallaba sin duda alguna la verdadera razón por la que no se ganó la Florida.

Unas horas antes de la batalla al gobernador se le había avisado de que los barcos españoles se encontraban costeando en las proximidades de la bahía de Achussi y unos días después de aquella amarga victoria le llegó la confirmación de que Gómez Arias y Diego Maldonado ya aguardaban fondeados. Estaban a finales de octubre, el mes en el que el adelantado los emplazó y ellos habían cumplido con lo acordado, por lo que ya solo restaba que a su vez lo hiciera Hernando de Soto.

También le informaron de que el camino que conducía hasta Achussi era muy despejado y de que nada debían de temer, porque los pocos indios que sobrevivieron andaban desparramados por los bosques, sin que por nada del mundo quisieran presentar de nuevo batalla alguna.

Y cuando todo se presentaba tan a favor, la sombra de la traición desbarató el sueño del adelantado. Al saber por sus más fieles capitanes del motín que se estaba fraguando, quiso comprobarlo por sí mismo. Para ello durante varias noches deambuló discretamente por el real, procurando no ser reconocido, hasta que pudo escuchar de viva voz cómo Juan Gaytán y una veintena de soldados planeaban abordar los barcos, en cuanto pusieran un pie en la bahía de Achussi. Sin contar siquiera con la opinión de Luis de Moscoso o Baltasar de Gallegos, decidió no ir al encuentro de las naves, quizá para evitar una deserción, que además de dejarlo sin hombres suficientes para continuar, habría cuestionado duramente su autoridad delante del resto de su ejército.

A pesar de estas posibles razones, resulta muy difícil entender tan equivocada decisión. Porque de un hombre con tan altas prendas como tenía el gobernador, no se puede esperar la torpeza que le guió en este decisivo punto de su aventura. Y son muchas más las preguntas que al lector le asaltarán, sin que este cronista sepa resolverlas.

Si no disponían de bastimento alguno, ni ungüentos para curar las heridas, ni pólvora, ni ropas, ni siquiera de unas malas alpargatas para andar por esos enredados caminos, porque todo lo habían perdido, tras el feroz incendio de Mauvila ¿por qué no se acercaron hasta los barcos, que traían sus bodegas abarrotadas de todo lo que ellos tanto necesitaban?

Si en cuanto supo lo cerca que de Achussi estaban le dio la libertad a su cacique ¿por qué no lo acompañó, con lo que sin duda se hubiese ganado el afecto de todos los indios de aquella provincia?

Si con tanta diligencia Diego Maldonado y Gómez Arias habían cumplido con lo que él mismo les ordenó ¿por qué ahora no le importaba dejarlos tan desairados?

Y en cuanto a doña Isabel ¿acaso no consideró su esposo los muchos temores y recelos que la asaltarían, cuando fuera informada de que no había acudido al *encuentro de esas naves, que ella con tanto esmero se había encargado personalmente de aprovisionar?*

Por todo ello quizá nos podamos preguntar si no hubiese sido mejor castigar a los traidores con la muerte y esperar en Achussi, hasta que se reclutaran más soldados desde Cuba, como hizo Pizarro cuando con los trece de la fama permaneció todo un año en la isla de la Gorgona, a la espera de unos refuerzos de los que el mismo Hernando de Soto formó parte.

En esta ocasión el capitán Silvestre no interrumpió a Garcilaso en ningún momento de su lectura. Tan solo se limitó a pronunciar una breve frase, que sonó a triste lamento.

—¡Hay decisiones que un general nunca debe de tomar movido por el miedo!

Capítulo XI

Los últimos días de septiembre doraban los campos con una luz que empezaba a ser distinta a la del poderoso sol del verano. Para entonces ya solo les quedaba revisar la última y decisiva parte de aquella historia. Pero por muy avanzados que fueran los trabajos, Garcilaso sabía que no le sobraba el tiempo, si a primeros de octubre quería estar ya de regreso en Montilla. Por su parte al capitán Silvestre se le hacía cada vez más difícil aceptar que muy pronto dejaría de mantener con su amigo esas largas conversaciones que tanto alegraban su ánimo.

—Ahora ya sé que los nombres de todos aquellos soldados, los lugares por los que fuimos pasando, los pueblos y las gentes que conocimos, tantas batallas y penalidades como sufrimos y los mil y un sucesos que vivimos, nunca los podrá borrar el paso del tiempo. ¡Y cuando regreséis a vuestra casa, con el manuscrito ya concluido, no me quedará nada por hacer en esta vida!

Como sus palabras destilaban tanta nostalgia, Garcilaso decidió combatirla volviendo de inmediato al trabajo, porque muy bien sabía que esa era la enfermedad que les arrebataba la vida a los conquistadores. Ricos o pobres, sanos o enfermos, jóvenes o ya ancianos, los que volvían del Nuevo Mundo pronto descubrían lo mucho que extrañaban todo lo que allí dejaron. Y en cuanto comenzaban a olvidar el olor de la guayaba o el sonido del Mar del Sur, les entraba esa desazón, mezclada con una tibia tristeza, a la que desde antiguo los físicos dan en llamar melancolía.

Después de un par de semanas en las que los heridos apenas si consiguieron recuperarse, porque nada había con qué socorrerlos, el gobernador ordenó partir desde Mauvila en dirección al norte, hacia nuevas tierras donde quizá encontraran por fin ese oro que la mayoría de sus hombres tanto anhelaban.

Tras adentrarse en la provincia de Chicaça pronto llegaron hasta una población que se hallaba a orillas de un profundísimo rio. Desgraciadamente no tardaron mucho en descubrir que sus habitantes no los querían recibir de paz, cuando ante ellos se presentó un nutrido grupo de guerreros contra los que no tuvieron más remedio que luchar.

Ante la ferocidad de los castellanos, los indios reaccionaron cruzando el rio, en canoas o a nado, hasta alcanzar la otra orilla, donde el grueso de su ejército se encontraba apostado. Desde tan favorable emplazamiento se dispusieron a impedir de todas las maneras posibles que los españoles lo atravesaran.

Como aquella población había quedado deshabitada, mientras decidían la mejor manera de hacerlo se alojaron en sus casas, donde había maíz suficiente para el alimento de hombres y caballos. También aquellos indios tenían la enojosa costumbre de entorpecer su descanso, tocando repetidamente a rebato en la noche o cruzando en cuadrillas el rio, con el mayor de los sigilos.

Cansados de estas escaramuzas, a los españoles se les ocurrió una forma muy astuta de darles escarmiento. De modo que delante de los tres embarcaderos por los que solían cruzar, cavaron hoyos tan hondos, que en ellos se

podía esconder un arcabucero, que aguardaba paciente-
mente a que saltaran de sus canoas a tierra, para ata-
carles. En tres noches les hicieron tanto daño, que no
osaron cruzar más. Pero lo que no pudieron evitar fue
la gritería con la que desde la otra orilla seguían inte-
rrumpiendo su sueño.

Viendo lo difícil que sería cruzar por un lugar tan
vigilado, el gobernador se dispuso a buscar un embar-
cadero más discreto. Y cuando lo hubo hallado, mandó
que unos cien hombres, de entre los mejores carpinteros y
armadores, se internaran en el bosque y construyeran en
el menor tiempo posible dos barcas grandes y planas, de
esas que los indios llaman piraguas, con capacidad para
casi ochenta hombres.

Tras doce duras jornadas de trabajo en las que pro-
curaron no despertar la sospecha de sus enemigos, las
tuvieron ya terminadas. Como eran muy pesadas para
trasladarlas hasta la orilla, tuvieron que construir dos
carros bastante grandes. En aquellos tramos en los que
por la dificultad del terreno los caballos no podían arras-
trar los carros, eran los hombres los que cargaban con su
peso. Después de tan difícil jornada llegaron hasta un
embarcadero natural que se hallaba bastante apartado.
Una vez allí, esperaron a que fuera de noche para poder
cruzar sin apenas llamar la atención de sus enemigos.

Hernando de Soto quiso ir en la primera remesa, pero a
ninguno de sus capitanes les pareció oportuno que arries-
gara tanto la vida. Y no se equivocaban porque aquellos
primeros hombres fueron flechados sin compasión, al ser
descubiertos por una partida de indios que hacía labores
de vigilancia a lo largo de la ribera. A pesar del inespe-
rado ataque, una de las barcas cruzó sin mucha dificul-
tad, mientras que la otra se vio envuelta en un remolino,
que a punto estuvo de provocar su naufragio.

Para no perder tiempo los jinetes iban montados a
caballo dentro de las piraguas. Los dos primeros en sal-

tar a tierra comenzaron a despejar la zona para asegu-
rar así el paso de los demás. Esos dos capitanes eran
Gonzalo Silvestre y Diego García, hijo del alcaide de
Villanueva de Barcarrota.

—Recuerdo que cuando conseguimos apartar a los indios casi doscientos pasos del embarcadero, volvimos hacia la barca en busca de refuerzos, pero como vimos que los nuestros tenían dificultades para saltar a tierra y los de la otra embarcación aún seguían enredados con las aguas, tuvimos que volver de nuevo al ataque los dos solos. Y así lo hicimos en cuatro ocasiones más, hasta que por fin se nos fueron uniendo los demás jinetes. También recuerdo que los infantes se llevaron la peor parte, porque a ellos no dejaron de flecharlos durante toda la travesía. Al ser todavía tan pocos y estar tan malheridos, se refugiaron en una pequeña población que se encontraba en la misma orilla y allí aguardaron hasta que los demás fueron llegando.

Con casi ochenta hombres el gobernador cruzó en la
segunda tanda. Al ver que sus enemigos comenzaban a
ser muchos en número, los indios de vigilancia decidie-
ron replegarse. Una vez alertado el grueso de su ejército
de la presencia de los españoles, los mandos optaron por
no presentar batalla y refugiarse en un fuerte que muy
cerca de allí habían construido con troncos y ramas.

Por más que los españoles les instaron a pelear, ellos
en todo momento rehusaron responder. El gobernador no
quiso seguir insistiendo y mandó emprender la marcha
por aquellas tierras de Chicaça, hasta que encontraran
un lugar en el que pudieran invernar, porque en aque-
llos primeros días de diciembre de 1540 el frío se había
presentado de forma muy intensa. Antes de partir, deshi-
cieron las piraguas y guardaron las clavazones, para la
siguiente ocasión que se les presentara.

A los cuatro días llegaron a una gran población llamada también Chicaça y en ella se instalaron.

Durante los dos meses siguientes los indios no dejaron ninguna noche de tocar a rebato repetidamente. También solían acercarse hasta las casas en actitud amenazante, pero en cuanto los españoles corrían tras ellos, escapaban sin presentar en ningún momento batalla.

Hasta que una noche de finales de enero de 1541, aprovechando la furia del viento del Norte, se presentaron sigilosamente a las puertas de la ciudad formando tres nutridos escuadrones. Al mando de la columna central iba el cacique, que dio orden de hacer sonar cuernos y tambores y mandó encender unos enormes hachos, con los que la noche se iluminó de golpe. Venían provistos también de flechas incendiarias, con las que no dudaron ni un instante en prender fuego a nuestro campamento.

Una vez alertados del inminente peligro, los castellanos no dudaron en salir a defenderse y el primero que lo hizo fue el gobernador, que por estar siempre apercibido, dormía con calzas y jubón. A caballo y con tan solo una lanza y una adarga, Hernando de Soto se enfrentó a todo aquel ejército indio, hasta que más tarde se le unieron otros doce caballeros.

El viento hacía que el humo se les echara constantemente en la cara, sin que les dejara ver, ni apenas respirar. Algunos soldados se dirigieron a la casa donde se hallaban los enfermos y de ella sacaron a rastras a los que en mejores condiciones estaban, mientras que otros muchos perecieron quemados cuando el fuego logró extenderse por todas partes. A los caballos que no pudieron montar los soltaron, para que se salvaran de las llamas.

Uno de los peores actos de cobardía que se vio en todo el tiempo en el que habitaron la Florida lo protagonizaron los cincuenta españoles que esa noche salieron huyendo despavoridos en dirección opuesta al fuego. Nuño Tovar sin siquiera detenerse a montar su caballo, tan solo enarbolando su espada, salió tras de ellos mientras les gritaba.

—¿Dónde vais si no estáis ni en Córdoba ni en Sevilla? ¡Volved de inmediato, porque vuestra salvación no está en huir, sino en presentar batalla!

El capitán Juan de Guzmán y treinta de sus hombres rodearon a los desertores y los condujeron hasta el campo de batalla para que cumplieran con su obligación, como soldados que eran del emperador.

Nuño Tovar, todavía a pie, se unió a Andrés de Vasconcellos y a veinticuatro de sus hombres y con ellos consiguió romper uno de los tres escuadrones, que tras quedar desarmado se replegó hacia donde estaba el segundo, que era aquel contra el que el gobernador llevaba luchando casi en solitario desde el comienzo del ataque.

Fue una suerte que llegaran hasta él en el momento en el que por alancear a un indio cargó el cuerpo sobre un lado de su montura y cayó del caballo, porque pudieron rescatarlo de inmediato y así evitar su muerte. Descubrieron que la caída se debía a que sus criados, con las prisas, no habían atado la cincha. Una vez que la ajustaron bien, volvió a pelear con la misma valentía de siempre.

Mucho se comentaría al día siguiente en el real que el gobernador hubiera batallado tan diestramente, a pesar de montar sin cincha.

Tras más de dos horas de durísima batalla, los indios se replegaron y huyeron. El adelantado mandó entonces perseguirlos, aprovechando la claridad que el fuego daba a la noche. De regreso a la ciudad descubrió que los daños habían sido numerosos y las bajas también. Porque en esas dos fatídicas horas perdieron la vida cuarenta hombres y murieron cincuenta caballos. Fue muy triste que la única mujer española que con ellos iba, que por entonces estaba por parir, muriera abrasada en el incendio. Se llamaba Francisca de Hinestrosa y estaba casada con un buen hombre, el soldado Francisco de Bautista.

—No os olvidéis tampoco de señalar que perdimos todo el ganado prieto que llevábamos. ¡Tan solo los lechones pudieron evitar las llamas, al colarse por entre los palos del corral donde los teníamos recogidos!

Después de haber hecho secretas averiguaciones el gobernador destituyó a Luis de Moscoso, al descubrir que el ataque se había producido por la dejadez de los que esa noche estaban de centinela. Y Baltasar de Gallegos pasó a ser el segundo.

Una vez que acabaron de enterrar a los muertos decidieron trasladarse a una legua de allí, a una pequeña población llamada Chicaçilla, que acomodaron lo mejor que pudieron con madera y paja. Como se quedaron sin nada de lo poco que tenían, pasaron el resto de aquel largo y frío invierno en las peores condiciones posibles. Sin nada con qué abrigarse y apenas sin comida, se afanaban en construir adargas, rodelas, lanzas y todo tipo de útiles y enseres, porque de todo habían mucha necesidad.

Continuaron hablando largo rato acerca de los detalles de aquella difícil estancia a finales de un invierno tan inclemente como lo fue aquel de 1541.

—¡Los días eran nuestros y las noches suyas! Por más que nosotros corríamos todo el campo de la mañana al atardecer, lanceando a todos los indios que encontrábamos a nuestro paso, en cuanto llegaba la noche ya los teníamos a las puertas del poblado, dispuestos a hacernos todo el mal que pudieran.

Pasaron entonces a hablar de lo que ocurrió con los barcos que les aguardaban inútilmente en la bahía de Achussi.

Además de los dos bergantines y de la nave en la que viajó Gómez Arias, Diego Maldonado se hizo acompañar de tres navíos más. Los seis venían cargados de comida, armas, municiones; de becerros y ovejas, potros y yeguas; de trigo, cebada y legumbres. Porque no solo en Cuba, sino también en Santo Domingo y hasta en Jamaica fueron muchos los que quisieron participar de la conquista.

Maldonado y Gómez Arias, viendo que sus compañeros no aparecían, a mediados de noviembre de 1540 decidieron recorrer la costa, uno hacia oriente y el otro, hacia poniente. En todas las bahías por las que iban pasando dejaron cartas y señales, hasta que con los fríos de diciembre desistieron de la búsqueda y pusieron rumbo hacia La Habana.

Al año siguiente, en el verano de 1541, volvieron a recorrer la costa desde la bahía del Espíritu Santo hasta Nombre de Dios, en México. Y también regresaron un año después. En aquella ocasión estarían durante siete meses recorriendo aquel litoral, sin éxito alguno.

A pesar de que ya habían pasado tres años, en 1543 aún volvieron a repetir la búsqueda. Y sería entonces, en el mes de octubre y en Veracruz, donde les informaron de lo que el lector sabrá a su debido tiempo.

Cuando a finales de 1540 regresaron del primer viaje, doña Isabel los escuchó en silencio, atenta a cada una de sus palabras, pero también a sus gestos, al tono de sus voces y a las miradas que pudieran intercambiar ente ellos, por si escondían algo que temieran decirle.

—Mi esposo, caballeros, nunca ha incumplido una promesa. ¡Si os dijo que os reuniríais en Achussi con él, algo terrible lo ha debido de impedir!... No obstante, os ruego a los dos que no comentéis con nadie mis recelos. Y dentro de un año, volveremos a llevar los barcos a aquel puerto. ¡Dios quiera que entonces llegue el gobernador a la cita!

Los dos capitanes mantuvieron el gesto muy apesadumbrado mientras escuchaban a la gobernadora lanzar veladamente el mismo reproche que ellos se hacían, por no haber conseguido llegar hasta el adelantado.

Aquella noche, después del rezo, doña Isabel le pidió

a doña Leonor que aguardara un poco y una vez que las dos se hallaron a solas le confesó sus temores.

—A los dos capitanes les he pedido que guarden silencio porque hay que seguir confiando en el éxito de esta aventura, pero a vos os puedo confesar mi miedo y la terrible sospecha que me asalta, al pensar que ya todos estén muertos... ¡Cómo siento no haber sido yo misma la que hubiera ido en esos barcos! Porque de ser así me hubiese adentrado hasta el mismísimo infierno en su busca, pero ni Maldonado ni Gómez Arias quisieron poner ni un punto en peligro sus vidas, cuando vuestro esposo y el mío llevan tantas jornadas arriesgando las suyas... No obstante debemos callar, Leonor, para que los demás piensen que siguen vivos.

Cuando la joven esposa de Nuño Tovar se retiró a su aposento, lejos ya de las miradas de las otras damas y de la propia doña Isabel, lloró sin consuelo durante toda la noche, recordando a sus familiares, sobre todo a una hermanilla chica, hija legítima de su padre, a la que ella cuidaba. Y a su madre, de la que llevaba apartada desde que su padre se la llevó a vivir con él. Su padre fue muy bueno siempre con ella y si la había entregado a su prima doña Isabel fue por el mucho interés que la esposa de Hernando de Soto mostró en llevarla consigo, con la promesa de acordarle un buen matrimonio en aquellas lejanas tierras.

Poco a poco el llanto fue cediendo mientras le venía el recuerdo del mar en aquellos primeros días de travesía, cuando se hacía la más absoluta oscuridad y su rugido no la dejaba dormir. ¿Y si en verdad en estos confines habitan fabulosas criaturas, monstruos despiadados que dicen que acostumbran a devorar a los marineros en las noches de tormenta? Pensaba acurrucada en una esterilla, dentro del estrecho camarote donde dormía con otras damas.

Si las noches eran tan inciertas, en cambio por la mañana todo se alegraba cuando al lado de la embarca-

ción en la que viajaba el adelantado y su familia, se colocaba aquella otra que comandaba Nuño Tovar. Ya desde los días de la Gomera, en las fiestas con las que su padre agasajó a sus invitados, aquel joven y ella comenzaron a amarse. Y aquella felicidad, que tan injustamente hizo caer en desgracia a su esposo delante del gobernador, duró tan poco, que sin darse cuenta se vio obligada a sentir y actuar como viuda, aún mucho antes de serlo.

A ella no le hizo falta que llegaran tan inquietantes noticias para aventurar la desgracia de aquellos hombres, porque cuando en el puerto de La Habana se despidió de su esposo, algo le hizo sentir que iba a ser para siempre.

Por haberlo escuchado tantas veces en los romances, ella bien sabía que hay aves que cuando surcan los cielos los llenan de buenos presagios, como también las hay que oscurecen el destino de los hombres, si acaso se cruzan con ellos. Y aquella mañana de primavera, en la bahía de La Habana, cuando toda la flota estaba a punto de zarpar y desde el fuerte sonaban las salvas de despedida, ella vio que una zumaya, sin duda alterada por tanto estruendo, se posó en uno de los mástiles de la nave donde iba su esposo. Al poco la vio muy cerca de Nuño Tovar, con sus aviesos ojos prendidos de su espalda, y aquello le bastó para saber que nunca más sentiría su cálido aliento, mientras le susurraba al oído tan dulces palabras de amor.

Mientras redactaba estas líneas, Garcilaso tuvo muy presente la visita que Góngora le hizo unos pocos días antes de partir para Las Posadas. Tenían pendiente tratar algunas cuestiones relativas a unos censos del marqués de Priego que los dos compartían, pero en cuanto solucionaron aquel asunto, dejaron de hablar de números y pasaron a la poesía.

En aquella ocasión Luis trajo consigo dos hermosos romances que acababa de escribir. En ambos una niña llora la ausencia de su amor. El estribillo de uno de ellos decía: «*Llorad, cora-*

zón, que tenéis razón». Y en el otro, la niña se sincera con su madre, a la que le explica su dolor, con estas delicadas razones.

En llorar conviertan
mis ojos, de hoy más,
el sabroso oficio
del dulce mirar,
pues que no se pueden
mejor ocupar,
yéndose a la guerra
quien era mi paz,
¡Dejadme llorar,
orillas del mar!

Mientras imaginaba lo que doña Leonor de Bobadilla pudo llegar a sentir durante la ausencia de Nuño Tovar, los ecos de estos dos romances no dejaron de resonar en su cabeza. Siempre que recreaba escenas de las que Silvestre no fue testigo, se dejaba llevar por su imaginación como única brújula. Pero a pesar de lo tentador que resultaba compartirlas con el lector, siempre tuvo muy claro que no acabarían formando parte de esta crónica, porque en su caso el escritor de novelas tenía la batalla perdida frente al cronista de Indias.

Sería mucho más tarde, casi al final de su vida, cuando comprendería que ese género, que durante tantos años aparentó despreciar, contenía la fórmula más adecuada para dar cuenta del paso de los conquistadores españoles por el Nuevo Mundo. Y por ello, aún sin saberlo, a través de las páginas de toda esta crónica había estado a un paso de escribir en realidad una novela de caballerías. Sin duda alguna que al Hernando de Soto que él recreó en su *Florida* muy pocas cosas le separaban de aquel Alonso Quijano, cuya aventura leyó en Córdoba el mismo año de su publicación, en un ejemplar que acabaría siendo enviado al Cuzco.

A nadie que hubiese leído estas dos historias, que curiosamente fueron llevadas a las prensas el mismo año, se le podía escapar que ambos personajes se afanaban por mantener el viejo modelo caballeresco en un mundo, tan alejado ya de aquellas claves que nadie las sabía interpretar. De ahí que cada vez que el adelantado insistía en explicarles a aquellos emplumados jefes indios que las tierras que ellos creían suyas, en realidad le pertenecían por la gracia de Dios Nuestro Señor a un rey que vivía al otro lado del mundo, al que ellos tenían que servir y obedecer, aunque nunca lo llegaran a conocer, sonaba tan disparatado como escuchar al hidalgo manchego proclamar la belleza de Dulcinea por encima de todas las demás damas y pedir a los viajeros con los que se iba encontrando que, aún sin verla y sin que ni tan siquiera aquella dama existiera, lo atestiguaran.

Paradójicamente, el fracaso en nada empañó sus respectivas aventuras, quizá porque estos dos caballeros no eran los responsables de la desaparición de su mundo.

Capítulo XII

Dedicaron los días siguientes a lo acontecido desde que a comienzos de abril de 1541 abandonaron Chicaça, hasta que con la llegada del frío decidieron detenerse en Utiangue, donde pasarían el mejor invierno de todos los que vivieron en la Florida.

En todo ese tiempo la intención del gobernador fue siempre la de dirigirse hacia el norte, para así alejarse cada vez más del mar. Pero antes de que abandonaran sus tierras, los indios de Chicaça les tenían preparada una última emboscada, con la que sin duda pretendían acabar definitivamente con ellos.

Después de caminar durante dos jornadas descubrieron que los estaban aguardando en el fuerte de Alibamo. Tras comprobar que resultaba bastante inexpugnable, no sólo por lo bien construido que estaba, sino por la imposibilidad de entrar en él a caballo, el adelantado mandó dirigir el ataque a los capitanes, Juan de Guzmán, Alonso Romo de Cardeñosa y Gonzalo Silvestre. Cada uno de ellos llevaba consigo un escuadrón formado por tres hombres en hilera.

Y fue mucha lástima que ya en los primeros momentos

*del asedio resultaran heridos de muerte tres caballeros,
cuyos nombres conviene recordar por lo valientemente que
habían actuado en todo momento. Ninguno de los tres
era de más de veinticinco años, Diego de Castro, natural
de Badajoz, Pedro de Torres, vecino de Burgos, y Francisco de Figueroa, nacido en Zafra. Los tres murieron de
igual manera, porque ahora que apenas tenían ropas
con las que cubrirse, a los indios les gustaba dispararles
a las piernas, que era donde solían ir menos protegidos.*

—Las flechas que empleaban eran de arpón de pedernal y
esas causan mucho destrozo. Ellos sabían muy bien dónde dar
para que nos desangráramos sin remedio. ¡Anotad que también hirieron gravemente a Luis Bravo de Jerez!... ¡Tendríais
que haber visto, Garcilaso, a aquellos guerreros cuando se
presentaron a las puertas del fuerte con sus plumajes cubrién-
doles la cabeza, el cuerpo entero pintado a rayas de muchos
colores y el gesto más fiero que os podáis imaginar!

*Con veinte de a caballo, el adelantado se colocó a un
lado de los escuadrones, mientras que al otro iban Juan
de Añasco y Andrés de Vasconcellos, con treinta caballeros. Los caballos arremetieron con tal fuerza contra sus
enemigos, que estos se vieron replegados hasta las mismas puertas del fuerte, por las que acabaron entrando
atropelladamente indios y españoles, envueltos unos con
otros en una sedienta refriega de sangre.*

*La gran saña con la que los hombres de Hernando de
Soto lucharon causó muchas muertes entre los indios y
desbarató sus propósitos. Tras aquella encarnizada batalla, los que sobrevivieron se vieron obligados a huir.*

—¡Nos vengarnos por todas las penalidades que nos hicieron pasar durante aquellos cuatro largos meses, en los que no
hubo noche en la que no nos arrebataran el sueño, al menos
dos o tres veces! Desde entonces yo ya no sé dormir más que a

ratos cortos. Incluso hay ocasiones en las que me dan las claras sin haber pegado los ojos. ¡Y no sabéis el infierno que es eso, amigo mío!

A Garcilaso no le resultaba difícil imaginar a qué tipo de infierno se refería, porque en su caso el insomnio lo arrastraba ya desde niño. Quizá en un principio se debiera a las difíciles situaciones que con muy pocos años vivió durante la guerra civil y cada vez que su padre se ausentaba para participar en una contienda, los dejaba solos a su madre y a él en aquella gran casa, que se llenaba de extraños ruidos por las noches. En una ocasión estuvieron a punto de perder la vida, cuando los enemigos del capitán Garcilaso entraron en ella con las peores intenciones y apenas si su madre tuvo tiempo de huir con él en los brazos, hasta encontrar refugio en la casa de un vecino. Tampoco le ayudaría mucho a conciliar el sueño el haber visto las cabezas de Gonzalo Pizarro y de otros notables conquistadores expuestas a la vista de todos, dentro de jaulas. También desde que su madre fue obligada a marcharse, le costaba mucho dormir, ahora que ella ya no venía a contarle alguna leyenda antes de darle el beso de buenas noches.

No solo su madre le contaba viejas historias, también sus parientes cuando lo visitaban recordaban entre lágrimas todo aquello que habían perdido. Y de entre todos, era sin duda un tío de su madre el que mejor le enseñó a conocer y amar a su pueblo. A través de su relato el pequeño mestizo, de nombre tan largo como extraño a los sonidos del quechua, acabó sabiendo sin que nadie se lo tuviera que explicar qué significaba la palabra derrota. Porque la vio muchas veces dibujada en el dulce rostro de su madre y en especial en el de su tío, cada vez que le hablaba de los orígenes del mundo, cuando Manco Cápac y Mama Ocllo salieron de las espumas del lago Titicaca y caminaron sin descanso hacia el Norte, provistos de un bastón de oro que les serviría para encontrar el lugar destinado a la fundación de un imperio dedicado al sol. Tras mucho caminar llegaron al lugar elegido y allí construyeron la ciudad del

Cuzco y en ella su familia reinó desde su fundación hasta que los españoles le arrebataron el poder a su primo Atahualpa.

En la blanda y dorada arena del patio de la casa del capitán Garcilaso, el tío de su madre solía dibujarle un mapa, que él tímidamente recorría con el dedo.

—Nuestro imperio recibió el nombre de Tahuantinsuyo y era tan vasto, que estuvo subdividido en cuatro suyos: al norte, Chinchaysuyo; Collasuyo, al sur; Antisuyo, al este y al oeste, Contisuyo. Su capital estaba aquí, exactamente donde tú y yo ahora nos encontramos.

Y él miraba con asombro el hoyito que en medio de aquel enorme cuadrado hacía su tío, como un ombligo que le hubiera salido a la tierra.

Gracias a tan detalladas y precisas narraciones, el pequeño Gómez Suárez de Figueroa muy temprano tuvo la certeza de que a aquellos príncipes y princesas, ahora sometidos y humillados, solo les quedaban las palabras. Porque con ellas se obró el prodigio de que sus dioses, sus leyes y sus costumbres le llegaran a él, para que nunca olvidara que era el hijo de la princesa Chimpu Ocllo, hija de la Palla Cusi Chimpu y de Hualpa Túpac Inca, cuarto hijo legítimo del emperador Túpac Inca Yupanqui y de la Coya Mama Ocllo.

En aquellos días de su lejana infancia todavía no era consciente del deber que había contraído con su pueblo. Pero desde que llegó a Montilla, cada vez fue viendo con más claridad que aunque sólo fuera a través de las palabras, tenía que regresar a su amada tierra para contar su historia con el mismo cuidado y detalle con los que a él le había llegado de boca de los apenados familiares y amigos de su madre.

La voz del capitán Silvestre lo sacó de sus pensamientos.

—No sé si habéis mencionado el duelo que mantuvieron un indio de Alibamo y un hidalgo montañés llamado Juan de Salinas.

Garcilaso no tardó en encontrar entre sus papeles aquel pequeño episodio, en el que se contaba cómo un indio de los que sobrevivieron al asalto, cuando iba ya de retirada hacia el rio, pidió batirse en duelo con un español.

De entre los españoles que oyeron el reto, salió muy valerosamente como voluntario el referido Juan de Salinas, que se colocó enfrente de aquel guerrero indio.

Se hizo un profundo silencio cuando el español preparó su ballesta y el indio tensó su arco. A un mismo tiempo los dos dispararon. El indio cayó de inmediato, porque el tiro de su rival le llegó certero a la mitad del pecho. Mientras que Juan de Salinas recibió un flechazo que le atravesó la oreja y parte del cuello, sin que con ello le llegara a causar la muerte.

Al tiempo que los otros indios retiraron del campo de batalla a toda prisa el cuerpo de su compañero, el montañés regresó ante los suyos por su propio pie, muy orgulloso de poder mostrar una herida tan bien ganada.

Cuatro días permanecieron en Alibamo para que los heridos se fueran recuperando lo suficiente como para poder retomar la marcha y con ello abandonar definitivamente tan ingrata provincia.

Llegaron hasta una población llamada Chisca, que se hallaba a orillas del rio más grande que vieron durante toda su estancia en la Florida. Tanto era así que dieron en llamarlo Rio Grande, aunque los indios de aquella región le decían Chucagua y con el paso del tiempo se le conocería como Misisipi.

—¡Qué poco podía imaginar entonces el gobernador que su destino quedaría unido a ese rio para siempre!

Garcilaso notó por aquel comentario que a Silvestre cada vez le pesaba más el recuerdo de los sucesos que se fueron produciendo en esta última etapa de la expedición.

—En Chisca fuimos unos bellacos... ¡Llegamos todavía tan cegados por el odio que en nosotros habían provocado los habitantes de Chicaça, que hicimos que lo pagaran aquellos inocentes indios, cuyo jefe era un viejo indefenso!

Al ver la furia con la que saquearon sus casas y haciendas, los indios de Chisca sintieron un terror inmenso hacia aquellos hombres nunca antes vistos, que montaban unos peligrosos animales.

A pesar del arrojo con el que intentaba luchar contra los españoles, su anciano cacique fue detenido por sus mujeres y gentes de servicio, porque todos en la ciudad pensaban que era mejor no enfrentarse a tan fieros invasores, para así al menos intentar evitar que arrasaran también sus campos, en los que la cosecha ya despuntaba.

Cuando el gobernador comprendió su error, intentó subsanarlo con la devolución íntegra del saco a las gentes de Chisca. Mucho se arrepintieron todos de su vil actuación, porque a estas alturas cada vez eran más conscientes del poco bien que las guerras les procuraban. Llevaban dos años sin parar de luchar, enfrentados a ejércitos implacables y a una naturaleza desconocida, que les obligaba a cruzar tanto desiertos, como ciénagas, en muchas ocasiones sin apenas víveres, ni ropas, ni tampoco esperanza. Porque cada vez, sin que hiciera falta que lo dijeran, los españoles sentían más cerca de ellos el fracaso.

Recorrieron tantas regiones con tantas lenguas diferentes, que llegaron a necesitar hasta catorce o quince intérpretes en las entrevistas que el gobernador mantenía con sus caciques. Muy largas y dificultosas resultaban estas sesiones, desde que comenzaba Juan Ortiz a hacer la primera pregunta y, uno a uno, los restantes lenguas iban formulándola. Y cuando el cacique daba su respuesta, sus palabras debían de regresar hasta Ortiz, atravesando para ello de nuevo aquella selva de sonidos diferentes.

—Durante las cinco jornadas en las que nos detuvimos en Chisca, el cacique no quiso entrevistarse con el gobernador. Tan solo accedió a ello el último día, quizá para estar seguro de que no volveríamos nunca más a pisar sus tierras.

Al dejar Chisca caminaron rio arriba, no más de tres leguas en cada jornada, ya que el estado en el que se hallaban muchos de los heridos de Alibamo hacía imposible ir más deprisa. Al cuarto día encontraron por fin un buen paso para el Rio Grande, porque hasta entonces su ribera había estado tan llena de maleza, que resultaba imposible acceder al agua. Como sin duda era ese un buen paso, al otro lado del rio ya se encontraban apostados un gran número de indios en actitud desafiante.

Aunque los capitanes que en nombre de su cacique hablaron con el gobernador dijeron elegir la paz, no dejaron por ello de importunarlos durante los veinte días que los españoles invirtieron en construir las barcas que los debían trasladar a la otra ribera.

—¡Era digno de ver cómo trabajamos en la construcción de aquellas naves, mano a mano, desde los capitanes más principales hasta los soldados más modestos! Por la noche nos cuidábamos mucho de protegerlas de los indios que acudían a todas horas a importunarnos. Cuando las tuvimos terminadas cruzamos sin dificultad el Rio Grande y nos adentramos en las tierras de la provincia de Casquin.

Por esos días en Las Posadas comenzó a llover y no dejó de hacerlo durante casi una semana. La casa del capitán Silvestre se llenó de humedad y desde el huerto llegaba un fresco olor a tierra mojada. El recio sonido de las gotas golpeando en las losas del patio, hacía que a Garcilaso se le encendiera el ánimo, porque la lluvia le agradaba en extremo y escribir acompañado de sus aromas y envuelto en su luz, le resultaba muy estimulante.

Precisamente estaba ultimando el episodio en el que los españoles junto con los indios de Casquin realizaron una procesión con la Santa Cruz, para rogar que la lluvia regresara a sus campos.

Habían sido los propios indios los que le pidieron al gobernador que implorara ante su Dios, para acabar con una sequía que amenazaba seriamente sus cosechas. Y para ello se construyó una enorme cruz de madera ante la que todos, indios y cristianos, se arrodillaron al acabar una procesión que recorrió la ciudad y los huertos, acompañada en todo momento del piadoso sonido de los rezos y cánticos que entonaban los españoles y los indios imitaban lo mejor que podían.

Y quiso el cielo que lloviera dos días después de aquella impresionante ceremonia y con ello los casquines no dudaron de la buena relación que el gobernador mantenía con su Dios.

Mientras ultimaba la redacción de este singular episodio, oyó ruidos en el corral trasero de la casa y al asomarse desde su ventana, vio al capitán Silvestre afanado en poner a cubierto unos pesados troncos, sin que nada le protegiera de la incesante lluvia que en aquellos momentos caía. Aunque el agua bañaba su rostro y las ropas se le pegaban al cuerpo, él se comportaba como si luciera el más cálido sol de una mañana de primavera. Observándolo actuar así en su vejez, no costaba mucho imaginarlo a los veinte años, llevando el caballo a la rienda en plena noche, con frio y hambre de días, o atravesando heladas ciénagas o desiertos abrasadores, como si aquello no costara esfuerzo alguno. Garcilaso de niño pensaba que los conquistadores tenían mucho más de gigantes que de hombres. Y quizá aquella ilusión infantil se había colado ahora en estas páginas, con las que quizá sus lectores pudieran llegar a pensar que exageraba en extremo. Pero al momento desterró ese temor, ya que estaba bien seguro de no haber incurrido en semejante debilidad, al haberse limitado en todo momento tan solo a recoger lo que el capitán Silvestre le contó.

Tiempo después de aquel último encuentro y mucho antes de que saliera publicada *La Florida del Inca*, llegarían a sus manos dos relaciones más, escritas por otros dos supervivientes. Y salvo en pequeños detalles, aquellos dos testimonios confirmaban en todo punto la versión dada por Gonzalo Silvestre.

Para entonces Garcilaso ya había dejado Montilla y se había instalado definitivamente en Córdoba. Una de las relaciones se la envió desde la cercana villa de Priego, Alonso de Carmona, natural de esa ciudad e hijo del escribano Juan de Carmona, que se embarcó en la expedición como miembro de la guardia de Hernando de Soto y más tarde, al igual que hiciera Gonzalo Silvestre, marchó al Perú, donde vivió más de veinte años. En la ciudad de Potosí hizo una importante fortuna, lo que le permitió regresar en 1572 a su ciudad natal en compañía de sus dos hijos mestizos, Alonso y Leonor de Carmona. En Priego compró fincas, impuso censos e incluso llegó a ser alcalde y mayordomo de la cofradía de la Veracruz. Allí residió hasta su muerte, acaecida en 1591.

Sin ningún fin literario, sino más bien para dar a conocer a familiares y amigos sus aventuras americanas, Carmona contó su paso por la Florida y el Perú en dos relaciones, que hizo llegar a manos de Garcilaso, sin que supiera que este ya había redactado la crónica de su primera expedición. Aunque los sucesos no estaban ordenados en el tiempo, ni se hacía mención alguna a las provincias por las que fueron pasando, aquellos ocho pliegos y medio de papel, escritos con letra muy recogida, le sirvieron para confirmar la veracidad del testimonio del que hasta ahora había sido su único relator.

También quiso la fortuna que por esas mismas fechas, el propio Garcilaso hallara en una imprenta cordobesa, cubierto de polvo y bastante carcomido, un manuscrito que le reservaba la sorpresa de ser una tercera relación de la Florida, firmada por un tal Juan Coles, natural de Zafra, del que no consiguió saber nada más.

Tras leer con detenimiento esas dos relaciones, revisó de nuevo su manuscrito con el fin de incorporar a él todos aquellos destalles que no le hubiera aportado Silvestre o que variaran en la versión dada por estos otros dos testigos. Y para que quedara constancia de ello, en el texto definitivo dejó perfectamente fijado qué informaciones provenían de las relaciones de Carmona y Coles y en qué coincidían o variaban con respecto a la de Silvestre.

Para cuando en 1605 de las prensas que Pedro Crasbeeck tenía en la ciudad de Lisboa saliera a la luz *La Florida del Inca*, ni Silvestre ni Carmona vivían ya y muy probablemente Coles tampoco, por lo que ninguno de los tres pudo ver su aventura convertida en una crónica de indias.

Capítulo XIII

Cuando los españoles decidieron abandonar Casquin para continuar su camino en dirección a la provincia vecina de Capaha, el cacique imploró al gobernador que aceptara la compañía de su ejército. De ese modo, según sus palabras, los españoles contarían con protección frente a aquellas belicosas gentes. Aunque en realidad lo que pretendía era lo mismo que unos meses antes el cacique Cofaqui, cuando mandó al general Patofa acompañarlos hasta las tierras de Cofachiqui.

En los dos casos, tanto los indios de Cofaqui, como ahora los de Casquin, estaban tristemente acostumbrados a sufrir constantes ataques de sus vecinos, que también en ambos casos eran mucho más valientes y buenos guerreros que ellos. Hasta donde la memoria les alcanzaba, los casquines habían sufrido tantas humillaciones, derrotas y esclavitud por parte de los capahas, que pensaron que con la ayuda de los españoles podrían darles un buen escarmiento. Y también en esta ocasión el adelantado aceptó la compañía que se le brindaba.

Con el pretexto de ir preparándoles el alojamiento diario, el cacique de Casquin y sus hombres partían por delante de los españoles. Tras cada jornada, los dos ejércitos acampaban por separado y disponían de sus propias centinelas. A pesar de sus constantes declaraciones de amistad, los españoles permanecían toda la noche muy atentos a cualquier movimiento en el campamento indio.

En la tercera jornada llegaron hasta la gran ciénaga que servía de frontera entre las dos provincias. Y dos días más tarde de haberla cruzado divisaron la hermosa ciudad de Capaha, que estaba construida en un alto, toda ella fortificada y rodeada casi por completo del agua de un amplio canal que comunicaba directamente con el Rio Grande.

Cuando el cacique de Capaha supo que sus enemigos habían entrado en la ciudad sin que sus soldados estuviesen prevenidos, optó por huir a través del canal hasta el Rio Grande, donde disponía de una isla que le servía de fuerte. En su apresurada marcha, dos de sus esposas y muchas de las gentes de servicio no pudieron seguirle, quedando a merced de las tropas enemigas, que recorrieron la ciudad con tanta sed de venganza, que en muy poco tiempo asesinaron a muchos y destruyeron todo lo que encontraron a su paso. Especialmente despiadados se mostraron con las casas del cacique y más aún con el lugar destinado al enterramiento de sus antepasados. Llegaron incluso a sacar a los muertos de los arcones donde reposaban y sustituyeron las cabelleras de los suyos, que adornaban como trofeos la entrada de aquel templo, por las de los propios indios capahas a los que acababan de dar muerte.

Mientras el cacique Casquin y sus guerreros sembraban el terror en la ciudad, los españoles aún iban de camino hacia ella.

Tan ajeno estaba el gobernador a los desmanes de sus aliados, que a su llegada no dudó en mandar mensajes de amistad al cacique Capaha. Ante el poco éxito de sus embajadas, Hernando de Soto aceptó participar en el asalto a la isla fortaleza. Se habían dispuesto para ello *sesenta canoas, de las que se acordó que veinte fueran ocupadas por unos doscientos españoles.*

Cuando todo estuvo preparado, aquella armada tan singular se dirigió por las aguas del Río Grande hasta la isla donde Capaha y su ejército les aguardaban. A la dificultad que provocaba la densa vegetación de zarzas que la rodeaba casi por completo, se unía lo bien protegido que estaba su fortín gracias a los dos palenques que lo flanqueaban.

A pesar de que los asaltantes consiguieron superar el primer palenque, los capahas reaccionaron con tanto ímpetu en la defensa del segundo, que lograron amedrentar a los soldados casquines de tal modo, que los obligaron a regresar a las canoas. Fue tal su cobardía que incluso intentaron llevarse también las veinte barcas en las que habían cruzado los españoles. De nada sirvieron las voces con las que el gobernador y su cacique les instaban a seguir luchando, porque aquellos viles soldados huyeron, dejando solos a los doscientos españoles frente a tantos enemigos.

Quiso la fortuna que el cacique Capaha ordenara entonces a sus hombres que dejaran de luchar contra los soldados del gobernador. En respuesta, Hernando de Soto mandó que los indios casquines abandonaran de inmediato aquellas tierras y regresaran a las suyas sin perder tiempo, porque los españoles no iban a consentir más desmanes, ahora que habían establecido su amistad con los habitantes de Capaha.

Muy descontentos, los casquines regresaron a su tierra sin su cacique, que prefirió permanecer al lado del gobernador.

Al día siguiente Capaha entró en la ciudad y antes de visitar a Hernando de Soto, que se alojaba invitado por él en una de sus casas, entró en el templo donde estaban enterrados sus antepasados. Lloró en extremo al ver aquel destrozo y con ayuda de sus soldados y criados, procuró restaurar la dignidad que merecía aquel lugar.

A pesar de lo tensa que fue la entrevista que mantuvieron los dos caciques, el gobernador consiguió finalmente que acordaran entre ellos la paz, en nombre de sus dos pueblos.

—¡A la legua se notaba que en cuanto nosotros nos fuéramos, iban a volver a las andadas! Fingieron la paz para estar a bien con el gobernador y evitar así que tomáramos partido por unos o por otros. —sentenció con rotundidad el capitán Silvestre.

Antes de que dieran por concluida la revisión de este episodio, Silvestre le pidió que no dejara de contar lo que le sucedió a uno de los capitanes que participaron en el asalto a la isla fortaleza. Como Garcilaso nunca antes le había oído mencionarlo, se aprestó a tomar nota de todo lo que le fue contando.

—Era un caballero de Villanueva de Barcarrota, llamado Francisco Sebastián, muy bien parecido, que poseía un ánimo siempre muy alegre y gustaba en extremo de hacer chanzas a todas horas... También se complacía mucho en ponernos al tanto de sus aventuras militares en Italia, de las que guardaba un excelente recuerdo. Y precisamente durante aquella travesía por el Río Grande iba contándoles a los que lo acompañaban en una de aquellas veinte canoas lo mucho que echaba de menos Italia, sobre todo por lo bien que siempre fueron recompensados allí sus trabajos militares. Mientras que en la Florida, aseguraba que nada se ganaba con guerrear a todas horas con unos indios que no disponían de riqueza alguna que ofrecer. Y también les confesó que por lo que más lamentaba estar en aquellas tierras tan llenas de ríos y ciénagas, era porque en una ocasión un astrólogo de Argel le advirtió que tuviera mucho cuidado con los lugares que tenían agua, porque iba a morir ahogado... Y dio la casualidad de que en ese preciso momento la canoa se acercó a la orilla y como él se dispuso a bajar el primero, fue a clavar su lanza en el fondo del agua, al tiempo que saltó tan raudo, que sus pies no llegaron a tocar tierra, ni pudo agarrarse a nada, como tampoco dio tiempo a que alguno de los que a su lado estaban lo pudieran socorrer. Porque el peso de su cota de malla hizo que Francisco Sebastián se hundiera sin remedio en las aguas del Rio Grande, ante la mirada atónita de los que con él estaban.

Y a Garcilaso como le pareció una historia digna de ser recogida en la crónica, anotó con detalle todo lo que le acababa de referir Gonzalo Silvestre.

—También me ha faltado deciros que las dos esposas del cacique que no pudieron huir con él, le fueron devueltas cuando se acordó la paz... ¡Eran dos mujeres hermosísimas de no más de veinte años!... A pesar de la mucha alegría que le dio recuperarlas, Capaha le dijo al gobernador que se las regalaba, porque después de haber estado en manos de sus enemigos ya no eran dignas de ser sus esposas. Y como Hernando de Soto no las quiso para sí, el cacique le propuso que se las diera a dos de sus capitanes.

También incluyó este apunte, en el que los indios de la Florida demostraban lo mucho que coincidían con los españoles, a la hora de tratar cuestiones de honra.

Continuó Garcilaso con la lectura de aquel episodio hasta que llegó al punto en el que se explicaba que después de que el gobernador enviara a dos de sus hombres a buscar sal hasta el interior de la provincia de Capaha, decidió regresar de nuevo hasta Casquin, en vez de continuar hacia el Norte.

El gobernador mandó a Pedro Moreno y Hernando de Silvera, que eran los dos naturales de Galicia, a buscar sal a una zona bastante alejada, en la que por lo visto se daba en abundancia.

Los acompañaban una partida de indios y dos mercaderes que afirmaron que en el mismo lugar donde hallarían la sal, también había oro. Pero de nuevo, como en tantas otras ocasiones, el oro no era más que

azófar. Afortunadamente lo que sí encontraron en abun-
dancia fue sal, que por faltarles desde hacía varios meses
ya había causado alguna muerte en el campamento.

Según lo que contaron, aquella tierra era tan seca y
áspera, que el gobernador decidió volver a Casquin en
compañía de su cacique y desde allí poner rumbo hacia
poniente.

—En Casquin descansamos cinco días antes de partir rio
abajo en dirección hacia la provincia de Quiguate.

Durante las cuatro jornadas que tardaron en llegar a
su capital, pasaron por unas tierras tan fértiles y her-
mosas, que levantaron el ánimo de todos los miembros
de la expedición. Sin duda que el Río Grande hacía de
los campos que bañaba una de las regiones más amables
de todas aquellas por las que habían pasado en estos dos
años de duros trabajos.

Aunque los indios de Quiguate los recibieron de paz,
al día siguiente huyeron para de nuevo regresar, sin
que llegaran los españoles a entender su actuación. Por
más que pidieron disculpas al gobernador por aquella
extraña reacción, a partir de ese momento Hernando de
Soto sintió mucha desconfianza hacia ellos y no bajó la
guardia en los días en los que todavía permanecieron en
la ciudad, mientras reunían los bastimentos necesarios
para continuar su marcha.

Resultaba inevitable que Silvestre y Garcilaso se detuvieran
a comentar lo ocurrido a la hora de un cambio de guardia,
durante la tercera noche que pasaron en Quiguate.

Y fue precisamente por lo que el ayudante del sargento
mayor, que se llamaba Pablos Fernández, se presentó en
plena noche ante el gobernador, para quejarse de que

Juan Gaytán rehusaba hacer el turno de guardia que le correspondía, aduciendo que era tesorero real.

Aquel gesto de insubordinación le hizo a Hernando de Soto recordar que Gaytán fue el responsable de la conspiración que le obligó a cambiar de planes. Y si entonces calló por prudencia y disimuló acerca de cuál fue la verdadera razón por la que no fueron al encuentro de las naves, ahora era tal la rabia que sentía ante la actitud de nuevo provocadora del tesorero, que inmediatamente se vistió y salió a la puerta de la casa donde estaba alojado, que por ser la del cacique estaba en un alto y permitía que sus quejas llegaran con nitidez a todos los rincones de la ciudad.

—¿No os bastó con conspirar en Mauvila?¿Es que todavía hay alguien en mi ejército al que le tenga que recordar que hemos venido a conquistar esta tierra y que de aquí no saldremos hasta que no lo hayamos conseguido?¿Queréis acaso despertar la compasión de las gentes de Cuba o México, al veros llegar a sus costas, pobres y arruinados, cuando podéis ser los amos de todas estas ricas provincias?... ¡Que a partir de ahora nadie olvide que aquí hemos venido a ganar o a morir!

Lanzadas al aire húmedo de la noche, con el potente bramido del Río Grande de fondo, aquellas airadas palabras fueron la manera de decirse a sí mismo que todo lo que había hecho hasta ahora no era fruto de un error. Porque lo que Hernando de Soto iba buscando en su triste deambular por las vastas tierras de la Florida no era otra cosa que su destino.

Cuando llegaron a la provincia de Colima los indios los recibieron de paz, pero al igual que habían hecho los de Quiguate, se internaron en el bosque sin que en esta ocasión nada les hiciera regresar.

Mientras recogían los bastimentos necesarios, algunos soldados se acercaron a la orilla del río y descubrieron una arena azul, que era salobre y bien distinta de la blanca que suele cubrir la ribera. Tras calentarla, consi-

guieron hacer sal y a partir de entonces ya no temieron nunca más su falta. Por ello, a aquella provincia la llamaron de la Sal.

Tras abandonar Colima, entraron en Tula. Recorrieron cuatro jornadas de camino, en las que pasaron por tierras muy agrestes hasta que llegaron a un hermoso valle desde el que se divisaba la capital de aquella provincia. Mientras dejó al grueso del ejército instalando allí el real, el gobernador se adelantó con cien caballos y setenta infantes.

Al estar flanqueada por dos ríos, Tula era una ciudad muy hermosa, rodeada toda ella de campos muy fértiles. Una vez allí, fueron muy mal recibidos, por lo que no tuvieron más remedio que sacar las armas. Fue muy grande sorpresa para los españoles descubrir que luchaban por igual hombres y mujeres, cuya ferocidad y valentía en muchas ocasiones superaba la de sus compañeros.

Una vez dentro de la ciudad, el combate se volvió más encarnizado, en gran medida gracias a las mujeres, que defendían sus casas con denuedo. Como bien pudo comprobar un caballero de León, llamado Francisco Reinoso Cabeza de Vaca, cuando se vio atacado por cinco guerreras que se habían refugiado en el desván de una casa. Se lanzaron las cinco con tanta saña sobre él, que acabaron derribándolo. Al ceder el techado por la violencia de la refriega, a Reinoso se le quedó encajada una pierna y aquella ocasión fue aprovechada por ellas para golpearle con tanta rabia, que a punto estuvieron de quitarle la vida, si no es porque aparecieron tres compañeros, que consiguieron rescatarlo, tras darles muerte a las cinco.

—También recuerdo, como si ahora mismo lo estuviera viendo, a un capitán de ballesteros, que era de Usagre y se llamaba Juan Páez, al que un indio le arrebató la lanza de picas y con ella le golpeó tan fuertemente en la boca, que lo dejó sin dientes.

Regresó el general al campamento con muchos heridos y la sensación de que los indios de Tula eran quizá de los más fieros con los que hasta ahora se habían encontrado. Y no solo llamaban la atención por su ferocidad, porque en su aspecto físico no guardaban relación alguna con las gentes de las provincias que llevaban vistas. Si en los demás pueblos destacaba la belleza y altura de sus cuerpos, aún más hermosos al adornarlos con vistosos tocados de plumas y lucidas capas de finísima piel, en cambio los de Tula hacían todo lo posible por afearse en extremo.

Desde que nacían hasta que cumplían nueve o diez años, vendaban sus cabezas de modo que quedaban estrechas y sumamente alargadas. Rayaban también con pedernal la piel de sus cuerpo y rostros, para con ello dejarla completamente dibujada y ennegrecían sus labios y el interior de la boca con un tinte que les daba un aspecto feroz.

La cuarta noche se desató una terrible batalla en la que el peor enemigo era sin duda alguna la oscuridad, que hacía que ni españoles ni indios supieran bien contra quién estaban luchando. Por ello unos acordaron identificarse diciendo el nombre de la Virgen María y el del apóstol Santiago, mientras que los otros lo hicieron a través del nombre de su provincia. A los hombres de Hernando de Soto les sorprendió mucho que los indios incorporaran una nueva arma de ataque con la que consiguieron dar muy buenos golpes a los castellanos. Porque gracias al indio que le quitó la lanza de picas a Juan Paéz en la incursión que hizo el gobernador el primer día, todos ellos descubrieron su poderoso efecto y decidieron hacer muchas réplicas de ella. Por más que los alancearon y mataron en gran número, los indios de Tula continuaron peleando con fiereza hasta la llegada del día. Tan solo entonces se retiraron a los bosques vecinos, huyendo así del temible ataque de los caballos.

Aquellas gentes de Tula preferían morir antes que ser esclavos. Los pocos a los que lograron capturar se tendían en el suelo y les pedían a gritos la muerte, porque, según decían, los españoles no iban a conseguir nada de ellos.

—¡Y así fue sin duda alguna! Tan solo logramos llevamos a una india que le pertenecía a un soldado de León que se llamaba Juan Serrano. Y en todo el tiempo en el que estuvo a su servicio no hubo modo alguno de que hiciera lo que él le decía. ¡Era tan brava y desconsiderada con todos nosotros, que mucho agradecimos que un día huyera del campamento y no la volviéramos a ver más!

Pasados veinte días, cuando se recuperaron de sus muchas heridas, pusieron rumbo hacia la vecina región de Utiangue donde decidieron invernar, al ver que aquella tierra disponía de todo lo necesario para ello.

Llegados a este punto, el capitán Silvestre fue enumerando, una tras otra, las muchas excelencias, que durante los cinco meses que en ella permanecieron, les ofreció la fértil y hermosa provincia de Utiangue. Tras escucharlo, al Inca le pareció oportuno incluir el siguiente comentario.

Los españoles buscaban infructuosamente el oro, sin darse cuenta del inmenso tesoro que les estaban ofreciendo todas aquellas vastas y ricas tierras, en cualquiera de los hermosos parajes por los que fueron desgastando sus pasos. En las comarcas que bañaba el Río Grande y también en las tierras de Cofachiqui o en las del cacique Mucoço o en las de Coça y en tantas otras partes, ellos no descubrieron a tiempo que habían llegado a su destino y cuando por fin tuvieron esa certeza, ya fue demasiado tarde.

—Estos indios no sienten interés alguno por los metales a los que nosotros llamamos preciosos. Fijaos si son desapegados que en varias ocasiones he oído contar que cuando alguno de ellos se ha encontrado en las playas con talegos de plata de los barcos naufragados, los han vaciado para llevarse solo las bolsas... No creo que ningún indio de aquellos que habitan la Florida entendiera por qué nosotros perseguíamos con tanto afán aquel metal amarillo que ellos no sabían distinguir en nada del azófar.

Garcilaso compartía la reflexión que acababa de hacer el capitán, ya que sin duda suponía una importante diferencia entre los indios de la Florida y los de su tierra.

—En el Cuzco todo fue muy distinto para los españoles, porque mis antepasados habían creado un imperio muy bien organizado, con unas leyes y unas costumbres tan bien trazadas, como las de la mismísima Roma... No hay que olvidar que en lo único en lo que los viracochas superaban a los Incas era en el hecho de que la Providencia divina estaba de su lado. En cambio, los indios de la Florida viven en una antigüedad aún mayor, al no formar parte de imperio alguno. Habitan en pequeñas regiones, ajenos a que con la llegada de los españoles el mundo se ha vuelto un lugar del que ellos inevitablemente ya forman parte.

Ahora que la luz de la tarde se estaba yendo y la penumbra envolvía la estancia donde se hallaban, entre ellos seguía discurriendo aquella calmosa conversación, plagada de viejos recuerdos. Mientras, en el patio la lluvia repicaba mansamente y el aire se llenaba de nostalgia.

Capítulo XIV

Apenas faltaba una semana para su partida cuando Garcilaso reunió todo lo que sobre los últimos días de Hernando de Soto llevaba escrito. Se encontró con el capitán Silvestre a primera hora del que iba a ser un largo día de trabajo.

Partieron de Utiangue a primeros de abril de 1542. Atrás dejaban el mejor de los inviernos, en una tierra que de todo tenía para haberla poblado y que sin embargo abandonaron con la misma ligereza con la que llevaban tres años desechando todos los lugares por los que fueron pasando.

A estas alturas, Hernando de Soto comenzaba a temer que quizá sus hombres y él estuvieran condenados a vagar eternamente, sin encontrar nunca el consuelo que da la tierra, cuando detiene nuestros pasos.

Cada vez más cansados de su oficio de conquistadores, cada vez con menos ganas de combatir contra unos indios que defendían su tierra de la codicia ajena. Cada vez más enfermos y heridos y cada vez menos, porque de los casi mil gentiles y esforzados soldados que partieron de Sanlúcar en el tiempo de las aguas vivas de 1538, ya no quedaban ni siquiera la mitad de ellos. Sin apenas

caballos, ni armas, ni ropas y sin esperanza alguna en el
éxito de aquella conquista, se echaron de nuevo a andar
hacia ninguna parte. Recorrieron las tierras de Nagua-
tex, Guancane, Anilco y Guachoya mientras iban gas-
tando sus últimas esperanzas.

—En Naguatex fue donde Rodrigo de Guzmán nos abandonó para quedarse definitivamente a vivir con la hija del
cacique a la que se había jugado en una partida de naipes.

Una vez que desistieron de recuperar al español, tras
cinco jornadas de incansable marcha llegaron hasta la
provincia de Guancane. Desgraciadamente estos indios
no resultaron tan amigables como lo habían sido los de
Naguatex. Desde que los vieron asomar por sus tierras,
no hicieron más que presentarles continua batalla. Pero
para entonces los españoles disponían de tan pocos caba-
llos y armas que aunque no fuera propio de su valerosa
naturaleza, hicieron todo lo posible por rehusarlos.
Tan solo ocho días tardaron en recorrer aquella pro-
vincia en la que se fueron encontrando con cruces de
palo colocadas en los tejados de todas las casas. Ello se
debía a que hasta aquella lejana región había llegado,
tiempo atrás, noticia de los milagros de Cabeza de Vaca.
Como se decía que aquel español era capaz de curar
tan solo con hacer esa extraña señal sobre la frente de los
enfermos, los indios de Guancane no dudaron en uti-
lizarla para proteger de todo mal sus hogares, sin que
nunca llegaran a conocer su verdadero significado.

—A los lectores esto, amigo Garcilaso, les dará idea de
la buena predisposición que aquellos indios tienen para ser
convertidos a la fe. Nosotros apenas lo intentamos, porque el
gobernador acordó con los sacerdotes y frailes que nos acompañaban, que predicarían y los bautizarían, una vez que nos
hubiéramos asentado allí.

Desde Guancane el adelantado se propuso regresar al Río Grande por otra ruta que les permitiera visitar nuevas tierras. Para entonces ya estaba convencido de que la única oportunidad que le quedaba de salvar la expedición pasaba por construir un primer asentamiento antes de que terminase aquel verano. Y el mejor sitio para ello era sin duda a orillas del Río Grande, porque por su ancho cauce podrían navegar cuantos barcos se quisiese, desde allí hasta puertos de México y Cuba, de los que se traerían los bastimentos necesarios para poner en marcha la primera ciudad española de la Florida.

Asediado por la angustia, eran muchas las noches en las que Hernando de Soto no podía dormir, sobre todo cuando pensaba que si la muerte le sorprendía antes de poblar, se tardaría mucho tiempo en juntar de nuevo tanta gente y tantas ganas, como las que su esposa y él habían conseguido reunir en aquella ocasión.

—¡Hasta los indios de servicio que nos acompañaban ya sospechaban que quizá todo estuviera perdido!... ¿Pero de qué nos valía lamentarnos? ¡De nada servían ya las palabras!... Los había que rezaban y otros, maldecían su suerte, pero todos lo hacíamos en silencio.

Tras abandonar Guancane en dirección a poniente recorrieron hasta siete provincias más. Cuatro de ellas eran muy fértiles, mientras que las otras tres lo eran en mucha menor medida. Quizá por ello estuvieran estas últimas tan poco pobladas. Era tanto el deseo que tenía el adelantado de llegar cuanto antes a orillas del Río Grande, que no se detuvieron en ningún lugar de los muchos por los que fueron pasando.

—De ahí que no recuerde el nombre de ninguna de aquellas siete provincias… Porque ni siquiera en los lugares en los que nos recibían de paz nos paramos a descansar.

*Habían recorrido ciento veinte leguas, cuando entraron
en la provincia de Anilco. Y aún tardaron treinta más
en llegar a su capital, que era una hermosísima ciudad,
asentada a orillas de un rio más grande que el Guadalquivir, que resultó ser afluente del Río Grande.*

—Nos recibió el cacique y todo su ejército a las puertas
de la ciudad. Al verlos en formación, nos vimos obligados a
preparamos para la inminente batalla... ¡Pero cuál no sería
nuestra sorpresa cuando después de permanecer como esta-
tuas frente a nosotros durante un buen rato, todos huyeron,
en canoas o a nado, hasta la otra orilla del río! Entonces com-
prendimos que nos habían entretenido mientras toda la gente
de la ciudad conseguía huir de ella. Durante los cuatro días
que permanecimos allí, su señor no atendió a ninguna de las
embajadas que el gobernador le mandó.

*A duras penas construyeron unas cuantas balsas con
las que cruzaron el río en dirección a la vecina provincia de Guachoya, cuya capital se extendía en lo alto de
dos cerros vecinos.*

*Los españoles por fin habían llegado de nuevo a ori-
llas del Río Grande y pronto supieron que los guachoyas
vivían en permanente guerra contra los anilcos. Aunque como ya sucedió en otras comarcas de las muchas
que habían visitado, estos dos pueblos tampoco se enfrentaban a través de duras batallas, sino que lo hacían
cada vez que se presentaba la ocasión, con escaramuzas, asaltos, robos y prendimientos de unos pocos enemigos. Con estas pequeñas granjerías andaban enemista-
dos desde antiguo.*

*Y fue precisamente por la mucha enemistad que
tenían con sus vecinos, por lo que los anilcos no avisaron a los guachoyas de la presencia de los españoles.
Su inesperada llegada les obligó a huir precipitadamente
hasta la otra orilla del rio en unas hermosas canoas muy*

bien dispuestas, con las que estaban acostumbrados a escapar de los constantes ataques de sus vecinos.

—¡No sé cómo todavía les podíamos impresionar, si éramos ya tan pocos e íbamos tan desarmados, mal vestidos y peor calzados!

Por este y otros comentarios, Garcilaso llevaba un buen rato comprobando lo mucho que esta parte de la historia le afectaba. Era como si para el capitán Silvestre no hubieran pasado cincuenta años desde aquellas tristes jornadas que los llevaron a desamparar la Florida.

Aquel cacique resultó ser un hombre muy astuto, porque en cuanto supo de la mucha enemistad que los anilcos habían demostrado a los españoles, no tardó en enviar con muchos presentes de fruta y pescado a cuatro de sus mejores generales ante el gobernador, para disculparse por no haberle recibido como él y sus hombres como merecían. Prometió visitarlo y así lo hizo después de pasados tres días, en los que no cesaron de sucederse los regalos y las cariñosas embajadas.

En la primera entrevista que mantuvo con el gobernador ya le planteó su deseo de marchar junto a él sobre Anilco. Y a Hernando de Soto le pareció que aquella podía ser una buena oportunidad para someter a los anilcos. Porque como las dos provincias eran igual de fértiles, quizá sería bueno establecer un doble asentamiento.

El cacique de Guachoya y sus hombres llevaron a los españoles hasta las puertas de la ciudad de Anilco y una vez dentro, fue imposible contener la saña con la que los guachoyas se lanzaron sobre sus enemigos.

—Cuando ya nos retirábamos, el gobernador les pidió que al menos no incendiaran las casas y ellos fingieron obedecerle... Pero sin que nos hubiésemos dado cuenta, fueron

dejando prendidos por todos los tejados de la ciudad pequeños focos, de modo que el fuego se fue propagando de forma
discreta y lenta…Cuando ya estábamos lejos de Anilco vimos
las enormes llamas que envolvían aquella hermosa ciudad.

*En Guachoya establecieron su campamento y el adelan-
tado se ocupó personalmente de organizar el modo en
que habían de llevarse a cabo las tareas de construcción
de los dos bergantines que serían los primeros en bajar
el rio en dirección a las costas de México. Porque por los
cálculos que llevaban hechos, quizá estuvieran más cerca
de allí que de Cuba.*

*Y mientras aguardara el regreso de las naves tenía
previsto adentrarse en las tierras de la vecina provincia
de Quigualtanqui, cuya capital se hallaba en la otra orilla del rio, casi enfrente de la capital de Guachoya. Por
las incursiones que algunos de sus hombres hicieron en
aquellas tierras supo el adelantado que eran tan fértiles
y hermosas como las de Guachoya y comenzó a imaginar
que quizá sería bueno fundar allí dos ciudades, una a
cada orilla del Río Grande, desde donde los barcos arri-
barían y partirían de continuo. Con todos aquellos planes su ánimo fue mejorando, porque sin duda comenzaba a recuperar de nuevo la confianza en el éxito de la
expedición.*

—¡Y pocos días después, a últimos de junio, ocurrió lo que
ninguno de nosotros podría haber imaginado! —se lamentó
Gonzalo Silvestre, dando a sus palabras el mismo dramatismo
que en las tragedias de los griegos manifiesta el coro, cada vez
que interviene.

*En cuanto le brotó en la boca una calenturilla, supo que
la muerte le había besado los labios y quiso en sus últimas horas despedirse personalmente de todos sus hombres. Para cada uno de ellos tuvo palabras de agradeci-*

miento y también de disculpa por abandonarlos cuando más lo necesitaban.

A Luis de Moscoso le entregó el mando y le deseó la suerte que a él le había faltado. Luego pidió rezar a solas con los pocos frailes que aún quedaban. Cuando más tarde, cabizbajos y derrotados, los vieron salir de su aposento, todos los que aguardaban fuera supieron que el adelantado de la Florida y gobernador de la isla de Cuba, uno de los capitanes que había acompañado a Francisco Pizarro en la conquista del Perú y el primer español que habló con el último emperador de los Incas, acaba de entregar su alma a Dios. Tenía cuarenta y dos años de edad.

Mientras tanto, en la Habana doña Isabel se dedicaba esos días a reunir la flota, que bajo el mando de Maldonado y Gómez Arias recorrería de nuevo la costa de la Florida, por tercer año consecutivo. Tampoco en esa ocasión tendrían éxito. Sería un año después, a mediados de octubre de 1543, cuando en Veracruz les dieran cuenta de todo lo que había ocurrido.

Muy apenados, los dos capitanes regresarían de inmediato a Cuba y ella, en cuanto supo que era la viuda de Hernando de Soto, tan solo deseó volver a España, ahora que el sueño compartido con su esposo definitivamente se había roto.

—Lo enterramos de noche, con mucho sigilo, para no levantar sospechas entre los indios y al día siguiente hicimos correr la voz de que se encontraba mejor de salud. ¡Mucho nos costó simular una alegría que no sentíamos y mucho más celebrar una ruidosa parada, precisamente en el mismo lugar donde estaba su enterramiento!... Con ello queríamos que las pisadas de los caballos allanaran el terreno bajo el que reposaba su cuerpo... ¡Temíamos que si los indios lo llegaban a descubrir, no tuvieran reparo en profanar su tumba!

Como vieron que los indios comenzaron a merodear por el lugar donde reposaba el adelantado y los oyeron hablar en voz baja, decidieron buscar otro enterramiento más seguro.

El contador Juan de Añasco, los capitanes Arias Tinoco, Juan de Guzmán y Alonso Romo de Cardeñosa, junto con el alférez Diego Arias y el vizcaíno Joannes de Abbadía, que era hombre de mar y experto ingeniero, fueron los encargados de fondear el río. Midieron las diferentes honduras de sus aguas, hasta que encontraron una zona en la que llegaba a tener unas diecinueve brazas de fondo. Mientras hacían estas averiguaciones, otra partida se encargó de cortar una hermosa encina, cuyo tronco socavaron a la medida de un hombre.

Y esa otra noche, con la misma disimulación de la primera, desenterraron su cuerpo, lo introdujeron en el interior de aquel tronco, que después cerraron con unas maderas clavadas, y lo llevaron hasta las profundas aguas del Río Grande, donde desde entonces descansa uno de los mejores capitanes que conoció el Nuevo Mundo. Porque no hubo otra lanza como la suya después de la de Gonzalo Pizarro. Siendo estos dos generales los primeros en todo.

—¡Poco podía imaginar que el río que él descubrió, habría de ser también su tumba!

Silvestre pronunció aquella frase con la misma emoción que debió de sentir entonces. Y a Garcilaso este enterramiento le traía a la memoria ese otro que en el 412 los godos dieron a su rey Alarico en aguas del río Bissento, en la provincia de Calabria, junto a la ciudad de Cossencia. Recordaba haber leído en las páginas del *Compendio de la historia del reino de Nápoles* de Pandolfo Collenuccio, una detallada descripción de las solemnes exequias de aquel rey que era antepasado de los españoles.

Como tanto se parecían las dos historias, decidió referirlo en este punto de la crónica y al capitán Silvestre le pareció muy bien que se comparara al adelantado con todo un rey.

Después de aquella triste noche, no tardaron mucho Moscoso y los demás capitanes en tomar una decisión que todo el campamento aceptó de inmediato.

—Fueron muchos los que al llegar a Pánuco se lamentaron de no haber seguido adelante con los planes del gobernador, pero de poco servía dolerse, cuando ya nada se podía hacer para cambiar el rumbo de los acontecimientos... ¿No os parece, amigo mío?

A lo que Garcilaso asintió, antes de retomar la lectura.

Preguntados por Luis de Moscoso, todos los capitanes, uno tras otro, se mostraron partidarios de abandonar de inmediato las tierras de la Florida. También pidió su parecer a Juan de Añasco, que como era el contador real debía de aprobar la decisión que ellos ya habían tomado.

Añasco no solo dijo estar de acuerdo en todo con los demás, sino que se brindó a conducirlos hasta tierras de Nuevo México, porque sus conocimientos de cartografía, según aseguró, le permitían aventurar que se hallaban muy cerca de suelo mexicano.

—Si nos dirigimos hacia poniente, según mis cálculos, muy pronto llegaremos hasta tierras españolas. Recordad que los indios de estas comarcas en varias ocasiones nos han hablado de unos españoles, a los que se ha visto en las tierras que hay en esa dirección... De ser cierto, puede que incluso nos topemos con ellos a pocas leguas de aquí. ¡Quizá incluso se trate de una expedición como la nuestra!

Sus palabras se recibieron con mucha alegría en todo el campamento. No tanto porque confiaran en las dotes de Añasco como explorador, sino por las ganas que todos tenían de que así fuera.

Partieron de Guachoya el cinco de julio de 1542. Allí quedaron los gruesos troncos que ya habían cortado para la preparación del casco de los bergantines. Y durante

meses recorrieron una tierra seca y agreste, a la que die-
ron en llamar tierra de los Vaqueros, por las muchas
reses y pieles que en ella encontraron.

El capitán Silvestre recordó entonces un curioso suceso
que aconteció a la salida de Guachoya y que tenía como protagonista a un joven indio.

Llevaban los españoles media jornada caminando desde
que abandonaron la ciudad, cuando a Luis de Moscoso
le informaron de que con ellos venía un indio joven, que
quizá fuera un espía. El gobernador lo mandó llamar.
  Era un muchacho de unos dieciséis años, hermoso y
bien parecido, que aseguró ir con ellos de buen grado,
porque nada dejaba en Guachoya más que la muerte. Y
les pasó a contar la razón por la que prefería acompañar
a los españoles hasta las tierras del lejano México, antes
que volver con los suyos.
  —Yo, señores, no tengo padres y desde muy chico he
vivido con un rico pariente del cacique Guachoya, que
como a un hijo siempre me ha tratado. Pero de un tiempo
a esta parte este buen hombre ha enfermado muy gra-
vemente y su mujer y sus hijos han decidido que a su
muerte, sea yo el que lo acompañe a la tumba, para así
servirle en todo lo que necesite en la otra vida. A pesar
del mucho afecto que le tengo, porque como un padre me
ha tratado desde que me acogió, soy muy joven y no tengo
edad de morir. De ahí que haya aprovechado vuestra
partida para abandonar la casa de mi señor, antes de
que su salud empeore y para mí ya sea demasiado tarde.

Garcilaso comentó que en el Perú también existía esa costumbre y era común que el difunto fuese enterrado con aquellos familiares y criados más queridos por él, porque para los
Incas la vida de después exigía de los mismos cuidados y afectos que en esta nos brindan los más allegados.

—También mis antepasados creían que existía un cielo y un infierno. Al primero lo llamaban Hanampacha, que significa mundo alto, y Veupacha, al mundo bajo, dentro del cual habitaba Çupray, que era el nombre que entre los Incas recibe el diablo... ¡Pero todo esto ya habrá tiempo de contarlo en detalle en otro libro! Sigamos ahora con lo que nos ocupa.

Después de recorrer más de cien leguas llegaron a la provincia de Auche y en ella fueron recibidos con fingida amabilidad. Una vez que su cacique supo por boca de Luis de Moscoso la intención de los españoles de dirigirse hacia poniente, les ofreció una importante provisión de maíz para las cuatro jornadas de desierto que tendrían que atravesar y ordenó a un indio de su confianza que los guiara por el mejor de los caminos.

Muy pronto descubrirían que aquel guía se fue apartando de la buena senda para adentrarlos por los lugares más inhóspitos y desamparados del recorrido. Tanto fue así que las cuatro jornadas de desierto se volvieron seis y después fueron ocho. Para entonces llevaban días sin tener nada que llevarse a la boca.

—Ya desde el segundo o tercer día todos nos dimos cuenta de que el indio nos llevaba al retortero, porque cambiaba de dirección a cada poco y nos hacía regresar a los mismos breñales que poco antes ya habíamos recorrido. Como estábamos en sus manos preferimos aguardar hasta que llegó un momento en el que el gobernador se vio obligado a pedirle cuentas.

Cuando Moscoso le preguntó por qué los cuatro días se habían vuelto ocho, el indio contestó con tanta impertinencia y desprecio, que no dudó en pedir a sus hombres que lo ataran de un árbol y le echaran los perros. Al ver que uno de ellos se le lanzó furiosamente, el indio suplicó que lo liberaran, porque esta vez sí que les iba a decir la verdad.

Tras soltarlo reconoció que había sido su señor el
que le había obligado a marchar con ellos para hacerlos
morir de hambre en mitad del desierto. Pero que ahora
que sus planes habían quedado al descubierto, no tenía
otra intención que no fuera la de ayudarles a salir de allí
cuanto antes, porque él no tenía nada contra los espa-
ñoles y estando tan lejos del cacique, ya no tenía por qué
servirle. También les dijo dónde quedaba el camino que
habían de seguir si querían salir del desierto y aseguró
que él los llevaría muy gustoso, para así enmendar todo
el daño que les había causado.

—Pero Moscoso no tuvo piedad de él y mandó que le echaran los perros, que de tan hambrientos como estaban, muy
poco tardaron en dar cuenta de él.

Como se hallaban perdidos en medio de la nada, deci-
dieron hacer caso de las indicaciones que el indio les dio
antes de morir, conscientes de que era esa su última opor-
tunidad.
Caminaron otros tres días, sin comida, ni agua,
hasta que llegaron a una loma, desde la que divisaron
a lo lejos una tierra muy extendida y seca, en la que
se veían, bastante apartadas unas de otras, algunas
pequeñas poblaciones.
Habían llegado al territorio que bautizaron como la
tierra de los Vaqueros. Los indios de aquella región no
se asientan en ningún sitio, van con sus ganados de un
lugar a otro en busca de los pocos pastos que la tierra
ofrece, sin que nunca se junte mucha gente a la vez.

Quiso el capitán Silvestre que incluyera en el relato el caso
de algunos indios con los que se toparon en aquellas áridas y
desamparadas tierras.

A pesar de vivir tan sueltos y esparcidos, los indios de

la tierra de los Vaqueros no dejaron de importunar a los españoles siempre que se les presentó la ocasión. Y a veces lo hicieron de forma tan curiosa, como en estas que ahora referimos. Porque algunos de aquellos indios apenas se podían distinguir de los locos, al actuar de la manera poco común y un tanto extravagante que estos demuestran en su vivir diario.

Y para que se entienda mejor diremos lo que aconteció una mañana en la que estando descansadamente los españoles en un llano, vieron acercarse a un indio que llevaba un hermoso tocado de plumas e iba provisto de un arco y un carcaj lleno de flechas.

Como lo vieron caminar de manera sosegada y además venía solo, ninguno de los que allí se encontraban se alarmó, al pensar que quizá fuera un emisario, que venía a hablar con el gobernador. Pero cuando llegó hasta donde un grupo de soldados charlaba distraídamente formando un corro, aquel indio se dispuso a dispararles sin mediar palabra alguna con ellos.

Al ver lo que sucedía todos se apartaron a tiempo de no ser alcanzados por aquella flecha, que siguió su veloz curso hasta herir de muerte a dos indias, que a la sombra de un árbol preparaban la comida para sus amos.

El indio aprovechó el desconcierto para huir tan deprisa que nadie le pudo dar alcance, salvo Baltasar de Gallegos, que por andar a caballo, en cuanto oyó que gritaban «muera, muera» pudo llegar hasta él y acabar con su vida.

En otra ocasión, a primera hora de la mañana aparecieron por el campamento dos indios, también adornados con sus plumajes y provistos de sus arcos y flechas. Después de observar el terreno cuidadosamente, eligieron el amparo que les daba la sombra de una encina que se hallaba a unos doscientos metros de donde los españoles estaban acampados. Y allí comenzaron a hacer guar-

dia, el uno frente al otro, mientras paseaban cubriéndose las espaldas mutuamente.

Así estuvieron todo el día, sin que les importara ver pasar por delante de ellos a las gentes de servicio que iban de continuo a por agua o leña. Como no prestaban atención ni a negros ni a indios, los soldados repararon en que habían venido a batirse en duelo con dos españoles y avisaron al gobernador de inmediato.

Luis de Moscoso les ordenó que no les hicieran caso, que los dejaran por locos. Y todos obedecieron, menos el terco de Juan Paéz, que cuando llegó a última hora de andar a caballo con otros compañeros, se dirigió hasta donde estaban, como si en ello le fuera la vida.

Cuando vieron venir solo a Páez, uno de los dos indios se retiró de la lid, mientras que el otro flechó tan certeramente al español en el brazo, que le hizo soltar las riendas, con lo que su obediente caballo se quedó clavado en el sitio. Los compañeros de Páez, que todavía no habían descabalgado, de inmediato fueron en su auxilio y entre todos ellos no dudaron en alancear a los dos indios de forma tan desigual como cobarde.

Por estas y otras muchas cosas que a diario les pasaban, los españoles estaban tan cansados de aquella tierra, que Moscoso y los demás capitanes comenzaron a desconfiar de la dirección que Añasco estaba siguiendo. Por ello mandó tres columnas a inspeccionar las tierras que se adentraban hacia poniente. Y como a su regreso aquellos soldados dijeron que no habían visto más que la misma tierra seca y polvorienta que llevaban padeciendo desde hacía más de veinte días, quedó de manifiesto la mucha soberbia y falta de tino que demostró Juan de Añasco, al dar por hecho delante de todos que ser contador real y hombre noble acaso bastaba para ser también un buen explorador.

Inmediatamente Moscoso tomó la decisión de regresar a Guachoya, donde construirían los barcos, que a tra-

vés del Río Grande los habrían de llevar hasta el Golfo de México.

—Como veis, al final acabamos haciéndole caso a Hernando de Soto... ¡Lástima que en las idas y venidas perdiéramos a tantos y tan buenos hombres!

Durante su largo y difícil regreso al Río Grande los españoles preferían aquellos lugares más poblados de vegetación, a las zonas de desierto. Aunque corrieran el riesgo de ser asaltados por los indios que se emboscaban entre las matas y arbustos, para sorprenderlos de continuo con sus flechas. Eran sin duda de los más violentos y dañinos con los que se encontraron en toda la expedición, porque de nada servía hacerles frente y derrotarlos, cuando a ese primer intento podían seguir sucediéndose otros muchos.

Silvestre quiso aquí que se recordara que un indio logró atravesar de una sola flecha el muslo de un soldado de Galicia llamado Sanjurje, así como la montura y hasta el anca de su caballo.

Como el pobre animal comenzó a cocear desesperado, mucho tardaron sus compañeros en poder desprender al español de la montura. Una vez que lo tendieron en el suelo pudieron comprobar que las heridas que tenía eran muy serias. Daba la casualidad de que Sanjurge tenía fama, muy bien ganada, de curar las heridas más difíciles con una extraña mezcla de ensalmos y ungüentos. Así lo demostró en muchas ocasiones, hasta que después de Mauvila dejó de aplicar sus remedios, porque ya no disponía del aceite y la lana sucia con los que los elaboraba.

A pesar de verse tan en peligro, como estaba enfadado con el cirujano ni él le pidió que lo socorriera, ni el otro se prestó a hacerlo. De modo que Sanjurje no tuvo más reme-

dio que usar unto de cerdo, en lugar del aceite, y sustituir
con hilachas de una manta de indios, la lana vieja.

—El resultado a todos nos pareció un milagro, cuando, a los pocos días en el real lo vimos cabalgando de nuevo, mientras se lamentaba a grandes voces de no haber usado este remedio antes y así haber podido salvar a muchos compañeros, que murieron a causa de su misma herida.

Ahora que estaban tan cerca del final, los recuerdos del capitán Silvestre cada vez eran más intensos y la emoción se le prendía en la voz.

En una de las jornadas que los traía de regreso hasta el Río Grande, algunos soldados le pidieron al gobernador que les dejara hacer una batida para conseguir un puñado de indios, porque andaban muy escasos de servicio.

Moscoso lo autorizó y una docena de caballos y diez infantes permanecieron apostados en el lugar donde habían acampado el día anterior, a la espera de que aparecieran los indios. Porque era costumbre en ellos, que siempre que los españoles levantaban un campamento, fueran en busca de lo que pudieran haber dejado en él.

En muy poco tiempo consiguieron apresar a catorce de ellos. Pero cuando, después de repartírselos, decidieron reunirse con el ejército, maese Francisco Ginovés dijo necesitar un indio más, porque con los dos que le habían correspondido no tenía suficiente.

—¡Qué alegremente ponen algunos en peligro a los demás con su conducta mezquina! Aquel demonio de Ginovés bien que lo demostró en aquella ocasión. Y todo fue por la envidia que le produjo ver que los demás salieron tan bien parados como él, cuando la idea de pedir al gobernador permiso había sido suya y por ello creía que le debía de tocar mayor recompensa.

Viendo la insistencia de Ginovés, como ninguno que-
ría aguardar mucho más tiempo por el peligro que allí
corrían, Juan Paéz, del que ya conocemos su tempera-
mento nada reflexivo, se lanzó a la carrera en pos de
un indio que vio allí cerca. Para evitar ser apresado,
el indio se refugió bajo un árbol y desde allí preparó
su arco. El español hizo gala de su estupidez cuando
intentó lancearle sin éxito, mientras que lo que sí consi-
guió fue que de tanto como se aproximó, aquel indio dis-
parara a su caballo con tanta precisión, que no tardó, ni
veinte pasos, en caer herido de muerte. Salió a socorrer
a Paéz un paisano suyo llamado Francisco de Bolaños,
que demostró no haber aprendido nada de los errores
que cometió su compañero, pues los repitió exactamente
de igual modo. Al intentar también él lancear al indio,
expuso a su caballo a un certero disparo, que también
acabó de inmediato con la vida del pobre animal.

Salió entonces un tercer caballero, llamado Juan de
Vega, a amparar a sus dos compañeros, que andaban
a pie intentado dar muerte a aquel indio. Si no llega a
ser por lo bien protegido que iba su caballo, el indio tam-
bién le hubiese causado la muerte, porque lo flechó con el
mismo tino que a los otros dos.

Cuando Juan de Vega al fin lanceó al indio, todos
pudieron comprobar que se trataba de un hombre de
cuerpo bastante arruinado, por lo que se admiraron en
extremo de su valentía.

Como salió el nombre de Juan de Vega, Garcilaso comentó que en su mocedad lo llegó a conocer en el Cuzco. Tanto el capitán Silvestre como él le dedicaron muy buenas palabras.

A la hora de escribir esta aventura fue para él muy importante el haber conocido personalmente a algunos de los supervivientes de la Florida y sobre todo el saber que Hernando de Soto había sido compañero de armas de su padre.

Eso hacía que en su imaginación siempre que pensaba en él, lo viera traducido a la fisonomía de su propio padre.

Como ya apenas si había luz en la estancia, decidieron abandonarse al recuerdo de todos los que sobrevivieron y a los diferentes caminos que siguieron, después de que se entrevistaran en México con el Virrey don Antonio de Mendoza.

El tesorero Juan de Añasco, el contador Juan Gaytán y los capitanes Baltasar de Gallegos, Alonso Romo de Cardeñosa, Pedro Calderón y otros muchos de menos relevancia decidieron regresar a España, aunque lo hicieran pobres y desatendidos. El mestizo Gómez Suárez de Figueroa volvió a Cuba, a casa de su padre. Por su parte Gonzalo Cuadrado Xaramillo decidió tomar los hábitos. Su ejemplo fue seguido por otros muchos soldados, que se entregaron a la fe en distintas órdenes religiosas.

Muy pocos se quedaron en Nueva España y uno de ellos fue Luis de Moscoso de Alvarado, que a poco de llegar casó allí con su prima doña Leonor, hija del conquistador Pedro de Alvarado, que hacía muy poco que había muerto. Y los demás, como hiciera Gonzalo Silvestre, probaron suerte en el convulso Perú de las guerras civiles.

—Y pensar que Baltasar de Gallegos se animó a participar en la expedición, siguiendo los consejos de su pariente Cabeza de Vaca… ¡Vendió casas, viñas y tierras de trigo de renta, así como noventa fanegas de un olivar que tenía en el Aljarafe…y al final regresó a Sevilla enfermo y pobre!

Dentro de aquella estancia se apoderó el silencio, al tiempo que la luz de la tarde se desvanecía por completo.

Capítulo XV

—Los conquistadores acabamos siendo de todos los sitios por los que hemos ido pasando, porque en ellos nos hemos dejado la vida… ¡Yo la tengo repartida entre la Florida y el Perú!

En estas últimas jornadas Garcilaso se fue dando cuenta de lo que para el viejo capitán Silvestre suponía llegar al final de aquel relato.

Después de haber recorrido trescientas cincuenta leguas y de haber perdido a cien hombres y ochenta caballos, en octubre de 1542 por fin regresaron a orillas del Río Grande. Se encontraban en la provincia de Aminoya, a unas dieciséis leguas de la de Guachoya.

Decidieron pasar allí el invierno, al abrigo de dos hermosas poblaciones que estaban la una al lado de la otra. No hizo falta que lucharan para conquistarlas, porque sus habitantes las habían desamparado en cuanto supieron que ellos se acercaban. Quizá a sus oídos habría llegado la noticia de la bravura con la que en otros tiempos los españoles fueron capaces de enfrentarse a sus enemigos. Dieron gracias a Dios por esta circunstancia, porque tras aquella primera y desafortunadísima expedición sin Hernando de Soto, de la que tan heridos y enfermos regresaron, les hubiera resultado muy difícil presentarles batalla. También agradecieron a la Providencia que allí encontraran tanta comida y tan buen acomodo.

Decidieron unificar las dos poblaciones y para ello destruyeron una de las dos y de ella se llevaron la madera y los bastimentos hasta la otra, que tardaron más de veinte días en fortificar por las pocas fuerzas que entre todos ellos reunían.

En aquellos primeros días murieron otros cincuenta hombres. Entre ellos se encontraban el capitán Andrés de Vasconcellos de Silva, natural de Yelves, de noble familia portuguesa y uno de los mejores capitanes de la expedición; el valiente caballero de Jerez de Badajoz, Nuño Tovar, que tan solo desobedeció en una ocasión a Hernando de Soto y fue por amor, sin que aquel fuera un yerro que mereciera tanto castigo y desdén como recibió por parte del adelantado y Juan Ortiz, miembro de la expedición de Pánfilo de Narváez, al que encontraron en las tierras del cacique Mucoço, que tan buenos servicios siempre les prestó como lenguas. En total, desde la muerte del gobernador fueron ciento cincuenta los hombres que se perdieron por haber tomado aquella decisión tan equivocada.

Como quiso Nuestro Señor que los indios de Aminoya no les causaran ninguna molestia, durante ese último invierno pudieron descansar a placer, sin rebatos nocturnos, ni constantes escaramuzas y con ello consiguieron recuperarse de sus muchas heridas, porque no había nadie en el campamento que no padeciera más de un mal.

En cuanto los caciques Anilco y Guachoya supieron de su regreso no tardaron en mandarles regalos y embajadas de amistad. El cacique Guachoya se presentó ante Moscoso personalmente tan solo unos pocos días después de que lo hiciera un general enviado en su nombre por el cacique Anilco. Cada ocho días regresaban ambas embajadas al campamento español, con nuevos obsequios y renovadas palabras de lealtad.

En enero de 1543 decidieron construir los barcos con los que pretendían abandonar la Florida. Se encargó la misión a maese Francisco Ginovés, que calculó que se necesitarían para ello siete bergantines.

Primero se construyeron cuatro galpones grandes a modo de atarazanas y en ellas comenzaron a trabajar todos los hombres del campamento por igual, sin distinción alguna entre capitanes y soldados. Unos aserraban la madera, otros la labraban con la azuela, los había que fabricaban las clavazones fundiendo los arcabuces y otros se dedicaban a preparar jarcias y velas. No había nadie ocioso y aquella actividad a todos les levantó el ánimo.

Por su mucha destreza a la hora de emplearse en cualquiera de aquellas tareas, destacaban dos hermanos, caballeros muy principales por su cercanía con la casa de Astorga. Se llamaban Francisco Osorio y García Osorio. Su ejemplo animaba a los demás a trabajar sin descanso. Y también había otros, que por no tener habilidad con ninguno de aquellos oficios, se dedicaban a buscar la comida para todo el campamento. Fabricaron unos anzuelos y unas redes, con las que conseguían a diario tan buena y abundante pesca, que nunca les faltó de comer en aquellos meses, porque a lo que sacaban del río había que sumar la gran cantidad de frutas frescas y secas, así como el maíz y las legumbres de que disponían. Con todo ello vivieron muy regalados durante esta última etapa de la expedición.

Todavía tendrían que pasar seis meses hasta que los barcos estuviesen listos. Y en todo ese tiempo contaron con la ayuda del general que Anilco envió en su nombre. Fue este indio tan fiel amigo de los españoles, que no dudaba en traerles todo lo que necesitaban en cuanto se lo pedían. Sin su buena disposición Moscoso y sus hombres bien sabían que no hubieran podido llevar a cabo esta última empresa que todavía les ataba a la Florida.

En cambio Guachoya, a pesar de lo mucho que decía quererlos, no era tan puntual en prestarles la ayuda que le solicitaban. Y en parte ello se debía a la mucha enemistad que seguía teniendo con Anilco y los celos y envidias que en él provocaba la buena relación que sus enemigos tenían con los españoles. Y fue precisamente a través del capitán Gonzalo Silvestre como se consiguió que el cacique Anilco se mostrara tan bondadoso con ellos. Porque en aquel terrible ataque que junto con los guachoyas los españoles lanzaron contra los anilcos, él cogió para su servicio a un muchacho, sin saber entonces que era el hijo del cacique. Las muchas penalidades que soportaron en la tierra de los Vaqueros, quizá por sus pocos años fueron para aquel muchacho la oportunidad de vivir una gran aventura lejos de su casa.

En cuanto los españoles regresaron a las orillas del Río Grande, el capitán Silvestre supo que el cacique Anilco andaba haciendo indagaciones para descubrir el paradero de su hijo y no hizo falta que Moscoso se lo pidiera, porque salió de él devolvérselo, a pesar de que el muchacho decía estar muy a gusto en su compañía.

Aquello ablandó su ánimo y aunque no podía olvidar el dolor que los españoles habían causado a su pueblo, ahora que sabía que habían regresado con la intención de abandonar definitivamente la Florida, decidió prestarles toda la ayuda que necesitaban. No obstante siempre lo hizo a través de su hombre de confianza, dando a entender con ello que nunca contarían con su amistad.

Tan solo en una ocasión trataron directamente con él y Moscoso decidió que aquella embajada la capitaneara Silvestre. Y fue precisamente su hijo el que les sirvió de intérprete. Porque es bueno recordar que los indios a los que prendían, muy pronto comenzaban a entender nuestra lengua y en cuanto pasaban un par de meses, ya la hablaban con bastante soltura. Aquella facilidad que tienen los naturales de la Florida y en general los de todas *las Indias para hablar el castellano les fue a los españoles de gran utilidad.*

A medida que avanzaban los trabajos, el general enviado por Anilco se paseaba por el real como uno más de ellos, ayudándoles en todo lo que podía. Gracias a él dispusieron de gran cantidad de mantas, que cuando eran nuevas se guardaron para usarlas como velas, mientras que las más viejas las convirtieron en hilas y con ellas obtuvieron la estopa necesaria para calafatear los barcos. Pero en lo que más les ayudó fue a la hora de avisarles de la conspiración que Quigualtanqui y otros nueve caciques de las provincias vecinas estaban preparando para acabar con ellos.

Según supieron, el cacique de la extensa y rica región de Quigualtanqui era un joven muy respetado por sus gentes, que no dudó en mandar embajadas a todos los señores de la zona, para prevenirles del enorme peligro que entrañaba que los españoles partieran de allí con vida.

—A su regreso contarán lo que aquí han visto y la ambición hará que sean muchos más los que se apresten a venir para quitarnos nuestras tierras y hacernos sus esclavos. ¡Olvidemos las rencillas que tenemos entre nosotros y unamos nuestras fuerzas para acabar con los españoles, antes de que sea demasiado tarde!

Las razones empleadas por Quigualtanqui convencieron a todos y muy pronto se formó una liga de diez caciques, que comenzaron a reunir los hombres y las canoas suficientes para presentar batalla.

El plan que propuso Quigualtanqui consistía en fingir amistad con sus enemigos para que anduvieran tan confiados que cuando llegara el momento de aniquilarlos, se encontraran por completo desprevenidos. Y lo primero que hizo el joven cacique fue mandar mensajeros para ofrecer a Moscoso su fingida amistad. Tras él, los demás hicieron lo mismo. Con el pretexto de ayudarles, todos ellos prometieron acercarse hasta el campamento español con sus ejércitos.

El cacique Anilco en ningún momento secundó esta traición. En cambio, su vecino Guachoya era más ambiguo, ya que al tiempo que se mostraba amigo de los españoles, también prometía ayudar a los insidiosos cuando necesitaran de sus servicios.

No solo por las palabras del general de Anilco supieron de la conspiración de los caciques, porque a unas indias que servían a los capitanes Arias Tinoco y Alonso Romo de Cardeñosa, mientras estaban cerca del río se les acercaron unos indios para avisarles de que muy pronto serían libres y podrían regresar a sus tierras.

—¡Vamos a acabar con esos ladrones vagabundos, que nunca debieron dejar sus tierras para venir a las nuestras a robar nuestras mujeres y hacernos sus esclavos!

Con todos estos avisos, el deseo de salir cuanto antes de allí aumentaba y por ello trabajaron sin descanso en la construcción de los barcos.

—A primeros de marzo comenzamos a ver movimiento de tropas al otro lado del río. Sin duda que se estaban preparando para el ataque, porque cada vez eran más los guerreros que allí se iban reuniendo.

Desde que Quigualtanqui y los otros caciques les declararon su amistad, era muy frecuente que con el pretexto de traerles presentes, aparecieran indios por el campamento a cualquier hora del día o de la noche. Aprovechaban cualquier ocasión para mirar por todos los rincones y hacer todo tipo de averiguaciones, en especial aquellas que tenían que ver con el lugar donde guardaban las armas y la cantidad de ellas de que disponían.

Y una noche de luna, en la que se encontraban haciendo guardia Gonzalo Silvestre y un soldado de Burgos que se llamaba Juan Garrido, vieron venir hacía ellos a dos indios que habían cruzado el rio en una canoa. Después de atravesar el foso que rodeaba el fuerte, se acercaron hasta el puesto de guardia con la intención de entrar en la ciudad.

—A pesar de que Moscoso nos pidió que no tomáramos en cuenta estos abusos, aquella noche me pareció que había que darles un escarmiento, para que dejaran de visitarnos a horas tan intempestivas como aquellas... Lo hablé con Garrido y a él le pareció bien. Pero al verme tan débil como todavía estaba por las muchas heridas que en los últimos meses había recibido, quiso ser él el que los ahuyentara... ¡Verlos entrar por la puerta que nosotros estábamos vigilando sin decirnos palabra alguna, como si estuvieran en su propia casa, me enfureció de tal modo que no esperé a que Garrido tomase la iniciativa y fui yo el que con un cuchillo, herí en la frente a uno de ellos!... No quise causarle un grave daño, tan solo darle un escarmiento, para que de allí en adelante dejaran de venir de noche y con tanto descaro.

Al oír sus gritos, el otro indio salió corriendo en dirección al embarcadero. El herido se lanzó a las aguas del foso, las recorrió a nado y una vez fuera, quedó tendido, sin fuerzas siquiera para alcanzar el rio. Sus gritos alertaron a sus compañeros, que cruzaron enseguida para socorrerlo.

A la mañana siguiente aparecieron por el campamento cuatro indios, que en nombre de Quigualtanqui venían a protestar ante el gobernador porque uno de sus soldados no hubiera respetado la paz que se había acordado entre los dos ejércitos. Dijeron que el indio herido era muy principal y que por ello era necesario que se condenara a muerte al español que lo había herido tan gravemente. A mediodía vinieron otros cuatro generales a decir que el indio se estaba muriendo y que Moscoso debía aplicar cuanto antes el castigo. Ya por la noche, llegó aviso con otros cuatro emisarios de la muerte de

aquel indio tan principal, al que todo su pueblo estaba
llorando desconsoladamente.

Luis de Moscoso no dudó en contestar lo mismo en las
tres ocasiones en las que se presentaron los emisarios de
Quigualtanqui.

—Decidle a vuestros jefes que yo no he violado la paz
que entre nosotros hemos acordado, pero tampoco puedo
castigar a uno de mis soldados porque cumpliera con su
deber, que no era otro que vigilar el campamento e impe-
dir la entrada de extraños.

Aunque aquella respuesta causó mucho malestar
entre los caciques de la liga, decidieron aplacar su ira
hasta que llegara el momento de vengarse de sus enemi-
gos del modo en que se merecían.

En el campamento español también hubo mucho des-
contento y se oyeron voces que reclamaban el cumpli-
miento de aquel castigo, para contentar con ello a los
caciques.

—¡Algunos capitanes me guardaban rencores antiguos y no
dudaron en aprovechar esta ocasión para intentar acabar con
mi vida pidiendo mi cabeza, a pesar de los muchos y buenos servicios que presté a la expedición desde que llegamos a la bahía
del Espíritu Santo! Por mucho que en aquel momento mi vida
estuviera en juego, nunca sentí miedo a la muerte, porque estábamos ya tan acostumbrados a ella, que ninguno de nosotros
confiaba siquiera en llegar a ver las luces del día siguiente… Lo
que sí acerté a comprender tras ese desengaño es que a partir
de entonces a nadie debía de entregar mi confianza.

Mientras Garcilaso escribía, Silvestre se ocupó de avivar el
fuego de la chimenea, porque el frío ya se dejaba sentir en aquellas estancias, que tan frescas resultaban en época de calor.

Hacia el mes de marzo, mientras que los trabajos iban a
buen ritmo, los españoles comenzaron a observar que en la
otra orilla se iban reuniendo cada vez más ejércitos, veni-

dos de todas las provincias que formaban la liga. A pesar de que mantenían una aparente amistad, el ambiente cada vez se volvía más tenso y aunque las visitas intempestivas y a deshoras cesaron, los indios constantemente acechaban todos los movimientos de sus enemigos.

—No era fácil para nosotros trabajar, sabiendo la amenaza que representaban todos aquellos guerreros, cada vez más en número y tan bien armados... ¡Menos mal que el Todopoderoso nos ayudó!

El dieciocho de marzo de 1543, Domingo de Ramos, los españoles celebraron una procesión, con la que recordaron la entrada de Jesús en Jerusalén. Fue ese mismo día cuando se produjo una crecida del río tan grande, que todo lo anegó. Las riberas desaparecieron por completo, sin que la empalizada con la que habían cercado el campamento consiguiera evitar que el agua entrara con tal fuerza y en tal cantidad, que les obligó durante muchas semanas a desplazarse en canoa. Fue una suerte que los galpones donde trabajaban estuvieran en alto, porque de ese modo no se desbarató todo lo que ya llevaban hecho.

A pesar de la desgracia que supuso que se anegaran las casas y se perdieran muchas provisiones, aquella riada trajo algo bueno para los españoles, porque pudieron continuar trabajando mucho más tranquilos, ya que los indios regresaron de inmediato a sus tierras, para saber el alcance que en ellas había tenido el desbordamiento y ayudar en todo lo que allí se necesitara.

Cuando un par de años después el Inca Garcilaso leyera las relaciones de Juan Coles y Alonso de Carmona, vio que en la de este último se hacía referencia a lo que una anciana india les dijo cuando llegaron a Aminoya.

Según explica este otro cronista, aquella mujer les advirtió de que no se asentaran allí, porque el río se desbordaba cada catorce años y esa primavera se cumplía el plazo. A pesar de que en ese momento no le hicieron caso, por sospechar que con aquella advertencia quizá los querría ahuyentar, fueron muchos los que se acordaron de sus palabras cuando se produjo el desbordamiento.

El agua tardó cuarenta días en subir por completo, siendo el veinte de abril cuando la crecida alcanzó mayor fuerza. Poco a poco, en los siguientes cuarenta días el río fue remansándose. Y hacia el veinte de mayo ya se podía caminar. Para entonces desgraciadamente los caciques regresaron con sus ejércitos y el general de Anilco de nuevo advirtió a Moscoso de las intenciones que traían.

—Piensan venir a visitaros embajadores de cada uno de ellos, con muchos y buenos presentes. Primero lo harán los que mande Quigualtanqui y después lo secundarán los demás. Cuando todos se hayan presentado será el momento para acordar el ataque. Si acaso no consiguieran mataros a todos, al menos pretenden quemar las naves, para así evitar que os podáis marchar.

Después añadió que su señor le ofrecía gente de guerra para presentar batalla o si lo preferían, podían refugiarse en su provincia, donde no correrían peligro alguno.

Mucho agradeció el gobernador, en nombre de todos sus hombres, la ayuda que el cacique Anilco y su pueblo les brindaban, pero no aceptó ninguna de las dos ofertas porque de hacerlo, provocaría la enemistad de su pueblo con el resto de las provincias que baña el Río Grande.

—Es menester que ni Quigualtanqui ni los demás sepan que nos tenéis informados de sus planes. Decidle a vuestro señor que mucho agradecemos la amistad con la que nos habéis tratado y si conseguimos salir de aquí, sabed que siempre diremos que fue gracias a vuestro pue-

blo, para que se sepa que entre españoles e indios también hubo alianzas y amistad.

—No pasaron ni cuatro días de aquel aviso cuando a primeros de junio se fueron presentando ante el gobernador los embajadores. Y cuando, de uno en uno, fueron preguntados por la conjura, con toda llaneza reconocieron que pretendían matarnos a todos.

Moscoso no quiso dejar impune aquella confesión y mandó que de inmediato se les aplicara un castigo que a sus jefes les sirviera de advertencia. Por ello a los treinta embajadores se les cortó la mano derecha y fue mucha lástima ver cómo acataron tan cruel castigo con total sumisión.

Al saberse descubiertos, los caciques decidieron regresar a sus respectivas provincias y reunir el mayor número posible de canoas, con las que les presentarían batalla una vez que comenzaran la travesía por las aguas del Río Grande.

—Pensarán que hemos desistido, al vernos levantar el campamento y regresar a nuestras tierras. Pero cuando embarquen, todos nosotros nos reuniremos de nuevo, para terminar con ellos de una vez por todas. Conocemos muy bien las corrientes del río y sabremos aprovecharnos de la ligereza que ofrecen nuestras canoas, frente a la pesadez de sus barcos. ¡Tened por seguro que al final, nuestra será la victoria!

De nuevo, las palabras de Quigualtanqui dejaron a todos muy satisfechos y con el deseo de llevar a cabo aquella otra ofensiva, todos regresaron a sus tierras de inmediato.

A pesar de verlos marchar, la tranquilidad no se instaló en el campamento español, porque si a algo se habían tenido que acostumbrar desde que llegaron a la Florida, fue a los ataques por sorpresa.

Como los barcos ya estaban casi terminados, Moscoso mandó que se ultimaran los preparativos. La falta de clavazones hizo que tan solo pudieran cubrir un trozo de la proa y otro de la popa, donde comenzaron a almacenar el escasísimo matalotaje. El resto de la cubierta de aquellas siete carabelas lo componían unas simples tablas. A pesar de presentar una construcción tan elemental, las siete embarcaciones se botaron con éxito el día de San Juan de ese año de 1543 y tan solo unos días después, para la festividad de San Pedro, consiguieron zarpar.

Los días previos fueron de mucho ajetreo en el campamento, porque a las tareas propias del aparejo de las naves, había que unir el aprovisionamiento de los víveres que necesitaban para una travesía, que se presentaba larga e imprevisible.

Para ello pidieron a Anilco y a Guachoya todo el maíz, la fruta seca y las semillas que pudieran darles. También mataron casi todos los cerdos y su carne la guardaron en sal, mientras que la grasa la emplearon para embrear las maderas de los barcos. Regalaron a cada uno de los caciques, dos hembras y un macho, para que criasen. Reservaron también unos cuantos, por si poblaban al llegar a la desembocadura del Río Grande.

De los cincuenta caballos que aún quedaban, embarcaron tan solo unos treinta. Al resto, por estar cojos y enfermos, se vieron obligados a sacrificarlos, no sin mucha pena por el buen servicio que les habían prestado. Como hicieron con los cochinos, también su carne se metió en salazón y el unto sirvió para embrear las naves. Los caballos y los cochinos que aún conservaron iban en unas canoas de a dos, que se ataron a los bergantines.

Atrás dejaron las tierras de Aminoya, donde sus habitantes lo perdieron todo mientras duró aquella última estancia de los españoles. También se despidieron de la *obligada bondad de los anilcos, representada en aquel general que ahora les decía adiós desde la orilla, con el rostro bañado en lágrimas.*

Capítulo XVI

Ya solo faltaban dos días para que Garcilaso regresara a Montilla y aún les quedaba por revisar la travesía por el Río Grande y la que después hicieron por mar, hasta que consiguieron alcanzar la desembocadura del río Pánuco, ya en tierras de Nuevo México.

Así como al comienzo de esta crónica dimos cuenta de quiénes comandaban cada una de las naves que partió de Sanlúcar, convendría ahora señalar quiénes gobernaban las siete embarcaciones que salieron de Aminoya el veintinueve de junio de 1543, a la hora en la que se ponía el sol.

Al mando de la nave capitana iba Luis de Moscoso de Alvarado, capitán general y gobernador de la expedición. Sus hermanos, Juan de Alvarado y Cristóbal Mosquera, comandaban la nave almirante.

A estas dos embarcaciones se las llamó Capitana y Almiranta respectivamente, mientras que a las demás tan solo se las fue numerando.

El contador Juan de Añasco y el factor Viedma capitaneaban la Tercera. La Cuarta la gobernaban el capitán Juan de Guzmán y el tesorero Juan Gaytán. Al mando de la Quinta iban Arias Tinoco y Alonso Romo de Cardeñosa. Pedro Calderón y Francisco Osorio fueron los capitanes de la Sexta y en la Séptima mandaban Juan de Vega y García Osorio.

Formaban la tripulación unos trescientos cincuenta hombres, los únicos supervivientes de los casi mil que cinco años antes habían embarcado en Cádiz. De los ochocientos indios, entre hombres y mujeres, que fueron reclutando por todas las provincias por las que pasaron, tan solo quedaban con vida apenas veinticinco. Aunque los españoles les dieron la libertad, ellos no tuvieron más remedio que acompañarlos, porque se hallaban tan lejos de sus casas, que de sobra sabían que nunca podrían regresar a ellas.

Durante aquella primera noche y todo el día siguiente la travesía discurrió de forma tranquila. Navegaban a vela y a remo. Cada bergantín contaba con siete remos por banda y toda la tripulación, salvo los capitanes, se iba turnando para remar.

Quizá por lo apacibles que fueron aquellas primeras horas, llegaron a creer que los indios habían desistido de su empeño. Pero desgraciadamente al segundo día pudieron comprobar lo equivocados que estaban, cuando con las primeras luces observaron el cauce del río cubierto de canoas, de orilla a orilla, a lo largo de más de media legua.

El espectáculo resultaba impresionante a la vista. No solo por la cantidad de embarcaciones que allí se concentraban, sino porque en el tiempo que estuvieron en aquellas tierras nunca las habían visto tan grandes y bien construidas. Las había de hasta veinticinco remos por banda, en las que además de los remeros se acomodaban sin dificultad alguna hasta setenta y cinco u ochenta guerreros, distribuidos de proa a popa, con sus arcos y flechas preparados para un inminente ataque. Las canoas más pequeñas no bajaban de catorce remos en cada banda.

Según a qué cacique pertenecieran, iban señaladas en todos sus detalles por un mismo color. Desde el casco y los remos, hasta las plumas que lucían en sus tocados aquellos orgullosos guerreros, todo era en unos casos azul, en otros, rojo, verde, amarillo o de otros muchos colores. El exquisito cuidado en el detalle hermoseaba en extremo la vista que ofrecía aquella lucida armada. Al espectáculo visual se sumaba el solemne retumbe de los cánticos de guerra, con los que el ritmo de la navegación se unificaba de tal modo, que todos los remos tocaban el agua a la vez, para después, también a la vez, erguirse en el aire.

—Según pudimos saber por algunos de los indios que nos acompañaban, aquellas tonadas rememoraban las acciones de sus más notables guerreros.

A pesar de las circunstancias, no resultaba difícil para los españoles sentir una gran fascinación por el espectáculo que se les ofrecía. Sin duda que ese era el objetivo que los indios perseguían en aquella primera toma de contacto con la que les estaban declarando tan solemnemente la guerra.

A mediodía abandonaron aquel cortejo y de forma muy organizada y rápida se dispusieron en tres escuadrones, de vanguardia, batalla y retaguardia. En la vanguardia iban las canoas de las gentes de Quigualtanqui. Aunque no llegaron a saber si su cacique las capitaneaba, su nombre se repetía insistentemente en los cánticos.

Las tres formaciones se iban relevando en una operación que repetían con gran precisión. Aquella maniobra consistía en cruzar desde la margen derecha del río a la izquierda, adelantándose con ello a los barcos españoles y una vez que estaban lo más cerca posible, aprovechaban para lanzar una lluvia de flechas sobre sus cubiertas.

Los españoles apenas podían defenderse, porque tan solo contaban ya con unas pocas ballestas. Los arcabuces los habían fundido para hacer de ellos clavazones y aunque los hubiesen conservado, de nada les hubiesen servido, porque en el incendio de Mauvila se habían quedado sin pólvora.

Por si acaso decidían abordar los barcos, en un primer momento los capitanes mandaron bajar a algunos soldados hasta las canoas de popa, en las que iban repartidos los treinta caballos que les quedaban. Pero desde allí nada pudieron hacer, salvo recibir aún con más fiereza las flechas de su enemigos. Por ello no tuvieron más remedio que regresar a los barcos, dejando a los pobres animales abandonados a su suerte, que en gran medida dependió de lo bien o mal que estuvieran protegidos con las pocas mantas que no convirtieron en velas. Tras los diez días que duró aquella primera fase del ataque, en la que los indios los flechaban sin descanso de día y noche, tan solo sobrevivieron ocho caballos.

En su intento desesperado por salir de aquel infierno que parecía no tener fin, los españoles no descuidaban en ningún momento la navegación, a pesar de las muchas heridas que llevaban recibidas por todo el cuerpo. Según sus cálculos, debían de haber recorrido más de doscientas leguas desde que partieron de Aminoya, por lo que la mar ya no debía de estar muy lejos.

Al llegar la mañana del undécimo día los indios dejaron de atacarles y se colocaron media legua detrás de los barcos. Aquello les hizo pensar que se estaban retirando, quizá porque debían de estar ya muy cerca de la desembocadura.

Al tiempo que el ánimo regresó a la armada española, vieron en la orilla derecha del río una población de unas ochenta casas y decidieron bajar a recoger provisiones para la larga travesía que les aguardaba. Al mando de Gonzalo Silvestre iban cien hombres y esos últimos ocho *caballos. En cuanto los habitantes de aquella población los vieron llegar, huyeron despavoridos. En aquel pueblo encontraron mucho maíz y fruta seca, así como gamuzas y mantas en gran cantidad.*

—Cuando desde los barcos comenzaron a sonar las trompetas, con las que nos prevenían de que los indios de la armada venían hacia nosotros, nos dimos mucha prisa en salir de allí con todo lo que pudimos llevarnos. Por su parte, los habitantes de aquel pueblo también se estaban organizando para salir al río en sus barcas. Entre unos y otros, a duras penas pudimos alcanzar los bergantines, antes de que una nube de canoas nos rodeara. ¡Fue una lástima que no nos diera tiempo a embarcar a los caballos!... Los indios los dejaron correr a su antojo antes de darles muerte, como si fueran venados. Les quitaron las monturas para que no les protegieran de las flechas y los asaetearon sin piedad, quizá para consolarse por no habernos podido matar a nosotros. —se lamentó Silvestre, como si la escena se estuviera produciendo en ese momento ante sus ojos.

Mucho lloraron los españoles la muerte de aquellos caballos, que tan buenos compañeros habían sido durante estos difíciles años. Retomaron la navegación sin saber aún lo que todavía habían de padecer antes de que abandonaran definitivamente las tierras de la Florida.

Después de aquel suceso la armada india retrocedió de nuevo con la intención de que volvieran a confiarse y dejaran de navegar tan organizados como en todo este tiempo lo habían hecho. Querían aprovecharse de cualquier descuido que llevara a los barcos a quedarse rezagados, para de inmediato atacarlos en solitario.

Aquel ardid comenzó a surtir efecto cuando una de las siete carabelas, sin motivo alguno, se quedó cien pasos por detrás de las demás y no perdieron la ocasión de rodearla y lanzarse a su abordaje.

Una vez alertadas del peligro que corría, las otras seis embarcaciones fueron a su encuentro. Aunque estaban tan solo a unos pocos metros de distancia de ella, les resultó muy costoso remontar la corriente.

Cuando por fin consiguieron aproximarse, vieron que eran ya bastantes los indios que se movían a su antojo por la cubierta y otros muchos los que se encaramaban al casco, mientras que los españoles se defendían a duras penas con sus espadas. Afortunadamente, la presencia de los otros barcos alejó a los indios, que en su huída se llevaron una canoa donde viajaban cinco cochinas.

En los dos días siguientes volvió la calma y la navegación no presentó sobresalto alguno, aunque la armada india seguía acechante en la distancia. Y fue en la jornada decimosexta, cuando la desgracia entró en escena, llevándose por delante las vidas de cincuenta españoles, por la insensata locura de uno de ellos.

Aquel soldado era de Villanueva de Barcarrota y se llamaba Esteban Añez, aunque todos le decían Esteveáñez. Era hombre zafio, sin más mérito que el que le daba tener un caballo tan bueno, que fue uno de los últimos que perdieron la vida a manos de los indios unos días antes. Aunque él nunca protagonizara ninguna acción notable, aquel caballo le salvó de tantos apuros, que le hizo ganar cierta fama de valiente. Y con ello Esteveáñez, en su cortedad, comenzó a presumir ante los demás de sus buenas dotes como soldado y de ser más osado que ninguno.

—¡A veces pienso que no sé cómo no salimos todos de cabeza, después de tanto como tuvimos que padecer!

Con el pretexto de querer hablar con el gobernador, Esteveáñez bajó a la canoa de popa acompañado de cinco mozos muy jóvenes, a los que convenció en secreto de que iban a protagonizar la más grande hazaña de toda aquella expedición.

—Uno de ellos era hijo natural de don Carlos Enríquez, aquel noble caballero pariente de Hernando de Soto, que perdió la vida en Mauvila. Este muchacho, de apenas veinte años, no solo llevaba su mismo nombre, sino que también compartía con el padre nobleza y bondad a manos llenas... ¡Sabe Dios si por demostrar que era como él, se animó a seguir a este desatinado de Esteveáñez hasta la muerte!

Cuando ya estuvieron dentro de la canoa, en vez de dirigirse hacia la Capitana, que era una de las que iba abriendo paso, Esteveáñez se volvió hacía los indios y comenzó a increparles con amenazadoras frases, mientras remontaba el rio para ir a su encuentro.

En cuanto se apercibió de lo que estaba sucediendo, el gobernador mandó tocar trompetas para advertirle de que debía regresar, pero aquel loco desoyó sus órdenes, mientras que con gestos animaba a las siete naves para que le secundaran en el ataque que contra toda la armada india acababa de emprender en solitario.

—¡Que treinta o cuarenta hombres salgan en varias canoas y lo traigan de vuelta, para que inmediatamente sea ahorcado! —fue la orden que dio Luis de Moscoso de Alvarado.

—¡Mejor habría estado que hubieran dado cuenta de él los indios, antes que permitir que se perdieran tantos hombres buenos por semejante loco!

No era la primera vez que Gonzalo Silvestre cuestionaba las decisiones del nuevo gobernador, al que en gran medida acusaba del fracaso de la expedición.

Cuando Juan de Guzmán se dispuso a bajar a una de las canoas, todos los que estaban con él le insistieron en que no abandonara su puesto de capitán.

—Por la buena amistad que él y yo teníamos, me ofrecí

para ir en su lugar, pero no lo consintió... Incluso recuerdo que me vino a decir que yo siempre andaba quitándole de la cabeza la idea de ir en canoa, pero que ahora no lo iba a conseguir. ¡Era cierto que Guzmán gustaba mucho de navegar en canoa y a veces, como en esta ocasión, no medía el peligro!

En cuanto vieron que se les presentaba tan buena ocasión, los indios fueron en extremo astutos, al ir colocándose en arco para recibir la llegada de la canoa de Esteveáñez y de las otras cuatro que salieron tras él.

Cuando ya vieron que estaban lo suficientemente alejadas de los bergantines como para que no pudieran recibir de ellos socorro alguno, aquella media luna de canoas indias se fue cerrando en torno a las españolas. Tras rodearlas, lanzaron sobre ellas un brutal ataque.

De cincuenta y dos que eran, tan solo se salvaron dos. Un mestizo natural de la isla de Cuba llamado Pedro Morón, que ya en otras muchas ocasiones demostró ser un excelente nadador y conocer en extremo el manejo de las canoas, por ser propias de su tierra. Y el otro fue un soldado llamado Álvaro Nieto, que en los primeros días de aquella aventura fue el que estuvo a punto de disparar a Juan Ortiz, al confundirlo con un indio, cuando iba en la expedición de Baltasar de Gallegos por tierras del cacique Mucoço, buscando a ese español que llevaba diez años viviendo entre los indios.

Fue una lástima que el capitán Juan de Guzmán y el soldado Juan Terrón, a pesar de que llegaron a alcanzar la canoa que había enderezado Pedro Morón, lo hicieran tan malheridos, que allí mismo perdieran la vida.

Durante todo aquel día y la noche siguiente los indios no dejaron de ir detrás de los españoles, para jactarse de su victoria con cánticos y mucho ruido de tambores. En medio de tanto regocijo ajeno, en los barcos todo eran lágrimas y lamentos por aquellos cincuenta hombres, muertos por la imprudencia de un loco.

Habían pasado dieciséis días desde que partieron de Aminoya y aunque les costaba trabajo saber a ciencia cierta las leguas que llevaban navegadas, algunos aseguraban que ya serían casi cuatrocientas, por lo que ahora sí que el mar ya no debía de andar muy lejos.

Al amanecer del decimoséptimo día los indios se colocaron de pie en sus embarcaciones para dedicarle al Sol una hermosa ceremonia. Por los gestos que hacían aquellos guerreros, parecía que le estaban agradeciendo el éxito de la batalla del día anterior. Una vez que terminaron las celebraciones, la armada india se retiró definitivamente.

Después de haber presentado batalla a sus enemigos hasta casi la desembocadura del Río Grande, Quigualtanqui y los demás caciques ponían fin a su empreño y regresaban a sus casas. Aunque no habían conseguido matarlos a todos, se iban bastante satisfechos, porque los habían arrojado hasta el mar, que era el lugar del que nunca debieron de haber salido.

En su desembocadura el río era tan ancho, que no consiguieron divisar sus orillas. Navegaban siempre en el centro del cauce, para evitar así entrar en zonas pantanosas donde pudieran encallar. Todavía tuvieron que recorrer un buen trecho hasta que se toparon con una isla formada por todas las maderas y troncos que la corriente arrastraba hasta el mar. Un poco más adelante se encontraba una pequeña isla desierta y a partir de ahí ya se divisaba mar abierto.

Se detuvieron en aquella isla de maderas para revisar los barcos, pero como llevaban tantos días sin dormir y los siete bergantines apenas si habían sufrido daños, aquellos tres días los dedicaron a recuperar las fuerzas.

A primera hora de la tarde del cuarto día vieron acercarse hasta ellos siete canoas. En la primera iba un indio gigante, muy oscuro de piel, como eran todas las gentes de la costa. Cuando estuvo muy cerca de los barcos, se colocó en la proa de su canoa y desde ella les lanzó unos gritos que sonaban muy amenazadores. Por lo que pudieron entender los indios de servicio, además de llamarlos vagabundos y ladrones, les exigía en nombre de su pueblo, que se marcharan de sus tierras cuanto antes, si no querían morir. Tras la mucha soberbia que aquel jefe mostró con sus palabras, comenzaron a observar movimientos de indios y de canoas detrás de unos juncales que estaban muy cerca de los bergantines.

Como temieron que se estuvieran preparando para un ataque, Luis de Moscoso mandó que una partida de cien hombres, entre los que iban veintidós ballesteros y tres flecheros, se acercara hasta ellos para demostrarles que los españoles no se iban a amedrentar. Al mando iban Álvaro Nieto y Gonzalo Silvestre. Los cien se repartieron en las últimas cinco canoas que aún les quedaban.

Al llegar hasta allí descubrieron que detrás de aquellos juncos los indios habían reunido unas sesenta canoas pequeñas, con las que sin duda pensaban atacarles.

De inmediato los españoles cumplieron con la orden que les había dado Moscoso. En el duro enfrentamiento que mantuvieron, mataron a unos diez indios e hirieron a otros muchos. También les volcaron tres canoas. Por su parte ellos se defendieron con mucha bravura, por lo que no hubo ningún español que no fuera herido, en algunos casos muy gravemente.

—Conviene que hagáis referencia a los tres flecheros que nos acompañaron. Uno de ellos era un indio que desde los primeros días de la expedición llevó a su servicio el malogrado Juan de Guzmán. Muy pronto nos tomó tanto afecto, que en todas las ocasiones en las que hizo falta luchó a nuestro lado, como uno más de nosotros. Los otros dos eran un inglés y un español que hasta los veinte años había vivido en Inglaterra. En aquella tierra saben flechar muy bien y los dos eran tan diestros en el manejo del arco, que no usaron en todo el tiempo otra arma que no fuera esta. Ellos tres eran los únicos flecheros del campamento, los demás, ni españoles ni portugueses, sabíamos usar el arco, ni tampoco hicimos nada por aprender.

En este punto se detuvieron a hablar del único soldado que murió al recibir en la pierna el disparo de una extraña arma que no habían visto antes en aquellas tierras. Según Silvestre, se llamaba tiradera y Garcilaso dijo conocerla porque se usaba mucho en el Perú, aunque allí recibía el nombre de bohordo.

Aunque habían conseguido que los indios huyeran, no descartaron que pudieran regresar esa misma noche, por lo que decidieron trasladarse de inmediato hasta la isla desierta que se encontraba delante de ellos. Por seguridad durmieron en los barcos y al amanecer partieron en dirección a poniente. Como no tenían carta de marear, ni aguja, ni astrolabio para tomar la altura del sol, ni agujilla para medir el norte, no podían engolfarse en busca de las costas de Santo Domingo o Cuba. La única opción que les quedaba era la de navegar siguiendo el litoral, porque tarde o temprano sabían que acabarían llegando a la costa mexicana.

Durante quince días navegaron con muy buena mar.

—Como no teníamos grandes recipientes donde guardar el agua, cada tres días bajábamos a tierra. Si no veíamos ríos o fuentes, nos bastaba con alejarnos unos pocos pasos de la orilla, cavar tan solo una vara de hondo y la encontrábamos.

Unos días después de pasar por unos islotes donde cogieron muchos huevos de las aves que allí recalaban, hicieron una parada en una hermosa playa en la que se encontraron con unas enormes planchas de brea, que había arrojado el mar sabe Dios de dónde. Como resultó aquella una oportunidad magnífica para repasar el casco de los barcos, ahora que ya empezaban a hacer aguas, allí permanecieron durante los ocho días que duraron los trabajos de reparación.

—Cada barco nos llevaba un día entero. Primero lo descargábamos, después entre todos lo metíamos en la playa, lo embreábamos con mucho cuidado y ya por la tarde lo botábamos de nuevo... Para que aquel betún, que estaba muy seco, se extendiera bien, lo mezclábamos con la grasa del tocino que llevábamos para comer... En esos días recuerdo que varias veces nos visitó un grupo de unos ocho indios. Ellos nos dieron mazorcas y nosotros les regalamos algunas gamuzas. No les preguntamos cómo se llamaba aquella tierra, porque de sobra sabíamos que todavía estábamos muy lejos de México. Cuando los barcos estuvieron listos continuamos la navegación, siempre muy cerca de la costa... Desde que nos quedamos sin tocino nos deteníamos a cada poco, no solo para coger agua, sino también para pescar. Aquellas paradas nos servían de descanso, porque a pesar de que llevábamos velas, nos veíamos obligados a remar de continuo.

Habían pasado ya cincuenta y tres días desde que dejaron el Río Grande. De ellos, treinta habían sido de navegación y los otros veintitrés los habían empleado en reparar las naves, pescar y recoger agua.

Fue entonces cuando a medio día se levantó el viento del Norte con tanta fuerza, que a dos embarcaciones que iban más alejadas de la costa se las llevó hacia dentro. Afortunadamente las otras cinco consiguieron mantenerse cerca del litoral y no tardaron en encontrar refugio.

Los dos bergantines que se vieron en peligro fueron el de Juan Gaytán, que desde la muerte de Juan de Guzmán capitaneaba en solitario, y la Almiranta, que comandaban los hermanos de gobernador Luis de Moscoso.

—¡Íbamos con el credo en la boca!...A la carabela de Gaytán se le desencajó el palo mayor con un golpe de viento y nos costó mucho trabajo volver a colocarlo en el mortero. Como los barcos no tenían cubiertas, el agua entraba con cada embestida y había que achicarla, antes de que llegara la próxima y volviera a anegarse todo de nuevo. ¡Ya no sentíamos siquiera el frio que nos daba el estar desnudos, con el agua hasta las rodillas! Durante toda esa noche y hasta la tarde del día siguiente vivimos con la constante amenaza de que alguna de aquellas rachas nos arrastrara definitivamente mar adentro. Recuerdo que a mediodía pudimos ver a los otros barcos entrar apaciblemente por un estero, pero por más que intentamos seguirlos, el viento de proa azotaba con mucha fuerza y nada podíamos hacer. ¡Tan solo nos quedó la opción de correr de bolina y confiar en nuestra suerte!

Más de un día entero duró aquella tormenta, durante la cual los tripulantes de la Cuarta y de la Almiranta no descansaron un instante. Difícil es creer que después de no comer ni dormir durante tantas horas, aún tuvieran fuerzas para continuar peleando contra el mar, en una batalla tan larga como desigual.

Cuando a media tarde vieron tierra, Juan de Alvarado y Francisco Mosquera avisaron a Juan Gaytán de que se dirigiera a la zona de la costa que tenía arena blanca y fina y allí zabordara, evitando así acercarse a esa otra parte que se presentaba quebrada de rocas.

A todos los ocupantes de la Cuarta les pareció que no tenían más remedio que zabordar, aunque con ello se perdiera la nave, porque entendían que esa era la única oportunidad que les quedaba de salvar la vida. Pero Juan Gaytán no estaba de acuerdo. Se le olvidó que era capitán y habló tan solo como tesorero acerca de los muchos dineros que costaba un barco. Sus palabras encendieron a la tripulación de tal modo, que llegó a estar en serio peligro su vida.

Algunos de los soldados más principales tomaron el mando y fue el portugués Domingos de Acosta el que echó mano al timón. Después de los primeros envites de las olas, en los que la carabela se acercaba a la arena para volverse a alejar de ella en un constante vaivén, por fin pudieron saltar al agua para enderezar la nave y dirigirla en la aproximación. Cuando tocó tierra, rápidamente la vaciaron y entre todos la llevaron a la playa y allí la apuntalaron lo mejor que pudieron, por si más adelante volvían a hacerse a la mar.

Sin descansar recorrieron aquella playa de arenas finas y blancas, provistos de sus espadas, por no saber qué nuevos peligros les esperaban a partir de ahora en esta desconocida tierra, a la que habían llegado de forma tan azarosa como desesperada.

La Almiranta arribó muy cerca de ellos, a tan solo dos tiros de arcabuz. Se encontraron a mitad de camino entre la una y la otra y mucho se alegraron al ver que todos habían salvado la vida, pero les preocupaba no saber nada de la suerte que hubiesen corrido los otros cinco bergantines. Por ello se reunieron tres capitanes y algunos buenos soldados de cada nave, para decidir qué debían hacer. Y lo que a todos les pareció mejor era que alguno de ellos partiera de inmediato en su busca. Pero como llevaban más de día y medio sin comer ni dormir, sentían que a ninguno se le podía pedir tamaño esfuerzo. De entre todos los presentes fue Gonzalo Cuadrado Xaramillo el que se ofreció y a él se unió un soldado de Burgos llamado Francisco Muñoz.

Partieron al anochecer, con un poco de maíz mal cocido y un trozo de tocino en las alforjas, provistos tan solo de sus espadas y rodelas. Echaron a andar, apenas vestidos y descalzos, siguiendo la línea de la playa, mientras los demás no podían ocultar las lágrimas al ver a dos soldados tan buenos iniciar una aventura tan incierta.

—Aquella primera noche dormimos en los barcos y a la mañana siguiente se formaron tres cabos de escuadra. Antonio de Porras se encaminó con unos cuantos hombres hacia mediodía, Alonso Calvete y los que con él iban marcharon por la costa hacia el norte y yo conduje la tercera cuadrilla hacia el interior.

Los dos primeros, tras recorrer una legua, regresaron muy contentos, unos, con un trozo de vasija de barro pintada y los otros, con varios pedazos de una escudilla que sin duda pertenecían a piezas de esas que se hacen en Talavera. Compartieron con los demás aquellos añicos, como si fuera un valioso tesoro y en realidad lo era, porque les hacía convencerse un poco más de que habían llegado por fin a tierras mexicanas.

Gonzalo Silvestre y los que con él partieron tardaron en regresar, ya que lo que hallaron fue sin duda de mayor alcance. A poco más de un cuarto de legua de la playa se encontraron con una laguna donde unos indios pescaban desde sus canoas. Para que no los vieran, fueron caminando agachados entre la maleza que rodeaba el agua hasta que se toparon con una choza, cerca de la cual vieron a dos indios que cogían fruta de un árbol, de esa clase que en La Española se llama guayaba y en el Perú, savintu.

Acordaron Silvestre y sus hombres arrastrarse por el suelo, como si fueran serpientes, hasta que estuvieran tan cerca de ellos, que los pudieran capturar por sorpresa. Todo se hizo como acordaron, pero la destreza de uno de ellos le permitió lanzarse al agua y escapar. El otro, en cambio, no tuvo tanta suerte y cayó en manos de los españoles. No se entretuvieron a más, por miedo a que los indios de la laguna les presentaran batalla. Pero antes de irse, recogieron los dos cestillos de guayabas que quedaron en el suelo tirados, y todo lo que encontraron dentro de la choza: algo de maíz, un pavo, un pollo, dos gallinas y un poco de conserva de unas pencas que se llaman maguey.

En el camino de vuelta le fueron preguntando al indio en qué tierra estaban y él, que parecía entender por los gestos aquella pregunta, tan solo repetía, unas veces, «breços» y otras, «bredos», sin que los españoles alcanzaran a entender qué era lo que con ello quería indicarles.

En realidad aquel indio quería decirles que era vasallo de un español que se llamaba Cristóbal de Brezos, pero no acertó a decir el nombre de pila de su señor, con el que sin duda todo se hubiese aclarado antes.

Cuando Gonzalo Silvestre y los veinte hombres que lo acompañaban llegaron a la playa, sus compañeros estaban haciendo una auténtica fiesta en torno a aquellos trozos de cerámica, hasta que vieron al indio, el pavo, el pollo, las dos gallinas, las guayabas, el maíz y las conservas de maguey y se volvieron locos de contento.

—No creo, Garcilaso, que en este punto de la historia podáis dar cumplida cuenta de la reacción que tuvieron al ver todo lo que traíamos… ¡Se lanzaron a gritar y a saltar de alegría como si hubieran perdido por completo la razón!

Aunque del cirujano no hemos hablado muy bien en otras ocasiones, sí que conviene reconocer que en este punto de la historia su actuación fue notable. Porque como antes de ir a la Florida había pasado unos años en México, tuvo el acierto de preguntarle a aquel indio en su legua cómo se llamaban las tijeras que tenía en las manos. Y el indio, que estaba más tranquilo desde que se dio cuenta de que sus captores eran españoles, contestó con claridad que «tiselas».

Al oírle, todos lloraron de alegría, porque por fin habían llegado a casa. Y a Gonzalo Silvestre y a toda su cuadrilla los levantaron a hombros y los pasearon como a héroes.

Cuando pasó la fiesta preguntaron al indio con más detenimiento. Les dijo que estaban en Pánuco y que el general, con los otros cincos barcos, ya había remontado el río hasta llegar a la ciudad. También les contó que

muy cerca de allí había un indio que sabía leer y escribir
y que él podía ir a buscarlo y traerlo ante ellos para que
les diera más explicaciones.

Continuaron repasando lo que ocurrió en los días siguientes, hasta que los casi trescientos hombres que habían sobrevivido se reunieron en Pánuco y de allí partieron hasta México, para entrevistarse con el Virrey don Antonio de Mendoza y con su hijo, que mostraron mucho interés por conocer todos los detalles de la expedición.

Asimismo recordaron a Cuadrado Xaramillo y Francisco Muñoz, los dos generosos y valientes soldados, que no dudaron en recorrer doce leguas hasta la desembocadura del río Pánuco y después otras cuantas más, hasta que dieron con los cinco bergantines.

Y de pronto el capitán Silvestre le hizo al Inca una confesión en un tono que estaba cargado de tristeza.

—¡A pesar del afecto y la generosidad con la que todos nos trataban, aquellos días fueron los peores de toda esta malhadada aventura!

Desde que llegaron a aquellas desiertas tierras mexicanas y vieron cómo habían poblado en un lugar tan inhóspito y seco, en el que de la tierra apenas si se sacaba algo de provecho, no pudieron por menos que recordar lo que habían dejado en la Florida. ¡Tantos buenos árboles como allí se daban, aquellos frutos, que se cogían sin esfuerzo, y esos maizales tan hermosos! Porque tampoco aquí había oro ni plata y sin embargo eran muchos los que se contentaban con su pequeña hacienda, cuando ellos habían dejado desamparadas provincias enteras, de las que podían haber sido los dueños. Veían a los ricos hacendados lucir con orgullo unas pobres y raídas pieles, que en nada se parecían a las gamuzas que llevaban los indios de la Florida. Tampoco pudieron quitarse de la cabeza tantas y tantas arrobas de perlas.

Todos aquellos recuerdos cada vez los iban desesperando más, hasta que unos y otros comenzaron a echarse en cara su común desgracia.

Con estos tristes pensamientos muy pronto se fue instalando en el corazón de casi todos aquellos desharrapados supervivientes mucha saña contra los de la Hacienda Real y también contra algunos capitanes, todos ellos de Sevilla, que en cuanto el gobernador expiró fueron los primeros que hablaron de desamparar la Florida. Sin que ni tan siquiera por un momento pensaran en respetar sus deseos y mandar dos bergantines a por refuerzos y bastimentos, tal y como él hubiera deseado. Pero ya era tarde para aquellas lamentaciones, cuando todos ellos fueron los que desbarataron la expedición, porque tampoco hubo nadie en el campamento que le llevara la contraria a Moscoso. Y las palabras que el gobernador les lanzó aquella noche en Quiguate resonaban en sus cabezas a todas horas, como si con ellas Hernando de Soto hubiese presagiado el triste destino de sus hombres.

«¿Queréis acaso despertar la compasión de las gentes de Cuba o México, al veros llegar a sus costas, pobres y arruinados, cuando podéis ser los amos de estas tierras?»

Esas palabras del adelantado, sin que nadie alcanzara a descubrirlo entonces, anticipaban que el fracaso no sería suyo, sino que les pertenecería por completo a sus hombres. Porque a estas alturas de nuestra crónica, nadie puede ignorar que Hernando de Soto nunca llegó a perder la Florida, tan solo fue la vida la que se le escapó a orillas del Rio Grande.

Desde la noche anterior a su partida hacia Las Posadas se había hecho la misma pregunta muchas veces y ahora, cuando apenas faltaban ya unas horas para que regresara a Montilla, Garcilaso por fin creyó haber hallado la respuesta.

Capítulo XVII

En el último momento Gonzalo Silvestre se acercó hasta su caballo, sacó del pecho una bolsita de piel que llevaba colgada al cuello y se la entregó.

—¡Quiero que os lo quedéis!... Lo llevo conmigo desde que lo encontré a orillas del Río Grande. Seguramente sirvió de amuleto a su dueño antes de que lo perdiera, quizá cuando estaba pescando, o puede que perteneciera al ajuar de un difunto que también fue llevado hasta lo más hondo de aquel río, como hicimos con Hernando de Soto... Sea cual sea su historia, desde entonces me acompaña. Y como no sé qué significan sus dibujos, nunca lo he llevado a la vista, ni se lo he querido mostrar a nadie, por si acaso en algo ofende a nuestra fe. Aunque estoy seguro de que en él se encuentra encerrada la Florida entera.

El caballo comenzó a relinchar con impaciencia y solo quedó tiempo para que por unos instantes Silvestre apretara con fuerza la mano en la que el Inca sostenía aquella bolsita.

Sería aquella la última vez que se vieran y los dos lo sabían.

No volvió la vista, porque no quiso enfrentarse a la desvalida imagen de aquel viejo conquistador que le había entregado tan generosamente sus recuerdos.

Al pasar cerca del río de pronto recordó que Guadalquivir también significa río grande. Se detuvo un momento, abrió aquella pequeña bolsa de cuero y descubrió en su interior una piedra blanca, redondeada y muy fina, en la que habían labrado un sol de ocho puntas en el centro, rodeado por un cordón de tres cabos, con cuatro nudos en los vértices de la perfecta cuadrícula que formaba. El centro de cada uno de sus cuatro lados estaba flanqueado por un ave de gran pico y cabeza emplumada.

Por más que el capitán Silvestre le hubiera dicho que en ese amuleto estaba encerrada la Florida, lo que él estaba viendo con toda claridad era el Tahuantinsuyo al completo, con el Cuzco en el centro, representado por el Sol, y el ave sagrada de los Andes, protegiendo desde las alturas cada uno de los cuatro suyos o partes de que se componía el imperio de los Incas. Y comprendió que desde que había cambiado de manos, aquel amuleto se había vuelto imagen precisa del Perú. Y esa idea le llenó de entusiasmo, porque sin duda que era una inequívoca señal de que debía comenzar cuanto antes a escribir la historia de sus antepasados.

Reanudó su camino con ganas de llegar para abrazar a Beatriz y a su hijo, que apenas tenía un año de vida y en estos tres meses sin duda que habría cambiado mucho. Con ellos dos pensaba trasladarse a Córdoba muy pronto.

Cuando algunos años después compró la Capilla de las Ánimas de la catedral cordobesa, supo que por fin había encontrado un lugar donde podría ser plenamente mestizo.

Siempre que entraba a rezar en aquel imponente templo imaginaba, tendidos en el suelo y descalzos, a los fieles de ese otro Dios para el que se edificó. Porque en ese mágico espacio se mezclaban todas las voces y los credos en busca de un mismo anhelo. También allí dentro, a través de la luz que se colaba entre sus arcos y del olor a azahar que llegaba desde el patio, podía sentir a Pachacámac, al que los Incas consideraban el creador de la Tierra, predecir el futuro de los hombres.

Ya desde la primera vez que entró en ese laberinto de hermosas formas el Inca Garcilaso de la Vega supo que era allí donde quería descansar eternamente.

Colgante de un pueblo del Misisipi. Museo estatal, Tennessee